中国当代科幻小说的知识分子叙事研究

刘阳扬 著

本书为国家社科基金『中国当代科幻小说的知识分子叙事研究（18CZW048）』结项成果

本书受苏州大学人文社科资助出版

上海教育出版社
SHANGHAI EDUCATIONAL
PUBLISHING HOUSE

目录
CONTENTS

绪　论
知识分子与中国科幻写作

20世纪初期，知识分子从新文化运动中脱颖而出，成为时代变革的启蒙者，知识分子叙事在刚刚诞生的新文学中颇受瞩目。西方各类相关理论就知识分子的定义、范围、内涵等问题作出了具体论述。萨特将知识分子看成纯粹的人文主义者，哈耶克则希望知识分子参与和讨论各类广泛议题，形成自己的思想体系。曼海姆称知识分子是"自由漂浮的"，而葛兰西则坚持知识分子的"有机性"。福柯以及一部分思想家更是把知识分子的概念与权力谱系相联系，认为知识分子是权力社会中的关键一环。班达悲观地认为，一些知识分子已经不再坚守纯粹的思想或纯粹的艺术的视野，反而卷入时代政治之中。在西方学者众说纷纭的定义中，知识分子的概念出现在不同的思想系统和理论体系中，通过概念的不断扩展和衍生，知识分子深度参与了社会政治与文学活动，成为考察文学创作不可忽视的重要因素。

一、西方知识分子谱系

德国社会学家卡尔·曼海姆认为，在现代生活中，知识分子存在于不同的阶级之中，身份各异，同时他们的知识活动不一定受阶级所限，而是更具多样性和复杂性，这来源于现代知识的独特性。现代知识的结构"不是封闭的和完结了的，而是能动的、富有弹性的"，这就意味着，知识分子阶层处在一个"流动状态"①，很容易遇到新的问题。由此推论，曼海姆是用"相对自由漂移的知识阶层"的概念来定义知识分子的。在曼海姆的理论中，知识分子的阶级性的组织形式并不是严格固定的，而是松散且不断流动的，呈现出一种动态的、缺乏明确社会身份的群体形态。曼海姆认为，知识的获取有两个途径，一是"日常经验"，二

---

① ［德］卡尔·曼海姆：《意识形态与乌托邦》，黎鸣、李书崇译，译林出版社2016年版，第156页。

是"秘传"。一方面,个体通过随机应变的学习和模仿解决实际问题,并在此过程中接触和习得知识;另一方面,个体则通过特定的教育机制和系统化的主动学习获取知识。

随着文明的演进,等级阶层体系逐渐衰落,知识的壁垒被打破,越来越多的人因习得知识而进入知识分子阶层。受过教育的人们不再受限于某一种身份团体或某一种封闭的等级阶层,而是构成了一个"开放的阶层"①,来自社会不同层面、拥有不同地位的人们,通过加入这个开放的阶层,形成了一种新的知识共同体。当西方的身份等级阶层被逐渐解体时,此前所建构的垄断观念也被打破。随着来自不同阶层、身份各异的人加入知识分子阶层,知识分子群体逐步壮大,不同的知识背景让人们愿意以动态的态度面对问题,从容应对挑战,接受不同意见,并随时修正自己的观点。

曼海姆指出,由于知识分子能够在社会活动中积累、保存和传播知识,所以知识社会学需要对知识分子格外关注,一个无特权化的知识分子阶层的兴起由此成为现代思想变动的关键因素。在这一阶层中,质疑、探求的态度具备现代思想的特征,由于过程的多面性,知识分子阶层反映了现代化社会的特殊趋势,"即试图探及表象之后与之外的事物,并摧毁任何规定了终极因素的固定参考框架"②。知识分子是"游离"和"自由"的,他们能够突破限制、摆脱困境,并在思想上努力达成一种整体的、全面的状态。曼海姆希望知识分子能不再受控于利益集团,避免以其明确的目的性成为有意识的政党群体,而能够相对自由地追求普遍性的真理。

与曼海姆不同,意大利马克思主义理论家安东尼奥·葛兰西则持有另一种观点,在他看来,社会集团在政治、经济、社会以及文化各领域,"有机地"制造出活跃在新兴社会中的专业者阶层,这一阶层就是知识分子阶层。在《狱中札记》中,葛兰西提出"有机知识分子"的概念用于进一步阐释他的看法。"有机知识分子"并非一个全新的团体,而是一种理解知识分子的角度。葛兰西的界定方式集中在当下社会的层级关系中,他认为知识分子在生产和传播知识的背后,有着特定的经济和政治职能,即"知识分子处于各种社会关系的一般的总体之中"③。

---

① [德]卡尔·曼海姆:《卡尔·曼海姆精粹》,徐彬译,南京大学出版社 2002 年版,第 184 页。
② [德]卡尔·曼海姆:《卡尔·曼海姆精粹》,徐彬译,南京大学出版社 2002 年版,第 188 页。
③ [意]安东尼奥·葛兰西:《狱中札记》,葆煦译,人民出版社 1983 年版,第 421 页。

在一般认知中,传统知识分子往往集中于文学、哲学等人文艺术领域,葛兰西则认为一些工业技术人员也属于新型知识分子。从这一角度来看,葛兰西的理论对知识分子含义的外延起到了拓展的作用。虽然艺术领域中的知识分子更加关注思想的纵深挖掘,也给时代提供了丰富的人文资源,但在工业快速发展的现代社会,更需要工业技术人员对知识分子阶层加以补充。劳动活动和生产实践给新型知识分子提供了通往科学和历史新型主义的路径,使其成为社会变革中的重要力量。在葛兰西看来,有一种双向的互动真实存在于知识分子的活动场所与生产空间。不仅如此,知识界与生产界的关系并非一种直接关系,而是以间接的方式串联起来:"它们在各种程度上是全社会'中介'的结构,是上层建筑的综合,知识分子也就是上层建筑的'活动家'。"①

在葛兰西的观点中,知识分子的价值不仅在于传播人文知识和哲学思想,还在于参与生产实践和社会建设。他们在工业社会中的一大使命就是将知识和生产实践相结合,并在新的环境中从事各类社会活动。在这一情形下,知识分子群体开始表现出党派色彩,他们成为统治集团的"管家"。统治集团通过与知识分子合作来实现社会领导和政治管理的职能②,在葛兰西的理论中,"文化领导权"并非自上而下的命令,而是在各阶层的参与和互动中不断形成的。"文化领导权"的获得需要知识分子不断地汲取民众的世界观、价值观和日常生活经验,从而获取民众的肯定和认同。因此,知识分子需要不断改造自身,建立与领导集团之间的联系,并在普通群众中建立起"统一性",这就意味着知识分子需要直面群众的活动,并针对相应的问题充分研讨,"加以研究并整理成为一个完整的体系,从而同这些群众组成一个文化的和社会的集团"③。

在法国哲学家米歇尔·福柯看来,普遍型知识分子和特殊型知识分子是知识分子的两类构型。在其理论中,传统的旧知识分子多为普遍型知识分子,他们长期扮演着"预言家"的角色,"致力于什么是'必然的',什么又'必须发生'"。传统的旧知识分子要求人们以既定真理作为行动方向,不过这一要求也造成了"支配性的后果"④。福柯认为,所谓真理,指的是"一整套有关话语的生产、规律、分布、流通和作用的有规则的程序"⑤。真理受制于历史环境,随时可能发生变化,

---

① [意]安东尼奥·葛兰西:《狱中札记》,葆煦译,人民出版社 1983 年版,第 424—425 页。
② 参见[意]安东尼奥·葛兰西:《狱中札记》,葆煦译,人民出版社 1983 年版,第 425 页。
③ [意]安东尼奥·葛兰西:《狱中札记》,葆煦译,人民出版社 1983 年版,第 12 页。
④ [法]米歇尔·福柯:《权力的眼睛——福柯访谈录》,严锋译,上海人民出版社 1997 年版,第 72 页。
⑤ [法]米歇尔·福柯:《福柯集》,杜小真编选,上海远东出版社 1998 年版,第 447 页。

并以"流通"的方式与相关的生产权力制度密切相关。为了保证有效性，真理还必须"与由它引发并使它继续流通的权力效能相联系"，"真理并不外在于权力，真理也不可能没有权力"，"真理是关于这个世界的，它是借助于这个世界上许多的强制才产生的"。① 真理的变动性导致普遍型知识分子的影响力逐渐减弱。在达尔文进化论观点的影响下，许多学科的基础开始发生动摇，专家和科研工作者也开始参与社会问题的讨论，这类特殊型知识分子的影响力逐渐增大。

福柯认为，特殊型知识分子基本可以视为当代知识分子的主体。这类人群一般由各行各业的专家构成，如教授、科学研究者、金融家、律师、医生等，他们在各自领域内展现出极强的专业能力，也熟知现代权力结构在各自领域内的运作真相。福柯总结了特殊型知识分子的三个特殊性，即阶级地位的特殊性，工作、生活条件的特殊性，以及社会真理政策的特殊性。福柯将原子物理学家奥本海默视为特殊型知识分子的典型。由于职业原因，原子物理学家建立了与科学知识的直接关系，但原子物理学并非仅仅与其个人相关，还关乎全人类的安危，因而其研究话语开始具有普遍性："原子科学家借助这一关系到所有人的表态，使他在知识领域中占有的特殊地位发挥了作用。"②特殊型知识分子的实践活动可能会影响真理的讨论，因而现代社会必须重视这类特殊型知识分子的作用。

英国哲学家齐格蒙·鲍曼在《立法者与阐释者》一书中用"现代"和"后现代"区分知识分子的不同定位。为何要做一个知识分子？ 在他看来，知识分子意味着一种广泛而开放的邀请，意图在于"超越对自身所属专业或所属艺术门类的局部性关怀"，尽可能地参与整体的、全球性的问题讨论，如"真理（truth）、判断（judgement）和时代之趣味（taste）"，并且观察人们对特定的实践活动的参与度，能够成为判断"知识分子"与"非知识分子"的主要准则。③

鲍曼提出，不必就知识分子的定义争论不休，而应该采用整体性视野，关注某种重要的结构要素"在社会整体结构形式所呈现出来的依赖系统中所占的位置"，以及其"在维持和推动整体结构的发展中所起的作用"。④ 通过以上的观察方式，考量知识分子在社会中的位置，从而理解知识分子的境遇变化。鲍曼的理

① ［法］朱迪特·勒薇尔：《福柯思想辞典》，潘培庆译，重庆大学出版社 2015 年版，第 89—90 页。
② ［法］米歇尔·福柯：《福柯集》，杜小真编选，上海远东出版社 1998 年版，第 443 页。
③ ［英］齐格蒙·鲍曼：《立法者与阐释者——论现代性、后现代性与知识分子》，洪涛译，上海人民出版社 2000 年版，第 2 页。
④ ［英］齐格蒙·鲍曼：《立法者与阐释者——论现代性、后现代性与知识分子》，洪涛译，上海人民出版社 2000 年版，第 23 页。

论表明,知识分子与权力相生相成,尤其是在知识分子深度参与权力活动的后现代社会中,知识与权力形成了双向互动的关系。一方面,权力的合法性由知识赋予;另一方面,知识也不得不从权力出发,进一步巩固自己的地位。在这一语境下,知识分子的角色自然从现代社会的"立法者"向后现代社会的"阐释者"转变。

"立法者"的角色与权威性话语相关,由于知识分子在相当程度上掌握和拥有知识,因此知识成为其共同的所有物,并且"他们的知识,与社会秩序的维护和完善有着直接的和决定性的关系"①。在这种情况下,与非知识分子相比,知识分子拥有更多的契机来接触高层次的信息来源。同时,在程序性规则的保障下,他们获得了特权的保障,"被赋予了从事仲裁的合法权威","被赋予了对社会各界所持信念之有效性进行判断的权利和责任"。②

然而,随着社会的发展,高度发展的生产力和理性规范的管理方式让作为"立法者"的知识分子难以适应。现代权力以一种公式化、僵化的方式运行,对执行者的文化素养并没有过高的要求,这就造成了专家地位的下降。在这种情况下,"阐释者"角色成为后现代型知识分子的行为策略。"阐释者"能够形成解释性的话语,并通过这种活动方式促进人们之间的相互交往。在多元主义发展的背景下,出现世界公认的价值观相当困难,不同文化、不同历史背景的价值观需要在当下的社会中共存。"阐释者"是具有谈话艺术的知识分子,他们是能够理解和阐释不同文化背景的专家,因而就有可能在当下的文化活动中处于核心地位,"与他人对话而不是斗争,理解他人而不是驱赶或把他们当异己分子消灭",面对传统,知识分子要做的是延续、修正而非割裂,从而教导人们更好地参与社会生活,"通过自由地从另一源泉中汲取体验来使自身的传统得到提升,而不是在观念的交往中割断自身的传统"。③ 在后现代社会中,知识分子需要接纳"阐释者"的新角色,致力于交谈与倾听,致力于平衡人与人之间的关系,从而发展、充实和保护人类共同的智慧与文明。

文学理论家、批评家萨义德则认为,知识分子应该是一个"流亡者"或"业余者",应该是一个敢于对权威说实话的人。他在《知识分子论》中提到,知识分子

---

① 〔英〕齐格蒙·鲍曼:《立法者与阐释者——论现代性、后现代性与知识分子》,洪涛译,上海人民出版社2000年版,第6页。

② 〔英〕齐格蒙·鲍曼:《立法者与阐释者——论现代性、后现代性与知识分子》,洪涛译,上海人民出版社2000年版,第5—6页。

③ 〔英〕齐格蒙·鲍曼:《立法者与阐释者——论现代性、后现代性与知识分子》,洪涛译,上海人民出版社2000年版,第191页。

应该谨慎处理自身与权力之间的关系,保持独立的思考状态,时刻对政府行为进行监督,并且能够主动收集大众的建议。"流亡的"知识分子一方面真实存在,另一方面也具有相当的隐喻性,他们受到多种文化的影响,更容易形成自己独立思考的空间。萨义德将奈保尔和阿多诺视为"流亡的"知识分子的代表,他们片段式的、无秩序的书写特色,代表了知识分子无法平静的内心。当流亡使得知识分子处于不安和怀疑的处境时,他们将始终保持思考的自由。在一些知识分子看来,流亡并非失败,而是意味着远离庸众、远离琐碎的日常,这正是知识分子独特的生活体验,即"不把它当成一种损失或要哀叹的事物,而是当成一种自由,一种依自己模式来做事的发现过程"①。

通过分析葛兰西、福柯等人的观点,萨义德提出了自己的知识分子理论。在他看来,知识分子是"具有能力'向'(to)公众以及'为'(for)公众来代表、具现、表明讯息、观点、态度、哲学或意见的个人"②。从这个方面来看,想要扮演好知识分子的角色并不容易,他们需要在公共场合清晰有力地表达自己的观点,并时刻保持警觉的状态。关于知识分子所面临的环境压力,萨义德鼓励他们充分发挥"业余性"优势。萨义德理论中的"业余性",指的是"不为利益或奖赏所动,只是为了喜爱和不可抹杀的兴趣,而这些喜爱与兴趣在于更远大的景象"③,这种"远大的景象"不会受到行业、专长或是思想的限制,需要聚合多样的价值观念和文化体验。这样一来,知识分子就能在复杂的社会文化环境中坚持独立思考,不断丰富自身的文化结构,造就社会思潮的丰富和复杂。

知识分子的专门化、专业化在使其业务精进的同时,也可能会损伤其艺术感官。以文学艺术为例,如果过分依赖理论,就有可能影响感性思维,从而造成学术研究的刻板和倦怠。因此,在萨义德眼中,当下知识分子应该尽可能地成为"业余者",引领先进的社会思想,并充分发挥自身的能动性,在此基础上动员民众,使民众更加积极地参与社会活动。

在西方知识分子谱系中,无论知识分子处于何种阶级、何种团体,拥有何种政治和文化背景,他们都是社会生活的重要管理者,他们一方面能与权力机构形成对话,另一方面也能和民众沟通。他们的言语、行为方式和研究工作都在一定程度上代表了一个时代的社会价值观念。在这一前提下,在文学研究中引入知

---

① 〔美〕萨义德:《知识分子论》,单德兴译,生活・读书・新知三联书店2002年版,第56页。
② 〔美〕萨义德:《知识分子论》,单德兴译,生活・读书・新知三联书店2002年版,第16页。
③ 〔美〕萨义德:《知识分子论》,单德兴译,生活・读书・新知三联书店2002年版,第67页。

识分子视角，成为构建文本的社会外延、直抵其精神内核的重要方式。

二、中国科幻写作的知识分子表达

五四运动以来，中国现代知识分子逐渐成为新文化运动的启蒙者。知识分子叙事开始成为一种重要的叙事方式，在中国文学的发展脉络中发挥了启蒙作用。从鲁迅小说中的吕玮甫、魏连殳等"孤独者"形象，到茅盾作品中的静女士、方罗兰、章秋柳等"幻灭"的小资产阶级知识分子，再到叶圣陶笔下的倪焕之、钱锺书笔下的方鸿渐……知识分子以其深刻的思想意识和积极的行动姿态丰富了五四运动以来中国文学的发展样貌。科幻文学作为不同于主流文学的一个支流，在某种程度上延续了新文学的启蒙使命，并在 21 世纪以后持续发展壮大，成为知识分子话语的有力载体。这里的知识分子叙事主要包含创作主体本身的知识分子阶层定位、故事的知识者题材、作品中呈现出的知识分子群像，以及写作过程中采用的专业性、知识性语言等，这些方面所展现出的智性特色都值得关注。因此，从知识分子叙事角度对当代中国科幻小说进行重新界定，对文学史研究和小说叙事研究都有积极意义。

纵观 1949 年以来的中国科幻文学可以发现，随着科技政策和知识分子政策的调整，知识分子的地位得以提升，因而在科幻小说中他们也常常以正面形象出现，并在工业、农业、航空航天、军事等各个领域中都产生了不可估量的作用，成为社会主义建设的重要力量。因此，知识分子兢兢业业、无私奉献、勇于创新的精神在 1980 年代之前的科幻小说中得到了重点的呈现。

在 1980 年代前后，中国的科幻创作成就愈加丰富，尤其是科幻作品的艺术性开始加强。科幻小说不再单纯是科学普及的辅助工具，而是开始产生自身的文学个性。叶永烈的《小灵通漫游未来》将科学工作者与进步、便利的"未来市"相联系。"未来市"中的高科技产品，如飘行车、直升机和小型火箭等，都离不开科学工作者的研发和设计。在童恩正、郑文光、迟叔昌等作家的小说中，随着工业现代化的飞速发展，工厂生产线由太阳能等绿色能源驱动，源源不断地产出各类工业、农业产品，在保障城市建设的同时，也改善了人们的日常生活。童恩正在《珊瑚岛上的死光》中塑造的知识分子群像，不仅具有高超的学术水平，还有着热切的爱国情怀，成为新时期小说中颇具代表性的人物形象。

从 1990 年代至今，随着文学创作主题和艺术手法的不断拓展，科幻小说中的知识分子形象也更为丰富。在 1980 年代关于科幻小说的"科义之争"之后，学界基本统一了对科幻小说的认识,即承认其文学性的重要作用,科幻写作者也致力于用更为丰富的想象力构建未来世界。刘慈欣、韩松、王晋康、何夕、陈楸帆、郝景芳等新生代、更新代科幻作家,一方面构筑了奇诡多姿的科幻图景,另一方面也注重挖掘知识分子的情感表达和内心世界。刘慈欣的《三体》中就出现了性格迥异的知识分子形象,从叶文洁、章北海到罗辑、程心,他们在性格、情感和追求上都各不相同,有的玩世不恭,有的误入歧途,有的则肩负起救国救民的责任。中国科幻文学对这类知识分子形象的挖掘,不仅丰富了文学的人物图谱,而且拓展了知识分子叙事的路径。从主题深度、现实意义和人类文明等维度,多方面、多角度地表现出对当下和未来人类社会的深刻忧思。

目前,我国对科幻文学的研究已经形成体系,尤其是对 20 世纪中国科幻小说的分析已经具有很高的水平。吴岩是国内较早的科幻文学系统研究者,他主编的《科幻文学理论和学科体系建设》系统性地介绍了世界范围内科幻文学的发展情况,并在第二编中介绍了我国科幻文学的发展状况。他主编的"地平线未来丛书"集结了不同领域学者的驳杂观点,突破了以科学和文学为限度的科幻文学研究范式,为科幻文学研究提供了重要的史料和观点参考。除此以外,吴岩主编的"科幻新概念理论丛书"注重对从晚清到当代的中国科幻文学进行时序性的系统研究。其中,张治、胡俊、冯臻的《现代性与中国科幻文学》从现代性角度讨论了中国科幻文学的发生与发展,认为中国科幻文学在晚清时期萌芽,历经十七年文学和新时期文学,承担了启蒙民智、追求现代性的历史使命。近年来,吴岩主编了《20 世纪中国科幻小说史》《中国科幻文论精选》等图书,为进一步增强中国科幻小说的系统性、理论性研究作出了重要贡献。姜振宇的《现代性与科幻小说的两个传统》也持有相似的观点,文中认为,科幻小说在正典传统和商业传统两极之间摇摆不定,科幻作家需要以审美的眼光继续启蒙进程才是科幻小说发展的核心。陈舒劼的《想象的折叠与界限——20 世纪 90 年代以来的中国科幻小说》一文对前人的研究进行了补充。文章将 1990 年代的科幻小说作为一种文学与文化现象进行讨论,分析了科幻小说的共同特征,并且提出了中国科幻小说可能面临的风险。除了学院派的专业研究者,很多科幻小说的作家本人也承担起研究、介绍中国科幻文学的任务。叶永烈、郑文光、刘慈欣、星河等人都对中国科幻文学的理论建构以及发展前景进行了思考。

本书旨在以知识分子叙事为切入口,重新探讨 1949 年以后中国科幻小说的作者群体分布、文本的表达方式以及作品的情节结构,从而将科幻小说纳入中国当代文学史的发展脉络之中。"知识分子叙事"在这里具有多重意义：首先，创作主体的知识分子属性是不可忽视的一项内容。清朝末期，西方科学技术传入中国，与此同时，一批知识分子译介了以凡尔纳为代表的外国科幻小说家的作品，并且还产生了关于"哲理科学小说"的理论观点。1949 年以来，随着我国科技政策的不断丰富和完善，以及知识分子地位的不断改变，在 1950 年代出现了一些以科普为主要目的的科幻文学，虽然这类文学作品有着明确的目标读者和写作指向，但却依然能够呈现出当代中国奋勇向前的现代化建设步伐。进入"新时期"以后，随着"科学技术是第一生产力"重要论断的提出，科技创造和科普工作变得更为重要，尊重知识、尊重人才也成为各行各业的工作准则。在这一趋势下，中国科幻文学创作迎来了又一个高峰。这个时期创作和译介科幻作品的作者也大多具有较高的科学文化素养和理工科知识背景，能够将科学知识与文学创作相结合，使我国科幻文学的发展打开了新的局面。其次，小说内容的知识性也不容忽视。科幻文学作品往往会塑造一批学者、科学家形象，并对他们的生活和心理状态进行探讨。通过阅读文本，对这类知识分子形象进行总结和分析，有利于丰富中国当代文学中的知识分子形象谱系。此外，贯穿于科幻小说中的知识分子叙事对研究当代小说叙事方法的流变同样有着重要意义。由此来看，科幻小说和知识分子的关系始终值得关注，不但故事的写作者具有知识分子身份，而且创作内容也往往具有知识性，这两个方面有力地支撑起中国当代的知识分子写作。对中国当代科幻小说的知识分子叙事问题进行研究，使得科幻小说不再是孤立的文学支流，而是成为中国当代文学史的一个重要部分，在文学史上具有重要意义。

第一章
科技政策、知识分子政策与科学文艺创作

第一节　1949年以来科技政策的
制定和完善

一、科技政策的制定

　　1949年，我国的科学研究事业整体还较为落后，科学研究机构极少且研究设备严重缺乏，专门从事科学研究工作的不足千人。不仅如此，高等教育事业也同样落后，在校学生人数太少，远不能满足国家社会主义现代化建设的需求。鉴于此，国家高度重视科学机构的组织建设工作，计划初步搭建由中国科学院、高等院校、产业部门等研究机构组成的科学研究体系。1949年11月，中国科学院正式成立，郭沫若被任命为院长，全国科学工作自此逐步开展。1950年8月，中华全国第一次自然科学工作者代表会议在北京召开。会议提出，自然科学工作者应该团结一致，结合国家当前的经济建设实际情况，解决工业、农业等方面所面临的科技问题，促进全民科技素养的提高。会议决定成立"中华全国自然科学专门学会联合会"与"中华全国科学技术普及协会"，以保障科技人才的培养和科普工作的顺利进行。在随后的几年里，中华全国科学技术普及协会通过发展会员、举办演讲和展览等方式，向几百万群众普及了科学知识。科普工作不但向广大人民群众推广了科学技术知识，提高了人民群众的科学意识，也为中国科幻文学的发展奠定了群众基础。

　　1951年6月，中国科学院与教育部联合发布《1951年暑期招收研究实习员、研究生办法》，为科技发展提供储备人才。在教育政策的指引下，相关部门大力发展科技教育，培养了大批科技人才，高等教育毕业生人数大幅增长，教育部门

还通过引进海外专家和派出留学生等手段加强人才队伍的培养和建设。到 1956 年,全国独立研究机构、研究人员数量大幅增长,科技力量得到了进一步充实。

1955 年 5 月,国务院批准了《中国科学院关于筹组学部的经过和召开学部成立大会的报告》和《中国科学院学部委员名单》。同年 6 月,中国科学院学部成立大会在北京举行,新成立的四个学部的学部委员、各高校科研机构负责人 500 余人参加了会议。中国科学院院长郭沫若在开幕词中表示,为了解决我国科学基础薄弱、学科发展不平衡问题,需要进一步贯彻科学为建设服务的方针,"建立和健全全国科学领导中心",吸收全国优秀的科学家参加中国科学院的学术领导,从而促使"全国的科学研究工作和科学事业的发展更能根据国家需要有组织有计划地进行"。[①] 随后,中国科学院先后发布了《中国科学院研究生暂行条例》《中国科学院科学奖金暂行条例》《中国科学院学部暂行组织规程》。其中,《中国科学院科学奖金暂行条例》规定了科学奖金的申报条件,条件中提到,"凡中华人民共和国公民的科学研究工作或科学著作,在学术上有重大成就或对国民经济、文化发展上具有重大意义的"[②],这些科研成果不论属于集体还是个人,都有机会按照条例的规定申报中国科学院科学奖金。奖励制度的施行进一步加强了科技制度的建立和完善,也充分调动了科技工作者的积极性。

中国科学院成立后制定了《关于制定中国科学院十五年发展远景计划的指示》,对今后重大的科学问题研究、学科发展规划、科学研究机构的设置与发展、重要的调查和考察工作、重要的科学著作和图书资料的编写以及科学干部培养等问题作出了详细的安排。中科院希望通过该计划,让科学研究与国家建设实践紧密结合,从而更好地为社会主义建设服务。

1956 年,随着"向科学进军"口号的提出,国家制定了《1956—1967 年科学技术发展远景规划纲要(修正草案)》(以下简称《十二年科技规划》),以保障科学技术工作的顺利推进。《十二年科技规划》提出了"重要科学技术研究任务 57 项、中心研究课题 616 个",其中的重点研究任务主要是"原子能和平利用,喷气技术,电子学方面的半导体、计算机、遥控技术等"。[③]《十二年科技规划》指出,国

[①] 中共中央党校理论研究室编、刘海藩主编《历史的丰碑:中华人民共和国国史全鉴》(科技卷),中央文献出版社 2005 年版,第 46 页。

[②] 中共中央党校理论研究室编、刘海藩主编《历史的丰碑:中华人民共和国国史全鉴》(科技卷),中央文献出版社 2005 年版,第 44 页。

[③] 中共中央党校理论研究室编、刘海藩主编《历史的丰碑:中华人民共和国国史全鉴》(科技卷),中央文献出版社 2005 年版,第 53 页。

家应该根据经济发展情况,明确科学任务的分配和实施,并保证科研机构的设置、干部的使用和培养符合当前经济发展的需要。《十二年科技规划》的制定将科学资源纳入了国家建设的版图之中,国家可以结合建设中所急需解决的一些重大科技任务,深入规划具体的科学活动和科学研究,统筹安排全国科技工作,使科学技术事业发展与国家经济发展密切结合。《十二年科技规划》在科学技术、工业、经济的发展中至关重要,为我国的核工业、航天、半导体等先进技术的发展奠定了基础。

二、科技政策的恢复

为了推进科学技术的发展,严格执行知识分子政策,1978 年 3 月,中共中央在北京召开了全国科学大会,来自全国的数千名科学工作者参加了会议。会上,邓小平发表讲话,指出四个现代化的关键是科学技术的现代化,重申了知识分子的工人阶级属性,认为脑力劳动者和体力劳动者都是社会主义社会的劳动者。邓小平着重阐述了"科学技术是生产力"的重要观点:"当代的自然科学正以空前的规模和速度,应用于生产,使社会物质生产的各个领域面貌一新",电子计算机、自动化技术极大地提高了生产自动化的水平,这类技术使得"同样数量的劳动力,在同样的劳动时间里,可以生产出比过去多几十倍几百倍的产品。社会生产力有这样巨大的发展,劳动生产率有这样大幅度的提高,靠的是什么? 最主要的是靠科学的力量、技术的力量"。[①] 为了促进生产力发展,加速现代化进程,邓小平还提出要建设"又红又专"的科学技术人员队伍。一方面,科技工作者要热爱祖国、为社会主义科学事业不断奋斗;另一方面,应当保障科学技术人员的主要精力能够放在科学研究上面。邓小平的讲话阐明了科技发展中的诸多重要问题,对知识分子队伍的培育和社会主义科技的建设和发展都具有重要作用。此外,大会通过了《1978—1985 年全国科学技术发展规划纲要(草案)》,提出了今后几年科学技术工作的发展方向,并对能源、电子计算机、材料、空间、高能物理等重要领域和重点项目规定了细分指标。会上还宣读了中国科学院院长郭沫若题为《科学的春天》的讲话,号召科学工作者振作精神,勇攀高峰,为科学事业建立新功。

为了保障科技活动的顺利进行,重新建立国家科技研究和管理机构也被提

---

① 邓小平:《邓小平文选》(第二卷),人民出版社 1994 年版,第 87 页。

上日程。1977 年 9 月，中共中央下达了《关于成立国家科学技术委员会的决定》，进一步完善科技体系，曾经被撤销的科学技术委员会也得到恢复。国家科学技术委员会主要负责编制全国科学技术发展的长期方案和年度安排，协调各部门之间的重大科研任务，组织重要科研成果、发明创造的鉴定和奖励，同时还负责组织国际科技交流活动，聘任外籍专家提供技术指导。1978 年 5 月，国务院成立了"引进新技术领导小组"，领导小组主要负责新技术的引进和协调。同年 11 月，中国科学技术协会召开会议，会议起草了《中华人民共和国科学技术协会章程》，进一步完善了国家科研机构的组织功能。1979 年 7 月，国务院批转《关于中国科学院学部委员增补工作的报告》，恢复对科学研究人才的培养。

值得关注的是，1979 年 8 月，中国科学技术普及创作协会在北京成立，桥梁工程学家、中国科协副主席茅以升和科普作家高士其任名誉会长。中国科学普及创作协会主要吸收了具有一定专业水准的科技、教学人员，旨在以科普创作的形式提升人民群众的科学文化水平。中国科学普及创作协会成立大会重点讨论了关于科普作品的质量问题，以及如何壮大科普创作队伍、改善科普创作条件等问题。科学技术普及创作协会的成立，为中国科学文艺事业、科幻文学写作奠定了基础。在 1980 年代，多数从事科学文艺创作的作家都来自该协会，科普作家以专业的知识和斐然的文采为科学普及事业、科学后备人才的培育作出了重要贡献。

1985 年 3 月，中共中央针对全社会对科技体制改革的需要，下达了《关于科学技术体制改革的决定》，指出科学技术人员是新的社会生产力的开拓者和建设者，必须健全科学技术队伍，充分发挥人才作用，支持青年拔尖人才脱颖而出。在体制运行方面，要拓展和丰富市场，"克服单纯依靠行政手段管理科学技术工作"，"在对国家重点项目实行计划管理的同时，运用经济杠杆和市场调节，使科学技术机构具有自我发展的能力和自动为经济建设服务的活力"。在具体的机构完善方面，要应对和处理研究机构场所以及相关的国有和民营企业分散设立的状况，应该进一步整合各方力量，"促进研究机构、设计机构、高等学校、企业之间的协作和联合"，还要重视多方力量的合理调配，"使各方面的科学技术力量形成合理的纵深配置"。[①] 1986 年，国家先后制定了高技术研究与发展计划（简称

---

① 中共中央文献研究室编《改革开放三十年重要文献选编》（上册），中央文献出版社 2008 年版，第 372 页。

"863"计划)、星火计划等,全面部署科技工作。1987年1月,国务院发布了《关于进一步推进科技体制改革的若干决定》,提出应逐步实现研究和行政工作的分离,鼓励多层次的科研和生产结合,改革科技人员管理制度,放宽对科研人员的限制。1988年5月,国务院下发《关于深化科技体制改革若干问题的决定》,鼓励各科研院所积极转型,成立生产经营实体,在进行科学研究的同时促进产研结合,积极开发、生产新兴科技产品,大力发展智能技术产业。

三、科技政策体系的完善

1992年,邓小平南方谈话之后不久,国务院下发了《国家中长期科学技术发展纲领》的文件,同时下发了《国家中长期科学技术发展纲要(要点)》和《中华人民共和国科学技术发展十年规划和"八五"计划纲要》。该系列文件详细规划了我国今后的科技发展安排,对深化科技体制改革,逐步建立新的历史环境下的新体制提出了指导性意见。该系列文件再次强调,科学技术是第一生产力,在国际经济竞争中,科学技术的占比越来越大,并且日益成为决定性因素。因此,科技工作必须面向世界、面向未来,尊重技术人才,鼓励创新,提高劳动者素质,逐步转移经济建设的方向。该系列文件对工业、国防、高新技术等领域的科技发展提出了具体要求,期望通过科技领域的重大突破提升国际竞争力。为了实现这一目标,该系列文件要求转变政府职能,强化调控手段,逐步使行业和企业成为技术开发的主体,从而实现科研和生产的结合。在科技人才的管理上,该系列文件要求科研人员管理社会化,开放科技劳务市场,引入公平竞争,逐步实施科技人员与用人单位双向选择的聘任制,促进人才的合理流动。同时,还要根据按劳分配原则,激励科研人员专心做好本职工作,建立健全社会保障体系,改革户籍制度,全力保障科研人员的工作和生活。

1993年,第八届全国人民代表大会常务委员会第二次会议通过了《中华人民共和国科学技术进步法》,通过立法的形式,在高等教育、知识产权、自主创新、税收、科学决策、奖励制度等方面积极推进科技进步,为科技体制改革提供了法律保证。同时鼓励发展科普事业,向公众推广科学技术知识,从而提升公众的科学文化素质。

1995年,中共中央、国务院颁布了推动我国科学进步的纲领性文件《关于加速科学技术进步的决定》,正式提出了科教兴国战略,明确了科技工作的政策方针,要求全面落实"科学技术是第一生产力"的思想,将经济建设与科技进步紧密关联。随后,中共中央、国务院召开了全国科学技术大会,提出了农业、工业、高新技术产业、基础研究等各个领域发展科学技术的具体要求。大会之后,全国各地、各部门积极响应,文化部不久后发布了《贯彻〈中共中央、国务院关于加速科学技术进步的决定〉的几点意见》,要求进一步落实文化科技管理工作,在文化工作中加强科普宣传,"通过各种文艺形式、设施场所,以群众喜闻乐见的形式向广大人民普及科技知识、科学思想、科学方法","努力推进全社会的科技进步"。①

1999 年,中共中央、国务院召开了全国技术创新大会,发布了《关于加强技术创新,发展高科技,实现产业化的决定》,提出通过技术创新的方式实现高科技规模化和产业化,进一步解放生产力,提高生产效率。

1990 年代出台的各项政策巩固和保障了我国科学制度的新框架,为科技的进一步发展绘制了规划蓝图。21 世纪之后,随着人才强国战略和建设创新型国家战略的提出,科技体制改革持续推进,政府、企业、高校与科研机构的积极性得到调动,科研人员不断增多,科技产出大幅提升,科技发展与生产力的提高也进入了新的阶段。

第二节　1949 年以来的知识分子和人才政策

一、知识分子和人才政策的发展

1949 年以后,社会的变革使得当时的制度建设和组织结构发生了重大变化,知识分子政策的调整也被提上日程。1951 年 9 月,周恩来在北京、天津等高校教师的学习会上作了题为《关于知识分子的改造问题》的发言,具体阐明了知识分子的立场和态度问题。周恩来认为,知识分子应当在新形势下积极开展自我批评,进行自我教育、自我改造、自我提高,实现从民主的立场到人民的立场,进而站稳工人的立场。"知识分子的改造也要经过锻炼,经过学习,经过实践。知识分子到工厂去,到农村去,就是要学习工人阶级、劳动人民的思想和立场。"②毛泽东

---

① 《文化部贯彻〈中共中央、国务院关于加速科学技术进步的决定〉的几点意见》,《艺术科技》1995 年第 4 期。
② 中共中央文献研究室编《建国以来重要文献选编》(第二册),中央文献出版社 2011 年版,第 394 页。

在 1951 年 10 月的政协会议上,也提到了知识分子改造的必要性,在他看来,知识分子的思想改造有助于我国的工业建设。

1956 年,社会主义改造基本完成,科学技术的落后和知识人才的匮乏成为当时经济建设面临的重要问题。统计表明,到 1952 年,全国总人口近 5.75 亿人,其中"全民所有制单位职工 1 580 万人","科技人员仅 42.5 万人,全国平均每万人中不到 7.5 个科技人员,每万名职工中也仅有 269 个科技人员",在这 40 多万科技人员中,仅有 8 000 人专门从事科学研究。[1] 除此以外,我国科研机构的建设也存在不足之处,尤其是许多重要的技术问题仍需要苏联专家来解决。因此,为了尽快改变我国的落后现状,有组织、有计划地培养科学人才成为当时工作的重要目标。

为了改善这一问题,同时加强对知识分子群体的领导,1956 年 1 月,中共中央在北京召开了关于知识分子问题会议。会上,周恩来代表中共中央作了《关于知识分子问题的报告》,提到知识分子的"绝大部分已经成为国家工作人员,已经为社会主义服务,已经是工人阶级的一部分"[2]。因为知识分子已经逐步实现对社会主义建设事业的全面参与,所以他们已经开始发生"根本变化",逐步成为社会主义建设团队中的一员,与工人、农民团体紧密合作,共同服务于社会主义建设。同时,周恩来还系统地阐述了知识分子与社会主义经济建设之间相辅相成的关系,并提出科学知识和生产技术对提高生产力、实现现代化具有重要意义。会上,周恩来提出"向科学进军"的口号,要求广大知识分子奋起直追,努力提高国家的科学文化力量。同时,周恩来也表示,要进一步改善知识分子的工作条件,包括物质条件和精神条件,使知识分子可以发挥自己的专长,并积极培育新生力量。这次会议是 1949 年以后的第一次大规模知识分子工作会议,会议肯定了知识分子的社会地位,激发了知识分子建设社会主义的热情。

会后,中共中央下发了《关于知识分子问题的指示》,以文件形式肯定了知识分子问题会议的重要精神,并要求各党政机关全面规划知识分子问题,采取必要措施,鼓励知识分子,调动其积极性,提高其业务水平和政治站位,进一步解决我国在经济建设中遇到的复杂科技问题。毛泽东在对该指示草案的批语和修改中还提出:"为了改善对于知识分子的使用,进一步地进行对于知识分子的改造,大

---

[1] 曲峡、赵金鹏、仝祥顺、夏从亚:《中国共产党知识分子政策史》,石油大学出版社 1995 年版,第 128 页。
[2] 中共中央文献编辑委员会编《周恩来选集》(下卷),人民出版社 1984 年版,第 162 页。

批地培养知识分子,以加速我国科学文化事业的发展,必须加强党的领导。"[1]知识分子改造的主要目的是在党的领导下,使知识分子逐步远离落后于时代的资产阶级世界观,建立起无产阶级、共产主义的世界观,与过去的旧思想、旧习惯告别,树立为人民服务、为社会主义服务的工作立场,向工农兵学习,接受群众再教育,与工农结成亲密同盟,成为为人民服务的无产阶级知识分子。

为了进一步繁荣科学文化事业,毛泽东在 1956 年 4 月的中共中央政治局扩大会议上提出了"百花齐放、百家争鸣"的方针(简称"双百"方针)。随后,时任中宣部部长的陆定一以《百花齐放,百家争鸣》的讲话全面阐释了党中央的"双百"方针,主张文学艺术工作者、科学研究工作者要保持独立思考的能力,"有辩论的自由,有创作和批评的自由,有发表自己的意见、坚持自己的意见和保留自己的意见的自由"[2]。"双百"方针提出之后,知识分子反响热烈,纷纷准备重返文坛。随着《人民日报》的改版和《文汇报》的复刊,许多报刊也开辟了新的栏目,鼓励学者和作家讨论思想和文学问题。

二、知识分子和人才政策的调整

改革开放是我国历史上的一次重大转折,标志着国家的工作重心开始转向经济建设。在"解放思想、实事求是"的思想路线的指引下,知识分子在新时期的社会地位、阶级属性和现实作用得到了重新界定。邓小平在《关于科学和教育工作的几点意见》中提出,大部分知识分子都能够自愿地为国家、为社会主义服务,因此,在新的历史环境下,要尊重劳动、尊重人才,保障科研工作者的科研工作时间,调动其工作热情。同时,邓小平强调,要进一步提高高校的科研能力,保障重要科研成果的产出,积极发展社会主义科学事业:"重点大学都要逐步加重科研的分量,逐步增加科研的任务。"[3]除此之外,针对教育发展问题,邓小平还强调必须尊重教师、尊重人才,恢复知识分子的名誉,建立完整的人才制度,加强基础理论教学,逐步恢复考试制度,为社会培养新的人才。

1978 年 5 月 11 日,《光明日报》刊出《实践是检验真理的唯一标准》的文章,认为应重新认识和研读马克思主义思想,呼吁社会各界以实践检验真理,并用发展的眼光看待问题。关于真理标准的讨论在知识分子中间产生了广泛影响,也

---

① 中共中央文献研究室编《建国以来毛泽东文稿》(第五册),中央文献出版社 1991 年版,第 477 页。
② 陆定一:《百花齐放,百家争鸣》,《人民日报》1956 年 6 月 13 日。
③ 邓小平:《邓小平文选》(第二卷),人民出版社 1994 年版,第 53 页。

为全面解决知识分子问题提供了理论指导。为了落实邓小平的相关讲话精神，1978 年 10 月，中共中央组织部分批召开了落实党的知识分子政策座谈会。会上，各部门、各地区反馈了在落实知识分子政策过程中的经验和问题。座谈会的召开从制度上保证了党政机关和政府部门能够更好地落实知识分子政策。同年11 月，中共中央组织部发布了《关于落实党的知识分子政策的几点意见》（以下简称《意见》），明确了知识分子是工人阶级的一部分，并针对执行相关政策过程中遇到的困难，系统部署了各项工作准则和要求。《意见》提出："落实党的知识分子政策，做好知识分子的工作，关系到充分调动千百万知识分子的社会主义积极性，关系到加快实现四个现代化的进程。"①《意见》要求各级党委组织部门，在党委的领导下，正确认识知识分子的整体状况，促使知识分子尽快投入生产建设。《意见》还特别提出，应采取各项措施加强知识分子的培养，做到人尽其才、才尽其用。同时，还要切实解决知识分子的待遇问题，改善高级技术人才的生活条件，为知识分子提供工作和生活上的便利。

1979 年 10 月，第四次全国文代会在北京召开，邓小平高度赞扬了我国文艺工作取得的成就，提出文艺工作者要继续坚持"百花齐放、百家争鸣"的方针，不断提高文学艺术的水准和表现力，贴近民族风格，把握时代特色，进而繁荣社会主义文化事业。邓小平表示，党并不采用命令的方式领导文艺，"不是发号施令，不是要求文学艺术从属于临时的、具体的、直接的政治任务"，"在文艺创作、文艺批评领域的行政命令必须废止"，邓小平进一步指出，文艺创作是复杂的精神劳动，"写什么和怎样写，只能由文艺家在艺术实践中去探索和逐步求得解决。在这方面，不要横加干涉"。②为保证第四次全国文代会精神的落实，中共中央发表了《关于认真学习贯彻第四次全国文代会精神的通知》，要求各级党委继续深入关于真理标准问题的讨论，正确评价文艺工作正、反两方面的经验，发扬艺术民主，切实保证文艺创作和评论的自由，创造出适合文艺蓬勃发展的气氛，充分调动文艺工作者的创造性，发展一切有利于人民的文艺。

从 1978 年起，随着社会主义现代化建设成为社会发展工作的核心，知识分子问题再次成为改革的焦点。在 1978 年 3 月召开的全国科学大会上，邓小平强调，知识分子的"绝大多数已经是工人阶级和劳动人民自己的知识分子，因此也

---

① 中共中央组织部、中共中央文献研究室编《知识分子问题文献选编》，人民出版社 1983 年版，第 64 页。
② 中共中央组织部、中共中央文献研究室编《知识分子问题文献选编》，人民出版社 1983 年版，第 79—80 页。

可以说,已经是工人阶级自己的一部分","绝大多数科学技术人员热爱党、热爱社会主义,努力同工农兵相结合",并鼓舞知识分子要"衷心拥护党中央,为实现四个现代化更加奋发努力工作"。① 同年 4 月,邓小平在全国教育工作会议上强调,为了适应迅速发展的现代经济技术,要让教育事业"成为国民经济计划的一个重要组成部分"②。为此,要大力发展科学教育事业,提高知识分子的政治地位和社会地位,改善知识分子的生活待遇,提高科学工作者的积极性。

1978 年以后,在解放思想的时代环境下,大批作家重返创作岗位,第四次全国文代会的召开更是推动了思想解放的进程。不久,张洁的《爱,是不能忘记的》、王蒙的《布礼》、宗璞的《我是谁?》等小说相继发表,各大文学报刊也纷纷组稿讨论文艺界的思想解放相关问题。《人民文学》陆续刊载了徐迟的《哥德巴赫猜想》、李陀的《带五线谱的花环》等知识分子题材的作品,知识分子的文学形象得到了重塑。1979 年 1 月,《收获》复刊,刊登了谌容的知识分子题材的小说《人到中年》,引发了广泛讨论,各大文学报刊纷纷开辟专栏,就小说的思想内容和艺术特色展开讨论。小说随后还被改编为电影、连环画等,为新时期文学增添了具有代表性的知识分子形象。随着新时期知识分子政策的不断落实,文学艺术界的创作热忱被充分激发,我国的文艺事业也迎来了新的发展局面。

三、知识分子和人才政策的新形势

1985 年,中共中央在《关于科学技术体制改革的决定》(以下简称《决定》)中再次强调了知识分子和科技人才的重要作用。《决定》指出,要尊重科学技术人才,保障学术自由,提倡百家争鸣,反对运用行政手段干预学术自由:"学术上的是非,只能通过自由讨论和实践的检验,求得正确的认识。"③通过自由平等的学术讨论,增强科学工作者的事业心和责任感,使科学工作者将国家需求与日常工作相联系,充分发挥开拓和创造精神。同时,《决定》还指出,要改善科技工作者的生活条件,按照按劳分配的原则解决其劳动报酬问题,并建立起必要的精神奖励与物质奖励制度,充分激发知识分子的积极性,进一步解放和发展科技生产力,促使社会不断走向繁荣。

---

① 邓小平:《邓小平文选》(第二卷),人民出版社 1994 年版,第 89—92 页。
② 邓小平:《邓小平文选》(第二卷),人民出版社 1994 年版,第 108 页。
③ 中共中央文献研究室编《改革开放三十年重要文献选编》(上册),中央文献出版社 2008 年版,第378 页。

1980 年代,在人员聘用制度上,国家着手实行技术职务聘任制,在尊重知识、尊重劳动的基础上,鼓励科研人员和知识分子创造财富,保护其合法收入。1985 年 5 月,中共中央发布了《关于教育体制改革的决定》(以下简称《决定》),指出要以提高民族素质为教育体制改革的根本目的,改革管理体制,扩大学校自主办学权,加强基础教学工作,充分发挥高校的重要作用和创新活力,开创教育工作新局面。《决定》还指出,在改革过程中,教师的重要地位不容忽视,尽可能地调动教师的积极性,进一步推动教育事业发展。

21 世纪以来,国家继续推进知识分子的建设工作,于 2002 年印发《2002—2005 年全国人才队伍建设规划纲要》,对我国的知识分子队伍进行总体规划,并提出实施"人才强国战略"。2003 年,全国人才工作会议在北京召开,会议强调,各部门要通力合作,创造条件,努力打造结构合理、规模恰当的人才队伍,着力提升人才素质,从而提升国家核心竞争力。会议还特别指出,要以拔尖创新型科技人才为重点,建设创新型科技人才队伍。2006 年,国务院颁布了《国家中长期科学和技术发展规划纲要(2006—2020 年)》(以下简称《纲要》),提出以"自主创新,重点跨越,支撑发展,引领未来"为指导方针,重点关注分布在 8 个领域的 27 项前沿科技,为我国建设创新型国家提供了制度保障。《纲要》特别指出,良好的环境是激励科研人员的重要保障,各部门要"努力开创人才辈出、人尽其才、才尽其用的良好局面",尽力完善人才队伍建设工作,并使其与经济发展、国防建设等领域的工作相适应,努力打造"规模宏大、结构合理的高素质科技人才队伍,为我国科学技术的发展提供充分的人才支撑和智力保证"。[1] 21 世纪以来,随着各项科技人才政策的提出,大批知识分子投身于科学研究之中,帮助我国在高科技研究领域取得了突破性成就。

第三节 知识分子的科普活动与
科幻文学创作制度

中华人民共和国成立初期,相对落后的科技条件难以满足国家经济建设的

---

[1] 中华人民共和国科学技术部创新发展司编《中华人民共和国科学技术发展规划纲要(2001—2010)》,科学技术文献出版社 2018 年版,第 76 页。

需求。在大力发展科学技术事业的迫切需求下，随着"向科学进军"的口号和"百花齐放，百家争鸣"方针的提出，科学普及活动得以大量开展，科普展览和科普期刊进一步增多，科幻文学创作也逐步走向正轨。

一、科学技术普及协会的成立及 1950 年代的科普活动

1950 年，"中华全国科学技术普及协会"成立，协会的主要任务是充分发挥组织功能，联通各地级分会，吸收具有一定科学水平的科学文教工作者为会员，不断壮大科普队伍，并通过演讲、展览、电影、出版等方式，宣传自然科学和技术知识。根据协会主席梁希的《中华全国科学技术普及协会的任务》一文，科学技术普及协会希望达成以下目的：

（一）使劳动人民确实掌握科学的生产技术，促使生产方法科学化，在新民主主义的经济建设中发挥力量。

（二）解释自然现象和科学技术的成就，肃清迷信落后思想。

（三）宣扬我国劳动人民对于科学技术的发明创造，借以在人民中培养爱国主义的精神。

（四）普及医药卫生知识，以保卫人民的健康。[①]

由此看来，在 1950 年代科技政策的引导下，以知识分子为主要群体的科普工作者，需要从经济、文化两方面入手开展科普工作。在经济方面，开展科普工作是为了提高社会生产力，运用科技手段大力提升生产效率，并通过技术培训、技术推广等方式，增加人民群众的基本科学常识，从而进一步为生产建设服务。在文化方面，进行科普工作则是为了肃清迷信思想，宣传和培养爱国主义精神。科学技术普及协会成立四年后，在全国三十个省和直辖市建立了分会组织，发展会员近三万人，组织科学技术讲演三万多次，举办科学展览会一千五百多次，编印科学技术活页资料三百多种。[②] 在相关政策的扶持下，科普工作取得了显著成效。为了配合科普工作的宣传和推广，《科学大众》《知识就是力量》《大众医学》《大众农业》等科学报刊相继出版，为科普工作的顺利开展提供了必要的平

---

① 梁希：《中华全国科学技术普及协会的任务》，《科学时代》1950 年第 3 期。
② 《梁希文集》编辑组编《梁希文集》，中国林业出版社 1983 年版，第 340 页。

台。1956年,随着"双百"方针的提出,科普工作也逐步扩大,梁希在《在百花齐放百家争鸣的方针下做好科学普及工作》一文中提出,科普工作也应当遵循"百花齐放、百家争鸣"的方针,扩大宣传门类,囊括物理、数学、医药卫生、地质、化工等多种学科,宣传方式也需借鉴演讲、广播、期刊、电影等多种形式。同时,科普协会内部还要进一步细化分工,成立各个专门性组织,如物理学组、土木学组、气象学组等,挖掘科学工作者的潜力,给他们提供公开讨论、自由发表意见的良好学术环境,从而提高科普工作的质量。① 在相关政策的鼓舞下,科普宣传的方式不断增多,其中,科学类期刊不仅在科普工作中发挥了重要作用,也成为后来科学文艺创作的重要基础。

在1950年代的科普期刊中,《科学大众》的影响较为广泛。《科学大众》创刊于1937年,旨在普及科学知识,建立科学与大众之间的桥梁。受战争影响,《科学大众》曾经一度停刊。1953年,杂志由科学技术普及协会接手,并获得了相关科技政策的支持。郭沫若为杂志题写刊名,并撰文《为了更好地为社会主义工业化服务》以示庆贺。郭沫若在文中提到,在现有的历史条件下,想要建立工业化国家,必须将发展重工业放在首位,同时还要扩大交通运输业、农业、轻工业、商业等有利于经济建设的行业。在此基础上,还需着手进行农业、手工业和资本主义工商业的改造工作,以促进国民经济稳步增长。为了完成这些任务,必须培养具备基本科学素质的干部,并通过干部的推广,让每一位工农群众都能够掌握自己业务范围之内的技术工作。同时,郭沫若还提出在科普工作中实施"科学大众化"的方针:"我们的科学和技术的专家们有责任把自己的专长尽可能地大众化,使科学技术的知识尽可能地普及","我们不仅要使科学——大众化,大众——科学化,还要把专门的科学家普及成大众的科学家,把大众的科学提高成专门的科学",另外,要正确看待科学技术和初步经验的关系,"不要把科学技术看得太高深,也不要把初步经验加以藐视。高深的科学技术,事实上是由初步经验积累起来的"。②

据《科学大众》的初创者、副主编王天一回忆,1949年以后,《科学大众》结合当时的政治社会形势对内容进行了改进,取消了一些趣味性过强的内容:"着重遵循党的总路线、总任务,结合我国社会主义建设的实践,进行宣传,政治性、思想性显著加强,科学性、知识性继续提高。"③依托各大科技协会,杂志下设专栏

① 参见《梁希文集》编辑组编《梁希文集》,中国林业出版社1983年版,第444—447页。
② 郭沫若:《为了更好地为社会主义工业化服务》,《科学大众》1954年第1期。
③ 王天一:《编编写写五十年》,《编辑之友》1987年第4期。

介绍天文、地质、物理、气象等科学知识。

1956年,科学普及出版社成立,创办了《知识就是力量》和《学科学》两本杂志。《知识就是力量》是苏联同名刊物的中译本,以翻译为主,主要向中国青年介绍外国先进的科学技术,周恩来为其题名。1956年3月正式出版之后,《知识就是力量》整合了苏联同名杂志三十年来的精华文章,题材广泛,内容新颖,广受读者喜爱,发行量也每期递增。[①] 在前五期的基础上,《知识就是力量》积累了一定的编辑经验,也培养了自己的翻译队伍,开始从多方面探索具有中国特色的科普方式。据杂志编辑部主任王麦林回忆,杂志的选题与国家当时的经济建设紧密结合:"比如说当时发展农业,我们就找农业方面的文章,美国的玉米、复合肥料、球状肥料,都是新的东西。我们编辑都有分工,每年年初到国家有关部委,比如说机械工业部、冶金部、卫生部等,去了解他们当年要宣传什么,我们就配合他们的宣传来抓选题。"[②]《学科学》是一本主要为农村干部和群众提供科普服务的通俗科学杂志。除了办杂志,编辑部还组织了面向群众的展览会,展示各类科学著作,内容涵盖了数、理、农、林各个学科。时任科普协会主席的梁希为《学科学》撰文称:"向劳动群众普及科学,是为了壮大我们的科学队伍,是为了结合千千万万人一道向科学进军",结合当时的知识分子政策,梁希还提到"科学家把科学知识献给劳动群众,正是求之不得的光荣任务"。[③]

由此看来,上述杂志的创办,都是为了普及科学技术知识、壮大科技工作者队伍,进而促进科学的大众化。与纯理论、纯科学相比,此时的科普工作将应用型科学技术放在了首要位置,对科学技术知识的介绍都有明确的目的,或是解决当时生产中遇到的实际困难,或是直接对应国家经济建设的重要问题。

当然,对纯理论、纯科学的介绍同样存在。1957年,苏联发射了世界上第一颗人造卫星,我国民众也燃起了探索太空的热情。《航空知识》和《天文爱好者》的创办,将科普范围拓展至太空领域。《航空知识》由北京航空学院(今北京航空航天大学)创办,是1949年以后第一本专门关注航空知识的刊物,深受航空爱好者喜爱。杂志主要介绍航空基本原理和基础知识,还注重报道航空方面的新事物、新成就。《天文爱好者》由中国天文学会、北京天文馆主办,重在介绍天文知

① 王天一:《我和〈知识就是力量〉——回忆创刊与复刊》,《中国科技期刊研究》1990年第1期。
② 王麦林:《我的科普生涯》,载中国科协机关离退休干部办公室、中国科协直属单位老科技工作者协会编《亲历科协岁月》,中国科学技术出版社2013年版,第76页。
③《梁希文集》编辑组编《梁希文集》,中国林业出版社1983年版,第453页。

识,培养天文爱好者,杂志颇受科学界重视,创刊号上刊登了郭沫若撰写的发刊词。1960 年,由共青团中央主管、中国少年儿童新闻出版总社主办的《我们爱科学》杂志创刊。杂志以少年儿童为对象,结合生活实际,宣传自然科学知识,培养少年儿童学习科学、建设祖国的理想。值得关注的是,杂志除了刊登科普类文章之外,还刊载科幻作品和科学童话,如萧建亨的《布克的奇遇》,讲述了一只叫布克的狼狗经过器官移植死而复生的故事。故事涉及"冷冻技术""器官移植""人工心肺机""人造血"等高科技医学概念,显示出作者基于科学理念的奇思妙想和对科学发展的高度预见性。

二、1980 年代的科技政策与科幻创作

1980 年,国家科委党组拟定了《关于我国科学技术发展方针的汇报提纲》,随后中共中央、国务院进行转发,要求各级政府必须明确科技工作为经济建设服务的方针,并依照汇报提纲中的内容参照执行。国务院要求各级政府在科学技术领域加强领导,尊重知识分子,提高科学家的待遇,"在整个社会造成尊重科学、尊重科学家的风气",各个职能部门"都要积极把德才兼备而又懂得科学技术的人才吸收到领导班子中来。要提倡工农干部学科学、学技术,提倡全党干部学科学、学技术"[1]。

除了在科学界,知识分子在文学界的待遇也逐步得到了改善。随着改革开放工作的展开,主流文艺界迅速反应,作家重回文学现场。1976 年,《人民文学》复刊,以刘心武的《班主任》、卢新华的《伤痕》为代表的一类反思过去、审视历史的小说开始出现。随着科学界、文艺界形势的改变,一度沉寂的科幻文学创作也逐步复苏。同年,叶永烈发表了科幻小说《石油蛋白》,小说大胆想象从无法食用的石油中提炼蛋白产品,并以此为原材料,制造奶粉、蛋糕、酱料等日常食品。紧凑的情节安排、大胆的技术构想和生动的人物刻画,让《石油蛋白》成为 1980 年代科幻小说重新出发的新起点。根据《中国科幻小说大全》的记载,1976 年只有《石油蛋白》一篇科幻小说问世,1977 年增加为三篇,1978 年则迅速增至 42 篇,1979 年更是进一步增加为 135 篇。[2] 可见,科幻小说在短时间内实现了作品数量的爆发式增长,成为新时期文学的一个重要组成部分。

从时间脉络来看,科幻文学的发展道路与新时期的思想解放路径几乎是重

---

① 中共中央文献研究室编《改革开放三十年重要文献选编》(上册),中央文献出版社 2008 年版,第 180—181 页。
② 饶忠华主编《中国科幻小说大全》(上集),海洋出版社 1982 年版,第 196 页。

合的。邓小平在 1978 年全国科学大会上提到，为了进一步发展科学事业，集中力量发展经济，各部门必须"正确认识科学技术是生产力，正确认识为社会主义服务的脑力劳动者是劳动人民的一部分"①。这一讲话重申了马克思关于"科学技术是生产力"的重要论断，肯定了发展科学技术的重要作用，激发了从事科学工作的知识分子群体的信心。在 1980 年代，崇尚科学成为当时思想界的主流论调，文艺界也用呈现科学进步和科学家高尚品质的作品予以回应，徐迟的《哥德巴赫猜想》就是此类题材的集大成者。与此同时，科幻文学也走上了自身的发展之路，创作者队伍不断扩大，郑文光、叶永烈、萧建亨、童恩正、刘兴诗、金涛等一批实力派的科幻作家开始出现。与纯文学作家不同的是，科幻文学作家大多从事自然科学工作②，因而在科幻写作方面具备了特别的优势。除了科幻文学创作，科幻文学翻译以及科幻文学理论研究也有一定程度的发展。童恩正、叶永烈等人关于科幻文学的评论文章，切实肯定了科幻文学创作在科学和文学两方面的价值，也给科幻文学创作提供了理论指导。在此基础上，《科学文艺》《科幻海洋》等杂志相继涌现，数量丰富，内容繁多，质量上乘，为促使中国科幻文学进入"黄金时代"③提供了优质的平台。据不完全统计，1980 年代具有代表性的科幻文学期刊、丛书主要有以下种类：

《科学文艺》

《智慧树》

《科幻海洋》

《科学神话》

《科学小说译丛》

《科学文艺译丛》

《科学幻想丛刊》

除此之外，少年儿童出版社、上海人民出版社、中国少年儿童出版社等出版社均参与了科幻文学的出版活动，这些出版活动一方面培育中国本土科幻创作，另一方面译介外国科幻作品，给科幻文学的发展提供了良好的平台。

---

① 邓小平：《在全国科学大会开幕式上的讲话》，《红旗》1978 年第 4 期。
② 参见叶永烈：《暗斗》，人民日报出版社 1999 年版，第 478—479 页。
③ 中国科幻小说的"黄金时代"是指 1979 –1983 年。

三、1990 年代以后的科技政策与科幻文学体系发展

1990 年代,中共中央、国务院提出"科教兴国"的发展战略,指出为了实现国民经济的持续快速增长,必须依靠科技进步解决劳动生产率低、技术落后等问题。为此,必须全面落实科学技术是第一生产力,以教育为根本,逐步提高全民族科学文化素质,增强我国科技文化实力,让高科技工业和高素质劳动者持续推动国家经济的繁荣。

在科普工作方面,中共中央、国务院《关于加速科学技术进步的决定》表明,要善于利用媒介工具和舆论环境加强科普宣传工作,"以群众喜闻乐见的形式,在广大人民群众中大力普及科技知识、科学思想和科学方法,进行辩证唯物主义和历史唯物主义的教育",不仅如此,还应强化人民群众的科学观,"用科学战胜迷信、愚昧和贫穷,把人民的生产、生活导入文明、科学的轨道"。[1]

在"科教兴国"战略的指导和要求下,尊重知识、尊重人才成为社会新风尚,科技创新和科技进步也越来越受到重视。1994 年,《关于加强科学技术普及工作的若干意见》出台并强调,做好科学技术普及工作有助于提高国民素质,加强社会主义精神文明建设。1996 年,中宣部、国家科委、中国科协发布了《关于加强科普宣传工作的通知》,提出要在科教兴国战略的引领下,增强公众的科学素养,培养公众的科学思考能力,使其摒除迷信,从科学角度处理问题,促使人民群众深刻理解科学技术和经济发展之间的关系。[2] 为了建设好科普宣传队伍,各地要重视知识分子的作用,有计划地组织文艺和新闻从业人员深入研究所、工厂、实验室等科技一线,发掘科技工作中的典型事例,表彰产生较大影响的科普作品。1999 年,《2000—2005 年科学技术普及工作纲要》(以下简称《纲要》)出台,对 21 世纪的科普工作提出了战略性指导意见。《纲要》要求各部门弘扬科学精神、宣传科学思想,帮助社会公众建立科学的自然观,提高全民精神文明程度。其中,科学和教育工作者成为科普工作的主力军。《纲要》提出,知识分子应当重视专业学术团体的队伍建设,深入研究理论问题,满足公众需求,在宣传科学的活动中树立典范作用。

进入 21 世纪之后,我国的科普政策进一步增多,相继出台了《全民科学素质

---

① 国家科学技术委员会编《科学技术白皮书 第 7 号:中国科学技术政策指南》,科学技术文献出版社 1998 年版,第 272 页。

② 国家科学技术委员会编《科学技术白皮书 第 7 号:中国科学技术政策指南》,科学技术文献出版社 1998 年版,第 289 页。

行动计划纲要》《关于加强国家科普能力建设的若干意见》《国家科学技术普及"十二五"专项规划》等文件,提倡科普工作的市场导向,推动经营性科普产业发展。2002 年,为了应对社会中出现的一些"伪科学"事件,第九届全国人民代表大会常务委员会第二十八次会议通过了《中华人民共和国科学技术普及法》,以立法的形式明确规定了科普的重要作用。

我国的科幻文学创作也在 1990 年代恢复生机,其中不得不提的便是《科学文艺》杂志。《科学文艺》杂志于 1979 年创办,在经历了科幻创作的"黄金时代"之后,受科幻文学"科文之争"的影响,杂志一度停刊。1991 年,《科学文艺》更名为《科幻世界》,并开始转变杂志的定位:从科学普及转向科幻小说,这大大增强了杂志的文学性和艺术性。同时,杂志的目标读者范围从以初中生为主,转变为以高中生、大学生等青年读者为主要对象,进一步弱化了杂志原本的儿童文学性质。除此之外,杂志进一步转变为以市场和读者为导向。杂志主编杨潇表示,杂志非常重视读者的评价,并设立了"每期一评"栏目以收集多方意见。每隔一两年,杂志还要举行大型调查活动,鼓励读者参与,从而根据读者喜好改进版面和作品质量。[①] 与此同时,杨潇带领《科幻世界》承办了 1991 年世界科幻年会,向世界介绍了中国的科幻成果。《科幻世界》挖掘并培养了刘慈欣、韩松、何夕、王晋康等著名科幻作家,并以其知识性和趣味性吸引了大批"科幻迷"群体,发行量和影响力进一步扩大。

为了团结读者,杂志还精心运营了"科幻迷俱乐部",密切联系清华、北大等几十所高校的科幻协会,支持内刊《异度空间》的印制与交流,并与各高校共同举办各类活动。据杨潇回忆,"科幻迷俱乐部"产生了相当大的凝聚作用:"通过科幻迷俱乐部,把我们的影响扩散出去,把读者的需求吸收进来。"[②]1997 年,《科幻世界》策划了"97 北京国际科幻大会",大会邀请了五名俄罗斯和美国的宇航员参加,并通过讲座、研讨、书展、电影等方式,使得科幻文学的受众面进一步扩大,杂志也得到了更为广泛的认可。

进入 21 世纪以后,《科幻世界》细分为《科幻世界·少年版》《科幻世界·译文版》《科幻世界画刊·小牛顿》等刊物,进一步占领细分市场。与此同时,杂志社还与出版社合作,启动了"世界科幻大师丛书""世界流行科幻丛书""星云系列丛书"等丛书工程,进一步提升了品牌影响力。此外,杂志通过创建 APP、微信

---

① 杨潇:《〈科幻世界〉的发展之路》,《中国科技期刊研究》2002 年第 A1 期。
② 侯大伟、杨枫主编《追梦人:四川科幻口述史》,四川人民出版社 2017 年版,第 27 页。

公众号、小程序等方式,丰富了媒介表达方式。不仅如此,杂志还借助作者的影响力,进一步拓展了下游产业,在电影业、游戏业、动漫业也取得了不俗的成就。

　　"文学评奖"一直是扩大文学影响力、引领文学创作方向和创作潮流的重要文学制度。在 1985 年前后,《科学文艺》与《智慧树》合作,开始筹备中国科幻"银河奖",并在 1986 年 5 月评选出首届"银河奖"的 23 篇获奖作品。此时,科幻文学写作尚处于恢复阶段,在"银河奖"的颁奖典礼上,时任中国作协书记处书记的鲍昌用"灰姑娘"①一词来形容科幻文学创作的滑坡现象。时任《科学文艺》杂志编辑的谭楷,沿用了"灰姑娘"的概念,在《人民日报》发文,反思当时科幻文学的创作问题。谭楷认为,科幻文学从文坛"隐退",主要是因为受到创作范式的限制。因此,要发展科幻文学,必须"从某种模式中解脱出来"②,不再具体介绍和解释科学知识,而是更多地关注幻想性和文学性内涵的拓展。随后,中国科幻文学的发展路径更加开阔,在 1991 年世界科幻年会期间,第三届"银河奖"的颁奖大会同时举行,在全世界科幻作者和研究者的见证下,中国科幻创作体系逐步建立起来。从此时开始,"银河奖"的评选、颁奖活动也逐步走上正轨,成为"科幻迷"群体一年一度的盛会,中国科幻也由此进入高速发展时期。"银河奖"以刊登在杂志上的作品为评选对象,采用专家和读者共同投票评选的方式进行,并随着科技发展,采用网络投票方式扩大影响范围,"银河奖"已经逐步成为中国科幻极具影响力的奖项之一。为了保持科幻创作的持续繁荣,《科幻世界》借用每年举办"银河奖"的契机,在杂志上设立了"银河奖征文"栏目,以不断培育作者队伍。同时,还设立了"校园科幻""每日一星"等栏目,将作者紧密团结在杂志周围。

　　自 1990 年代开始,在政策和市场的双重引导下,出现了一大批风格各异的科幻作家,给中国科幻文学带来了新气象。韩松的《宇宙墓碑》《红色海洋》《地铁》《高铁》等风格独特的作品给读者带来了鬼魅怪诞的阅读体验;王晋康以《生命之歌》《蚁生》等作品反思历史运行中的技术变迁和文化伦理;刘慈欣用《流浪地球》《超新星纪元》《三体》等作品创造了瑰丽宏大的宇宙奇观;何夕则以《六道众生》《伤心者》等作品呈现了细腻充沛的人文情感。在此之后,星河、潘海天、柳文扬、赵海虹、陈楸帆、夏笳、宝树、江波、郝景芳等,都创作出了极具潜力和影响力的作品,为中国科幻文学创作拓宽了发展道路。

---

① 侯大伟、杨枫主编《追梦人:四川科幻口述史》,四川人民出版社 2017 年版,第 15 页。
② 谭楷:《"灰姑娘"为何隐退》,《人民日报》1987 年 6 月 20 日。

第二章
科幻小说的现实主题与知识分子叙事变迁

    科幻小说对现实经验的表达,首先表现在用理性与逻辑的方式对未来世界进行合理的幻想。叶永烈的《小灵通漫游未来》在1978年出版后引发了抢购热潮,后来又被改编为连环画和影视作品,深受读者喜爱。机灵活泼的小记者"小灵通"在机缘巧合下来到了未来世界,并经历了奇异的现代科技和冒险之旅。在童趣的视角下,气垫船、语音输入法、电视手表、降雨剂等高科技产品被一一呈现,这些新奇的设备在今天已经成为现实。幻想和现实的边界并非一成不变,过去的幻想成为现实,而今天我们对世界的认知盲点很可能在未来也将成为现实。"小灵通"对历史的演进持有一种乐观的态度,小说中的未来工业时代的城市生活轻松而明快,带有对科技社会建构的美好设想。

    科幻文学对现实的触及,还表现在对历史的反思态度上。同样是在"科学的春天"的1978年,童恩正的《珊瑚岛上的死光》刊于《人民文学》杂志,作品颂扬了科学家崇高的科学精神和爱国情怀。该作获得1978年"全国优秀短篇小说奖",这意味着主流文坛对小说的肯定。叶永烈发表于1981年的《腐蚀》也具有相似的主题表达,小说同样聚焦科学工作者,表现了他们在工作和荣誉面前的人性纠葛和心灵的最终净化。在1980年代,"伤痕""反思""改革""人的文学"是主流文学界探讨的主要话题,在这样的背景下,科幻小说并未缺席,而是以想象的形式深度发掘人们普遍关心的问题,关注人们的精神渴求,以科学和幻想并重的创作理念传达对时代重大问题的回应。

第一节　科幻小说中的现实主义问题

一、从"现实主义"到"科幻现实主义"

1949 年以来,现实主义创作似乎始终是文学艺术创作的主旋律。在十七年文学中,现实主义主要体现为社会主义现实主义,是一种有着内在规定的文艺创作模式,无论是主题、情节还是人物形象的塑造,都有概念化和公式化的倾向。在十七年文学时期,受到文学史广泛关注的往往是想要突破现有文学创作模式的作品,如《我们夫妇之间》《组织部新来的青年人》(后更名为《组织部来了个年轻人》)等,这些作品在一定程度上突破了现实主义创作的限制。

随着社会思想的解放,新时期文学时期,文学思潮不断更迭,但在艺术上仍然承袭了现实主义的创作方式。1985 年前后,随着西方文艺思潮的大量涌入,现代主义、后现代主义文学作品和文艺理论流入中国,现代派文学和先锋文学逐渐成为这一时期最受关注的文学创作,现实主义文学创作的比重则逐渐下降。

直到 1990 年代初,随着邓小平南方谈话以及经济体制的转型,社会的文化氛围开始改变,在这样的趋势下,很多作家发生了写作上的转变,他们开始进行自我调整,主要是开始向世俗生活靠拢,发掘生活中平凡、琐碎的小事。这种趋势直到 21 世纪依然在不断演进,主要体现为对日常生活细微之处的极致刻画,并在女性文学中表现得较为典型,即所谓的"私人化"写作,然而这种写作模式极易被商业捆绑,成为商业的附庸。

面对 1980 年代至 1990 年代的整体文学思潮,尤其是文学大众化、私人化的转变,科幻文学一直在试图建立自己独特的发展方向,其中一个重要的前进线索就是对现实的多方位呈现。想象的根基往往是现实,科幻文学作为一种虚构的文学类型,自然也与现实关系密切。与传统的现实主义写作不同,科幻作家更加善于以变形、重塑、扭曲的方式呈现现实,从而形成隐喻的效果。鲁迅曾翻译凡尔纳的《月界旅行》和《地底旅行》,在他看来,科学是改良思想、促进文明的工具,而科幻小说正是传播科学思想的载体:"惟假小说之能力,被优孟之衣冠,则虽析理谭玄,亦能浸淫脑筋,不生厌倦",借助科幻小说,可以使人们"于不知不觉间,获一斑之智识,破遗传之迷信,改良思想,补助文明"①。晚清以来,科幻小说充当着科学与大众之间的"桥梁",以通俗易懂的方式倡导科学精神、传播科技知识成为学者们译介科幻小说的动力。1949 年以后,科幻小说的这种使命依然是科普工作者们的共识,这个时期科幻小说创作的重点依然是通过发现和阐释科学,促进社会主义建设。

　　1980 年代以后,中国科幻小说开始复兴,这种复兴不仅表现在创作方面,在理论方面也有所建树。科普作家郑文光就其"科幻现实主义"概念,以及自己的科幻创作目标作出如下阐释:"想创造一种类似科幻小说又不是科幻小说的东西,我想把写科幻小说的方法拿来写现实题材。"②为此,郑文光也通过创作践行了自己的理论。在他看来,科学技术的发展对科幻小说的创作具有重要影响,而社会环境的变化、人类精神的变迁也能够在科幻创作中得以反映。尽管这一理念的确切内涵尚有争议,但郑文光提出这个主张之后,金涛、魏雅华等人纷纷赞同。金涛认为,科幻小说极大地拓展了人类的生存空间,其时空维度都远远大于一般的小说,作品的角色也有更多选择的可能性:"甚至人物也可以不是地球人,而是机器人或宇宙怪物,等等。但是透过这些光怪陆离的外壳,读者仍然可以看到,这一切都不过是现实生活的反映,虽然这种反映可以说是变形了的。"③1980 年代前后出现的大量科学文艺作品,如《月光岛》《温柔之乡的梦》等,都注重处理现实问题,反思人性的缺陷,希望借此探讨科幻本土化的多种可能性。随后的科幻创作者,如王晋康、刘慈欣、韩松等人,都十分重视创作的现实指向。王晋康的《蚁生》《生命之歌》《七重外壳》等小说,在构建奇诡的科幻想象的同时,塑造了主人公的精神指归。刘慈欣在《三体》《流浪地球》等作品的情节架构中,也重视现实历史背景的铺垫,以期把握作品的现实导向。与此同时,刘慈欣还关注人在社会发展过程中的精神历程和心灵变化,试图传达人类在宇宙历史发展背景之下的精神线索。韩松更是在《地铁》《红色海洋》《再生砖》等小说中,将重大历史事件与人类发展的历史情状相联系,以寓言化的写作手法引发现实感触。

① 鲁迅:《〈月界旅行〉辨言》,载《鲁迅全集》(第十卷),人民文学出版社 2005 年版,第 164 页。
② 郑文光:《谈幻想性儿童文学》,载中国作家协会辽宁分会、辽宁少年儿童出版社编《儿童文学讲稿》,辽宁少年儿童出版社 1984 年版,第 249 页。
③ 金涛:《读〈书海夜航〉所想起的》,《读书》1981 年第 4 期。

在西方,科幻小说述说着在资本主义和消费社会影响下的人类困境。从某种意义上来看,科幻叙事并没有将读者带入一个"更好"或是"更坏"的全新世界,而是依然在现实背景下进行叙事上的建构。尽管科幻小说区别于其他类型小说的重要特点是其"惊异感"和"陌生化",但是,如果科幻文学创作过度地关注情节的疏离与语言的陌生化,反而有可能影响小说的阅读效果:"认知疏离是这样一种感觉,即小说世界的事物和读者的经验世界不相一致,表面上是时间、空间和技术场景的变换产生了这种差异,如果真是这样,小说作品会陷入说教和过度白描。"①为了避免"信息倾销"所造成的阅读困难,西方的科幻文学创作者开始探索从细节塑造、语言表达和信息释放等方面,加强科幻背景与现实的关联,从而进一步提升读者的阅读体验。美国科幻作家卡德在《如何创作科幻小说与奇幻小说》中表示,科幻小说创作需要对其"陌生感"有一个适当的把握,如果故事太熟悉,则无法吸引读者,但如果故事的环境太陌生,"我们会拒绝接受,觉得荒诞无稽或不可理解。我们需要陌生感,但不要太多",卡德根据他的创作实践,提供了一个科幻与奇幻故事的表述框架:

(一)所有发生在未来的故事。

(二)所有以真实历史为基础,但和历史事实不一致的小说。

(三)所有设定在其他世界的小说。

(四)所有设定在地球上,然而时间却设在有史以前,并和已知的考古成果不一致的小说。

(五)所有内容和已知或现在假设的自然规律不符的小说。②

从卡德的设定可以看出,科幻小说一方面需要"惊奇"和"陌生",需要通过不符合常理、不符合自然规律的事实和违反历史规律的故事吸引读者,但另一方面,也需要立足于"地球""现实世界"以及"已知的自然规律",从而以现实主义逻辑减轻读者在阅读过程中的荒诞感受,兼顾"现实感"和"陌生感"的科幻写作,能给读者提供更好的阅读体验。

---

① [英]爱德华·詹姆斯、[英]法拉·门德尔松主编《剑桥科幻文学史》,穆从军译,百花文艺出版社 2018 年版,第 43 页。

② [美]奥森·斯科特·卡德:《如何创作科幻小说与奇幻小说》,东陆生译,百花文艺出版社 2015 年版,第 30—33 页。

　　当然，在中国，科幻文学的关注点也与现实息息相关。2000年以后，随着市场经济的发展和新的文化氛围的形成，中国的科幻文学进入了快速发展阶段。可以发现，相当数量的科幻文学都将故事的背景设置在"近未来"时期。"近未来"（near future）与"远未来"（far future）相对，泛指"不久的将来"。从时间维度上来说，"远未来"的时间维度可以跨越几个世纪，而"近未来"往往设定在一百年左右。因此，"近未来"的科幻故事，大部分都基于当前已经熟悉的技术原理，呈现出可理解、可预测的状态。科幻小说理论家达科·苏恩文认为，科幻小说对现实的关注正在于此。通过预设更为复杂的认知、精细化某些技术的表达，科幻小说"主要展现的是某种新的在政治、心理学和人类学上的效用，以及作为其结果的某些新的可能世界的形成和失败"[1]。由此看来，科幻小说通过对当下社会环境的认识，通过对科技发展和时空变迁对人类生活环境的影响的分析，建构起一种现实和未来的互动关系。

二、晚清民国"感时忧国"的科幻写作

　　20世纪初期的中国科幻文学，本质上是社会剧烈转型的产物。面对侵略，知识分子迫切追求民族独立和家国繁荣，在文学创作上也常常反映出对民族复兴的殷切期盼。当时的科学小说写作看似远离现实，实际上却展现了创作者对民族和社会的深切忧思。晚清时期正值社会观念新旧过渡的阶段，在思想上，倡导科学精神、传播科技知识是知识分子努力的方向。鲁迅是传播科学小说的先导，1903年，他在接触并翻译《月界旅行》时，已经认识到科学小说的重要作用。科幻文学"经以科学，纬以人情"，形式通俗易懂，能够被广大读者接受，在传播科学思想方面有很大优势。1904年刊于《绣像小说》、署名荒江钓叟的《月球殖民地小说》[2]是中国最早的科幻小说。受凡尔纳影响，小说采用旅行历险的创作模式，讲述了湖南湘乡人龙孟华为了寻找妻儿，与旅行家玉太郎搭乘热气球周游世界的经历。一方面，小说构建了无拘无束的想象世界，对电话、铁路、照相机等未来科技产品进行了详细描述；另一方面，小说对殖民扩张的民族危机、西洋文明的强烈冲击和中华文化的日渐衰落等现实问题的呈现，反映出晚清知识分子对民族崛起的渴求。徐念慈作于1905年的《新法螺先生谭》讲述了新法螺先生的

① ［加］达科·苏恩文：《科幻小说面面观》，郝琳等译，安徽文艺出版社2011年版，第43页。
② 荒江钓叟：《月球殖民地小说》，《绣像小说》1904年第21期。

身体和灵魂一分为二的游历历程。新法螺先生的灵魂冲上天空,经历了太阳、水星、月球的历险,而身体则坠入地心,见到了中华民族的始祖。在小说中,除了对宇宙的畅想,还有对地理风貌的具体描绘,小说所设想的科技发明也在很大程度上受限于当时的科技发展水平。

1930年代,面对内忧外患的社会形势,知识分子万分焦虑,希望借助文学作品参与社会变革。这类"革命文学"虽以现实主义文学为主,但也有作者用科幻小说表达自己的政治热忱。老舍的《猫城记》从1932年开始在《现代》杂志上连载,以幻想的方式直指现实,寓言化地再现了中国社会的困境。小说虚构了火星上的"异托邦",以"我"的异域旅行为线索,展现了"猫人"的怪异行径和"猫国"的最终覆灭。老舍坦言,他写作这部小说时带有复杂的现实情感,对"国事、军事与外交种种的失败"感到愤恨和失望。面对国家的危难和文明的衰落,小说借"猫国"隐喻"中国",借"猫人"代指"国人",批判了国内政治、经济、文化教育领域的乱象,以"猫国"的灭亡给世人拉响警钟,以幻想的方式再现作者的真实体验,表达了作者对社会现实的深思。

三、"黄金时代"科幻创作的启蒙忧思与21世纪科幻创作的多元表达

20世纪七八十年代以后,中国科幻小说创作再次走向复兴,当时的科幻小说,如《珊瑚岛上的死光》《月光岛》《温柔之乡的梦》等都致力于分析社会问题,倡导人性启蒙,并尝试科幻本土化的各种可能性。1978年,童恩正的《珊瑚岛上的死光》刊于《人民文学》杂志,并获得"全国优秀短篇小说奖"。小说主要塑造了具有科研热忱和爱国情怀的科学家形象,深深鼓舞了知识分子群体。在思想解放后的文艺界,《珊瑚岛上的死光》的发表和获奖意味着主流文坛、大众读者对科幻文学的接纳,也意味着科幻文学以其先进的技术概念和宇宙景观参与到关于科学、文学、社会等问题的探讨之中。

科幻小说与现实的密切联系,除了在创作中有所体现之外,在理论上也有所探讨。科普作家郑文光的创作都是其"科幻现实主义"理念的实践和完善,他也极力试图在科学幻想的背景之下,提炼作品的现实指向。科幻作家金涛认为,科幻小说虽与现实世界描述着不同的时空,但科幻小说并没有脱离实际,也不是悬空的,它仍有坚实的现实根基,仍是现实生活的深层映射。在文学艺术创作复苏的1980年代,科幻文学写作不仅提供了多样的艺术表达,也提供了丰富的现实维度。

　　1990 年代以来，随着科学技术的进一步发展和多元化文化格局的形成，科幻文学的受众面从科技从业者、各类学校进一步扩大到社会的各个阶层。21 世纪以后的科幻小说，注重从技术维度重新认识当今的社会环境，运用新颖的艺术手法建构一种现在和将来的互动关系。罗伯特·斯科尔斯在关于科幻小说结构式寓言的理论中提到，根据科幻故事的发生年代，可以分为两种不同的小说类型：一类科幻小说的背景时空距离现实十分遥远，这些作品往往显露出哲学的思辨色彩；另一类科幻小说则关注不久之后的"近未来"。这类小说的想象建立在政治、经济、人文等当下各个领域的学科知识基础上，"它们是现实主义和自然主义向未来时代的延伸"①。如果与当下进行对比，可以发现，这些小说与现实的处境存在着大大小小的"缝隙"，而恰恰是这些"缝隙"给读者带来了极具震撼力的阅读体验。

　　刘慈欣获得"雨果奖"的小说《三体》勾连了历史、现实和未来，在宇宙格局中探讨文明沟通交流的可能。《流浪地球》注重展现科技发展与环境保护的重重矛盾，在现代性发展的焦虑中探讨前行的道路。除此以外，《乡村教师》《中国太阳》《微纪元》《赡养人类》等多篇小说都聚焦"近未来"的现实问题，探索人类发展的多重路径。

　　韩松对"科幻现实主义"也有自己的理论总结，他认为，科学技术曾经离我们很远，但今天已经近在眼前，科幻小说已经成为今天的"现实主义"文学。在他看来，现实的荒诞、可怖和异化，运用科幻手法或许能够得到更有深度的表达。在《红色海洋》《地铁》《医院》等小说中，他用怪诞冷酷的意象构造出恐怖的城市寓言。地铁和医院是现代文明的重要构成，但韩松的写作却在不断触及技术的阴暗面以及技术发展背后的"混乱迷宫"。地铁不一定是文明的象征，也可能使人类走向退化；医院也不一定是治病疗愈的场所，反而可能成为控制人类的技术手段。在韩松笔下，未来社会已然成为"后人类"时代，如何处理技术与人的关系，如何避免被技术异化成为人们不得不面对的主要问题。

　　陈楸帆也认为科幻应该是"最大的一种现实主义"，科幻小说的写作，其实是一种基于现实世界的变形和扭曲，虽然基本的规则依然是在现有世界运行规律的基础上制定的，但引入的"变量""有些会很极端，引发链式反应，变化从个体开始，蔓延到群体、社会、技术和文化，整个世界都将为之产生改变"②。在他看来，

---

① ［美］罗伯特·斯科尔斯等：《科幻文学的批评与建构》，王逢振等译，安徽文艺出版社 2011 年版，第 50 页。
② 陈楸帆：《对"科幻现实主义"的再思考》，《名作欣赏》2013 年第 28 期。

科幻文学的题材范围比主流文学更广,甚至可以讨论一些主流文学无法谈论的话题。陈楸帆以科幻的方式映射了现实社会中人类的存在方式,并对人类的未来表达了忧思。在《未来病史》《鼠年》《动物观察者》等小说中,陈楸帆关注着"近未来"时代现代人的生存困境,关注着现代科技如何改变人的身体,从而带来充满不确定性的另类体验。小说《荒潮》重在展现"赛博格"们在"后人类"社会的存在方式。《荒潮》所讲的故事发生在"硅屿",这是一个由大量电子垃圾组成的岛屿,潮湿黑暗,处于社会边缘。生活在这里的"垃圾人"处于社会底层,忍受着环境污染和资本侵略,依靠收集废品苟且偷生。在工业技术极其发达的"后人类"时代,人类的思想、精神甚至身体都不再重要,人成为工业发展的工具,人的身体也开始和技术、机械相融合,成为"赛博格"。阶级冲突、环境污染、人的异化在"硅屿"上得到了集中展现,跨国公司、地方官员和宗族势力的利益纠葛更是暗示了全球化环境之下的现实情境。这些情节不仅构想未来,更指涉当下的现实症候。在经济全球化和技术高速发展的时代,个人、民族文化甚至人类文明该如何面对经济和技术的双重挑战,依然充满未知。

郝景芳多次表示,科幻文学处于现实与虚拟的交织点,其情节和意象可能在现实生活中无法找到对应,但无论是故事情节还是人物设置,都能够和现实相互映照。她的小说《北京折叠》设定了一个超现实的三维空间,背景虽不在现实,但其中呈现的不断扩大的贫富差距和冷漠隔绝的人际关系都已成为当今时代不得不直面的重要问题。在《北京折叠》中,居住在第三空间的人类数量是第一空间的十倍,他们以处理垃圾为生,不得不忍受拥挤、肮脏、嘈杂的狭小环境,还必须出让时间,只能在深夜活动。小说揭示了现实的阶级存在方式,表达了对未来社会治理的忧思。利用高科技手段分裂人类的活动空间,听起来幻想的成分很大,其实这类现象在现实生活中已经屡屡发生。人与人不仅隔着难以跨越的物理距离,更隔着遥不可及的心理距离。在小说集《去远方》的前言中,郝景芳认为,科幻文学表面上关心的是虚拟空间,但现实的角度也给虚拟空间增添了更多力度,这一虚拟的形式描绘出现实与虚构的模糊边界:"以现实中不存在的因素讲述与现实息息相关的事。它所关心的并不是虚拟世界中的强弱胜败,而是以某种不同于现实的形式探索现实的某种可能。"①

罗伯特·斯科尔斯在关于未来小说的评论中表示,科幻小说的未来想象是

---

① 郝景芳:《去远方》,江苏凤凰文艺出版社 2016 年版,第 2 页。

一种基于经验而生成的范式建构,通过思索和分析现实的多重可能,在对现实的洞察中,推断"其中最大的可能性",并"管窥隐藏的现实"①。随着现代化进程的加速推进,人类社会正在达成一种更大变革的可能。一方面,科技产品在职业领域和民生领域的大范围应用,让人们享受到了前所未有的便利;另一方面,人类也面临各种环境和伦理问题,人与社会、人与智能机器之间的关系都开始受到怀疑。与工业时代相比,现代社会的信息传递与科技变革,或许将对人类产生更为深远的影响,也必然影响中国文学创作的走向。在这种历史条件下,如何关注现实、反映现实,依然是文学创作无法回避的问题。科幻从科学维度反观生存状况,通过对现实问题的关注,对科技社会飞速变幻的日常经验的关注,对道德伦理、人际交往、人类异化问题的关注,呈现时代的命题和困惑。科幻小说通过探讨人与机器、人与人工智能等技术产品的关系,展现技术发展的潜在后果,从而提醒人们在面对技术发展的同时保持伦理和人性。不仅如此,科幻创作还能提供有别于日常经验的观察视角,拓宽个体的生命体验,让人们突破日常生活的困局,走向广袤宇宙,寻找生活更多的可能性。

第二节　科幻小说的知识分子叙事路径

一、中国故事与本土经验

自古以来,我国就通过陆上商路和海上商路的方式开启了与外界交往的路径。随着与外界交流的增多,一些科学观念、思想技术也随之进入了我国。不过,我国的科学文化自有其独特的发展路径,李约瑟认为,尽管中国与周边邻国的交往并不鲜见,但中国依然保留了其独创性的本土文化,中国的技术进步和思想文化模式,都具有"持续性、自发性"②的特点。因此,自晚清以来的科幻文学,一直重视对本土历史和现实的观察与再现,深切而厚重的现实底色已成为科幻文学的内在精神。科幻文学的幻想也并非不着边际,而是具有深广的现实根基。科幻文学虽然是一种舶来艺术,但是百年以来,我国科幻写作始终保持着本土意

---

① 〔美〕罗伯特·斯科尔斯等:《科幻文学的批评与建构》,王逢振等译,安徽文艺出版社 2011 年版,第 16 页。
② 〔英〕李约瑟:《李约瑟中国科学技术史 第一卷 导论》,袁翰青等译,科学出版社 2018 年版,第 160 页。

识,科幻作家通过奇诡多变的艺术形式,表达对民族和国家的深切情感。

以北京市民生活为主要表现对象的老舍,一直被视为现实主义作家,但其实,在 1932 年发表的《猫城记》中,老舍曾以科幻的方式表达现实命题。《猫城记》虚构了火星上的“猫国”,“猫国”人口众多、土地辽阔,但居民“猫人们”却饱食终日、不思进取,以食用外国进口的“迷叶”为乐。面对外国的入侵,缺乏系统领导和民族信念的“猫国”一击即溃,最终覆灭。面对国家危难和文明衰落,老舍用尖锐的笔调痛快淋漓地批判了国民性的缺点,揭露了国家积弱的源头,展现了知识分子的启蒙姿态,表达了知识分子的理性认识。

1954 年,郑文光发表了星际探索题材的小说《从地球到火星》,小说以孩童的视角观察新的历史阶段中国科技发展的成就,以年轻一代的目光探寻中国科学的未来希望。小说发表之后,不仅收获了许多读者,甚至还吸引了少年儿童纷纷前往天文台进行火星观测,迈出了星际探索的最初步伐。1957 年,郑文光创作了小说《火星建设者》。在这篇小说里,勇敢勤劳的中国宇宙拓荒者们将工业和城市建设从地球搬到了火星,尽管遭遇了很多磨难,但无论是核爆还是瘟疫,都无法动摇建设者们的信心。终于,在长期的艰苦努力下,建设者们筑起一幢幢高楼,建立了智能化的现代都市,让火星成为人类的另一个家园。

刘慈欣的《乡村教师》是科幻本土化的关键尝试,小说提供了鲜明的对话结构,一方是太空的高等智慧生物,另一方却是贫困无知的中国儿童。不过,当临终的教师将牛顿定律教授给学生时,我们会发现,真理的星光会不吝啬地照耀每一寸土地。《中国太阳》主要表现科技崛起以及普通人命运的改变。出身农村的水娃进城务工,成为大楼的玻璃清洁工,还意外邂逅了名为“中国太阳”的宏大工程。“中国太阳”是一面大镜子,与地球的运行轨道一致,在太阳光的照射下,镜子反射出大量热能,这些热能通过转换,能够变为多种能量,并应用于地球生活的各个方面。水娃一开始以“镜面农夫”的形式参与项目,负责“中国太阳”的清洁工作。但很快,这一批“镜面农夫”开始承担更加重要的任务,驾驶着“中国太阳”挣脱了地球引力,踏上星际探索的旅程。水娃的追梦远航,既是个体生命力的表达,也是集体理想与“中国梦”的承载。刘慈欣将现代中国的梦想与憧憬、努力与追寻以科幻的形式加以表达,呈现了书写中国故事的新范式。

王晋康的《蚁生》则关注人性的改造问题。小说中的知青颜哲利用父亲留下的“蚁素”,试图以社会实验的方式消除人性之恶。然而,实验的失败造成整个乌托邦幻想的覆灭,反映了作者对时代和人性的深沉追问。类似地,陈楸帆的《鼠年》也夸张地展现了民族演进过程中的道德诘问和伦理困惑。郝景芳的《北京折叠》则架构了北京未来的三维空间,以表达人与人之间的冷漠和隔阂。工具理性和科技手段已经破坏了现有的人性伦理,在"后人类"时代,人们应当如何保有自身的主体性? 如何跨越人与人交往的物理和心理空间? 在科幻的世界观下,这些隐患被集中暴露,尽管科幻作者未必提出了解决问题的方案,但是却给读者提供了思考的空间。

二、科幻文学的跨媒介表达

跨媒介表现方式应当是科幻文学进一步触及现实的努力方向。事实上,从世界经验来看,科幻文学可能是最适合多种媒介的一种类型文学。在纸媒、网络、影视等媒体上,科幻文学都能有主题明确和清晰真切的表达。面对传统纸媒的衰落,科幻文学应当借助自身的特有优势,从影视、网络、游戏等媒介方式切入,建构更加稳定的传播链条。其实,在1980年代科幻文学的跨媒体展现就已经存在。童恩正的小说《珊瑚岛上的死光》发表不久,就被上海电影制片厂拍摄为同名电影,深受观众喜爱。不仅如此,小说还被改编为广播剧、话剧等形式,成为一代人的共同记忆。

电影与文学一直关系密切,文学作品的故事情节、人物设置都能不断给电影提供新鲜的艺术元素。从某种程度上来说,文学和电影都是一种叙述的艺术。因此,当文学作品被改编为电影时,不仅其主要情节和人物形象能够被电影借鉴,其叙事手法也可以被借用,从而以另一种形式呈现出来。例如,文学作品中画外音的运用、旁白的设计、多线叙事和复调叙事的叙事模式等,都是电影制作可以参考的内容。除此之外,在构成电影的多种要素中,剧本占据了重要的地位,剧本质量的高低也会直接影响电影的拍摄效果,而剧本也是一种文学形式,进一步促生了文学与电影的关系。相反,电影也能够促进文学创作的繁荣。电影以其广泛的影响力、新奇的媒介体验和精彩的音像效果,激发了观众购买和阅读文学作品的兴趣,从而促进文学作品的传播和发展。尽管电影和文学还存在着较多差异,如在表达方式、艺术载体等方面,但两者依靠相互借鉴、相互促进的方式,共同丰富了艺术与审美的体验。在科幻题材中,电影和文学的互动尤为重要,这种互动不仅能够促进故事情节的生动展现,还能让其中的科幻世界得以直观展示,将书面的叙述立体化、影像化,从而进一步扩大科幻作品的影响范围。

自科幻小说出现之后,如何更好地理解和想象其中的科学成分成为许多读者关心的问题。小说中出现的宇宙飞船、潜水艇、生物技术等内容,仅凭文字表达,很难给读者留下直观的印象,而电影能将小说中的幻想具象化为影像,给观众带来富有冲击力的观赏体验。在电影学理论中,电影被视为"科学时代的艺术":"电影是与高度发展的技术水平密切相关的第一个艺术门类,电影同时也是生产。电影综合性的一个方面(但非主要方面)就是艺术与技术的结合。因此,在技术时代,电影自然而然地成为时代的艺术。"[①]电影一方面通过向深度、向内部的拓展,成为展现人类内心、阐释哲理性思考的重要媒介,另一方面也通过向外部的探索来考察未知的世界。电影与科幻的结合恰如其分,以科学、文学、艺术相结合的方式提供了观察社会的又一视角。

文学作品的影视化改编并非易事,并不是原封不动地把作品呈现出来就是改编。影视化改编需要在掌握原著的主体精神和情节脉络的同时,充分发挥创造性,从不同的视角进行再创作,从而呈现文学与电影相结合的独特魅力。法国电影理论家安德烈·巴赞在评述电影和文学的关系时坦言,一些电影的改编是不尽如人意的:"小说更为先进,它面对的是文化素养比较高和比较苛刻的读者,它能为电影提供更复杂的人物,在形式与内容的关系上,小说更严谨,更精巧,银幕还不习惯做到这一点。"[②]那么,如何在保持原著本来面貌的同时,呈现影视化改编自己的艺术追求?巴赞提出,在改编过程中保留对原著的"忠实性"的同时,加上自己的理解和创造,可能会是一种解决方式:"原著仅仅是创作灵感的源泉,忠实性是一种气质的相近,是导演对小说家抱有的深切好感。影片无意替代小说,而是打算与小说比肩而立,构成它的姐妹篇,如同双星。"[③]通过改编,创造独特的电影美学,并达成文学与艺术的新的平衡,这在后来成为很多电影改编的努力方向。

早期的科幻电影并不太重视故事的情节结构,而更关注对现象的展现:"主要运用快慢速记录摄影机、银幕分割、消融、定格动画和反转连续镜头来制造基本的特殊效果,电影记录的内容有 X 射线、长生不老药、巨大的昆虫、飞行自行车、生发营养品、超级跑车、飞船等。"[④]随后,科幻电影的主要内容开始发生改变,许多影片开始表现外星人或是科技对人类的威胁,如《火星人入侵记》(*Invaders from Mars*)、《世界大战》(*The War of the Worlds*)、《宇宙访客》(*It*

---

① 〔苏〕叶·魏茨曼:《电影哲学概说》,崔君衍译,中国电影出版社 1992 年版,第 40 页。
② 〔法〕安德烈·巴赞:《电影是什么?》,崔君衍译,文化艺术出版社 2008 年版,第 87 页。
③ 〔法〕安德烈·巴赞:《电影是什么?》,崔君衍译,文化艺术出版社 2008 年版,第 117 页。
④ 〔英〕爱德华·詹姆斯、〔英〕法拉·门德尔松主编《剑桥科幻文学史》,穆从军译,百花文艺出版社 2018 年版,第 165 页。

Came From Outer Space)等，这些影片主要表现人类受到威胁之后的集体恐惧感以及可能的应对方式。自库布里克的《2001太空漫游》(*2001：A Space Odyssey*)开始，科幻电影增添了更多哲学性的思考。人类的历史、进化的观念以及宇宙的终极规律被庞大的哲学命题包裹，也触发了人类对技术发展的反思。

当然，随着社会的不断进步，科幻电影所表现的内容不断扩展，除了在现有技术条件下的有限想象，科幻电影还开始朝着不存在的世界开拓，如斯皮尔伯格的《少数派报告》(*Minority Report*)和沃卓斯基的《黑客帝国》(*The Matrix*)就是这一类型。除此之外，由于对技术的不信任和对自身能力的怀疑，科幻电影常常展现出一种对未来的深切不安，为了缓解这种不安之感，影片会指向一个极端化的毁灭状态："唯一的方式就是毁灭那个未来的世界——不管这个未来世界是什么样子的。"①这种不安的情绪弥漫在很多科幻电影中，对"近未来"和"后人类"社会的忧思，也能够促使人们重新思考当下的人类活动和生存方式，并试图寻求人类与自然、与技术之间的平衡关系。

江晓原为观看科幻电影寻找了七个理由，这七个理由也是其选择科幻电影的一种标准：

（一）想象科学技术的发展。

（二）了解科学技术的负面价值。

（三）建立对科学家群体的警惕意识。

（四）思考科学技术极度发展的荒诞后果。

（五）展望科学技术无限应用之下的伦理困境。

（六）围观科幻独有故事情境中对人性的严刑逼供。

（七）欣赏人类脱离现实羁绊所能想象出来的奇异景观。②

在江晓原看来，阅读剧情介绍、了解导演、编剧、制片人的信息等方式，一般能够成为评判大部分电影的通行策略，但是却不一定能适用于科幻电影。在许多科幻电影的故事情节背后，都有着深刻的科学理论和哲学理论，而一般的影评文章无法揭示这些思想资源，也很难详尽地分析故事背后的科学思想是否合理。

---

① ［英］苏珊·海沃德：《电影研究关键词》，邹赞、孙柏、李玥阳译，北京大学出版社2013年版，第407页。

② 江晓原：《江晓原科幻电影指南》，生活·读书·新知三联书店2020年版，第12—13页。

因此,科幻电影能否吸引读者,不在于导演或是演员是否著名,而在于其故事情节能否构成新颖的虚拟语境,以及能否在这个新的语境中,对科学和未来提出新的问题和设想。

在这一标准下,《流浪地球》显得尤为可贵。2019 年,根据刘慈欣同名小说改编的电影《流浪地球》上映,最终票房超过 46 亿元,这一年也被"科幻迷"群体称为"中国科幻电影元年"。《流浪地球》提供了解决未来地球危机的一种方式,即带着地球远离太阳系,寻找新的家园,这一"硬核"的解决方案自然地勾连起全片跌宕起伏的情节架构。同时,影片在原本的故事内核中加入了亲情元素,并将这一元素与宇宙的宏大和浩渺紧密结合在一起,形成一种悲壮之美。在电影中,拯救地球、逃离太阳系和刘培强与刘启的父子关系形成了一种奇妙的对应,影片的最后,地球得到了拯救,刘启也理解了自己的父亲。不仅如此,影片中的特效呈现也为人称道,其中,对"地下城"的设计、对冰封世界的表现和对高科技技术的直观展现都给观众留下了深刻的印象。

在《流浪地球 2》中,故事的内核被进一步延伸,以"前传"的方式重回《流浪地球》的语境,讲述地球面临的数次危机,也讲述了刘培强作为一名宇航员的成长历程。与《流浪地球》一样,《流浪地球 2》剧情依然紧凑,故事引人入胜,在呈现惊险刺激场景的同时,还加入了细腻的情感线索,进一步深化了电影的人文主题。在特效制作上,《流浪地球 2》较前一部更为精良,达到了世界级的制作水平,大到高耸入云的太空电梯、庞大的地球发动机,小到机器狗"笨笨"、人工智能"MOSS",无一不制作考究。为了强化电影的科学性,《流浪地球 2》剧组组建了庞大的科学顾问团队,分为理论物理、天体物理、人工智能、地球科学等小组,还聘请来自军事、医疗、材料等方面的专家,仔细梳理影片的细节问题,为影片的真实观感保驾护航。对于电影中的许多情节和细节,如月球核爆、数字生命等,科学顾问团队都进行了理论上的论证,并提出合理的改进意见,进一步细化方案,使电影能在银幕上得到完美的呈现。不仅如此,《流浪地球 2》还是一部"粉丝向"电影,影片采用倒叙方式,不断地回应着第一部电影中的故事和细节,并对原著中很多一带而过的设定进行了解释和再现,让观众大呼过瘾。

国产科幻电影市场反应良好,这说明,我国的科幻电影制作已经达到相当高的水平,既有文学性和科学性,还考虑到了大众趣味等商业元素,让科幻电影在多种因素的融合中成为大众喜爱的艺术作品。同时,科幻电影的大热也反向推动人们去阅读科幻文学文本。许多观众在看完电影之后,纷纷购买刘慈欣的小说作为补充阅读材料,这体现出了文学与影视的双向促进。不仅如此,电影的热度还促进了相关游戏、文创产业的发展,比如针对《流浪地球2》研发的人工智能"MOSS"、机械狗"笨笨"等文创产品就引发了抢购热潮,这种文学、影视、艺术等多媒体之间的良性互动,促进了科幻产业的发展。

《2020年中国科幻产业报告》显示,2019年,中国科幻产业发展迅猛,产业总值达到了658.71亿元,并依然在稳步增长。通过对科幻文本、影视作品、游戏和周边产品的产值分析发现,刘慈欣的《流浪地球》和《三体》因其巨大的影响力成为相关产品的热门IP。围绕《三体》和《流浪地球》,有着文本、视频、音乐、绘画、周边等多种形式的同人创作,并呈现稳定发展的态势。根据《2022年中国科幻产业报告》,2021年,中国科幻产业总营收829.6亿元,同比增长50.5％。2023年,《流浪地球2》上映,票房超过40亿,而在2020年宣布开拍的《三体》电视剧也在2023年上映,全球最大的流媒体播放平台Netflix也宣布拍摄《三体》英文剧集,这表明中国科幻文学创作在跨媒介、跨文化表达上都实现了新的飞跃。同时,有关《三体》《流浪地球》的衍生产品也销量火爆,截至2023年1月底,《流浪地球2》的官方授权模型、手办的众筹规模已经破亿,打破了国内电影衍生品众筹金额的纪录,表现出年轻一代观众的新型消费选择。

应该说,科幻小说在提供了天马行空的想象空间的同时,对于重新思考当今社会的历史和现实问题也有启示意义。社会的信息传递与科技的变革,正在改变着人们的行为方式和生存方式,也将会影响中国文学创作的走向。作为文学艺术的一种,科幻小说的写作不可避免地带有历史性。尽管加上了许多外在的艺术装置,这种历史性的呈现却始终反映着特定社会文化阶层的隐含话语。与历史、现实息息相关的科幻文学,关注着生态环境、道德伦理、人际交往和人类异化等问题,呈现时代的命题和困惑,以一种超越日常生活的视角,提供了理性思考的多重维度和文学创作的多种可能。

借助合理的情节设定、严格的逻辑推断和强大的表现方式,科幻小说可以在预言未来的同时无限地接近现实,讲述历史经验和中国故事。不仅如此,科幻小说的科学底色使其成为一种思维方式,一种对待科学和人性的普遍态度,这将帮助科幻小说在跨媒体和跨文化的表达中获得更多的发展前景。

三、科幻小说与城市

城市是文学的重要主题,城市文学也成为西方理论研究的重点。在理查德·利罕的"文学中的城市"①概念中,"城市"具有两重含义,一重是真实存在的城市,另一重是文本想象中的城市。在人类进步的不同阶段,城市也承担着不同的作用。在古希腊、古罗马时期,城市需保有其自由性和公共性,而在工业革命之后,为了适应越来越先进的技术、交通工具和道路的发展,以及由此带来的普遍的经济繁荣,城市的规模与形态也在不断调整之中。通过对狄更斯、波德莱尔、艾略特、海明威、乔伊斯等作家的文本分析,利罕认为,通过分析文学"想象"中的城市,能够揭示城市文学的内在规律,触摸其发生和发展的脉络,从而达成文学与城市的通融共生。在中国,城市文学写作虽然早已展开,但一直未能占据主流地位。尽管20世纪八九十年代的文学中出现了市民阶层、都市体验和日常生活,但城市文学仍然无法得到系统性的发展。不少学者认为,当代中国还未能建构起城市文化和城市文学,这既有历史的影响,也受困于写实主义的创作范式。当代文学承担着重现"文学城市"的任务,即重新建构想象与城市之间的关系,捕捉人与人、人与社会之间的潜在关联,思考急速发展的中国城市特征。在诸多呈现城市的文学之中,科幻文学由于其天马行空的行文方式,能够摆脱现实制约,通过构造"未来之城""末日之城""折叠之城"和"赛博朋克"等城市形象,联通现实与未来,提供关于科技变革和国家发展的哲理思考。

　　在西方文学语境中,科幻文学和影视作品特别青睐以城市作为组织故事的空间形式,卫星之城、空中城市、地下城市等关于未来城市空间形式的设想层出不穷。有学者表示,城市之所以成为科幻创作选择的对象,主要是因为城市"时时新变的本性,城市变化的超快速度,以及城市空间因为快速变化的不确定性为叙事提供的可能性敞开"②。在西方"赛博朋克"的代表性影视作品《银翼杀手》中,城市意象的建构成为其重要的特色。电影中的上层城市由哥特式建筑构成,恢宏华美,而下层世界则如黑暗丛林,阴暗潮湿、垃圾遍地、拥挤不堪,天空中也永远飘着黑色的雨。通过不同城市空间的对照,电影呈现出大城市无序扩张之后的可能后果。一方面,城市科技发达,但发达的科技也造成权力的过度集中。在集权主义控制之下,城市内部充满着对立和冲突,各种文明共存其中,但其间的裂隙却无法弥合,反而走向极端性的对立。电影中的"复制人"受控于权力机

---

① 参见〔美〕理查德·利罕:《文学中的城市:知识与文化的历史》,吴子枫译,上海人民出版社 2009年版。

② 杨俊蕾:《幻境再造:科幻影像叙事中的城市视景》,《华东师范大学学报(哲学社会科学版)》2019 年第5 期。

构,他们一次次试图改变自己的命运,却最终无法实现。除此之外,"赛博朋克"科幻中的城市往往还具备"反乌托邦"的特质,《银翼杀手》借用"复制人"对造物主的反叛,呈现出一个灾难化的、令人恐惧的未来社会。《银翼杀手》所呈现的"赛博朋克"城市表现出"后现代"语境下的生存体验:"赛博朋克的城市通常节奏较快,并且对于个人性角色来说充满危险,但是它们是经济和社会变革的中心。它们是运动的,时刻在变化并且令人激动,同时又是致命的——这种变化和运动越大、越快,就越是适合剧情往曲折生动的方向发展。"①

有学者将城市设想为一个整体,在此整体中主要有四种活动,即居住、工作、精神和身体的修养、移动。② 显然,现代城市的建设是以生产活动为中心的,在我国,工业题材的小说也是随着新型城市建设的迫切需要而出现的。在工业发展的同时,一系列支持科普事业发展的政策的出台也推动了科幻文学创作的发展。中华人民共和国成立早期的许多科幻小说都和城市相关,设想城市建设、强化工业特色、彰显社会主义制度的优越性以及人民建设祖国的信心成为小说的关键内容。刘易斯·芒福德是关注都市理论的学者,他发现,城市的发展以及工业化的重要价值是由物质和精神两部分组成的:一方面,城市化优化了人们的物质生活;另一方面,技术的进步还可以提高群体的认知能力、感受能力,甚至改进人的思维方式,促进人类的智力发展。叶永烈的《小灵通漫游未来》就表现了这一主题。小说中"未来市"先进、便捷的城市形象深入人心,各类高科技交通设施随处可见,"魔术般的工厂"利用光能生产生活必需物资,改善人们的生活。迟叔昌的《大鲸牧场》则想象了一座集渔业捕捞、养殖、加工的一体化工厂。"大鲸牧场"没有工人,由机械手臂完成生产任务,鲸鱼通过自动生产线的加工成为食品、香料、药品和工艺品。除此以外,迟叔昌的《割掉鼻子的大象》、刘兴诗的《游牧城》、萧建亨的《蔬菜工厂》、叶永烈的《石油蛋白》等小说都描绘了未来城市的全自动、体系化的生产线。在这些小说里,科技进步和城市发展打造了便利、美好的生活环境,也提升了人们的满足感和幸福感。

为何城市空间一直受到科幻叙事的青睐?这与城市空间快速多变的特质有关。与乡村的稳定、平静不同,城市发展的不确定性带来了复杂多维的观察视角。当恐怖袭击、全球变暖、病毒肆虐等一系列问题不断出现时,人们认识到,科

---

① 〔美〕卡尔·阿伯特:《赛博朋克城市:科幻小说与城市理论》,陈美译,《上海文化》2017 年第 8 期。
② 〔意〕L.贝纳沃罗:《世界城市史》,薛钟灵等译,科学出版社 2000 年版,第 909 页。

技的滥用以及无止境的欲望可能会殃及自身。因此,"末日情节"成为西方科幻电影中的常见设定,在《2012》《后天》《末日危途》等电影中,城市崩塌、洪水滔天、人类文明被摧毁的可怖景象随处可见。当科幻叙事瓦解了曾经美好的建筑空间时,城市曾代表的先进、文明、繁荣等美学上的指征也日渐瓦解。在此基础上,人类与城市的稳定共生关系也开始松动,甚至逐渐走向激烈的对立。这类末日化、废墟化的城市空间带来了一种未来的时间叙事向度,可能的危机与日渐颓败的城市一起给人类发出救赎的预警。中国科幻的末日书写虽起步稍晚,但也别具特色。《九州幻想》杂志在 2009 年发出征文启事,号召科幻作家书写城市危机系列小说。在应邀而作的《太原之恋》《成都魃事》《念奴娇》和《地球碎块》等作品中,城市危机四伏,计算机程序病毒、外星文明甚至藏匿的灵族异兽都成为威胁城市安全的元素。在《太原之恋》里,刘慈欣描写了经历迭代优化的程序摧毁城市的故事,戏谑地呈现了城市中复杂的生态环境和冷漠的人际关系。同时,刘慈欣也颇为关注宇宙宏大视野下的人类生存境况。《乡村教师》《流浪地球》和《三体》都表现了城市的末日危机,这些小说都提出了同样的疑问——如何保护家园不被破坏? 刘慈欣给出的答案是情感、历史和文明的传承,这既是传统的文化价值观念,也是中国科幻有别于西方科幻的重要支撑。

在列斐伏尔的理论中,空间并非纯净、中立的,而是与权力间存在着不可忽视的张力,意识形态参与了空间铸造的全部过程。在科幻小说中,城市也常常处于权力的压制之下。郝景芳的《北京折叠》设想了北京变形之后的三维空间: 精英人口居住在第一空间,享受 24 小时时间;居住在第三空间的人类数量是第一空间的十倍,却只能挤在拥挤、肮脏的狭小环境里,并且需要在 8 小时内完成垃圾处理工作。潘海天的《北京以外全部飞起》同样描写了城市的折叠和消失。当纽约、洛杉矶等世界各大城市因为外星引力飞向太空时,意外保存数据的北京成为唯一留在地球上的城市。在七月的《Biu 的一声消失》里,南京也遭受弯折,公寓楼缩水,实验室被压扁,空间的连续性被破坏,城市如同"被摔坏的玩具"般卷起,惊恐的人群无处逃遁。万象峰年的《播种》同样关注这一主题,平行世界为了拓展空间进行了时空挖掘,过度的卷折引发崩塌,形成黑洞,最终摧毁了城市。这些"折叠之城"在描绘城市异度空间的同时,暗示了现代人紧张、焦虑的生活节奏。几篇小说都提及了城市的权力运作方式以及普通市民阶层的艰难生活。当自动化生产挤占工作岗位的时候,普通人都可能面临被淘汰的命运。不仅如此,狭小的生活空间和巨大的生存压力也在进一步侵蚀人们的思考力。正如列斐伏尔所强调的,人们对空间的认识和思考,实际上构成了空间的展示和复制。因此,重新想象城市的文化空间,重新思考权力运作、劳动活动和普通人的生存保障是科幻创作的努力方向。

"赛博格"(cyborg)由"控制论"(cybernetics)和"有机体"(organism)结合而成,指代被现代科学技术改造过的生物体。美国哲学家唐娜·哈拉维认为,"赛博格"是一种"机器和生物体的混合",能够穿越技术边界,建造一个超越性别、种族、阶级之间重重困境的"后现代"社会。威廉·吉布森的《神经漫游者》关注大城市的黑暗角落,用强烈的视觉图像反映城市的深层镜像。电影《银翼杀手》是"赛博朋克"风格的典型代表作,影片展现了机械文明、胚胎技术和生物伦理,以颓废、迷幻的美学景观表达了都市人的迷惘和忧思。"赛博朋克"的故事是对大型经济组织和绝对控制力量的含蓄批判,这类科幻故事在表面的夸张和变形之外,还提供了理解深层文化的线索。陈楸帆的《荒潮》也有类似的探索,小说集中展现了"赛博格"在"后人类"社会的存在方式。"垃圾人"和"硅屿人"的冲突、跨国企业和政府官员对资源的争夺、生态环境和历史文明的毁坏都提供了批评和反思的人文主义视角。韩松的《医院》《驱魔》《亡灵》用医院代表未来世界的"赛博空间",学校、社区、家庭被取代,医院成为承载社会职能的唯一机构。人与人之间的亲情关系被打破,人工智能及其创造的全息影像成为绝对的控制力量。事实上,这些科幻作家设计的"赛博格"图景并非空中楼阁,而有着可靠的现实依托,尽管他们的描述还难以企及,但是已经为建构和规划未来提供了可能性。

自 1949 年以来,中国科幻写作者们始终致力于城市形态的探索,不断描绘人与人、人与社会、人与科技的相处模式,探究城市精神与市民心态,提供了多样的城市景观。当然,科幻对城市的"体验"并不会完结,未来的中国科幻在创建都市奇观的同时,也将带来对生存、技术、伦理等问题哲理性的思考,从而形成对历史、现实的反思和对未来世界的畅想。

四、网络文学与科幻小说的新方向

根据《2021 科幻网文新趋势报告》,截至 2021 年 8 月,已有 51 万创作者在阅文平台创作科幻网文,与 2016 年相比增长 189%。[①] 事实上,科幻网文并非庞大的网络文学海洋中的主流,点击率一度远低于奇幻、玄幻类作品。不过,随着

---

① 参见上海科技报社、阅文集团于 2021 年 9 月 12 日联合发布的《2021 科幻网文新趋势报告》。

国家对科技领域的不断重视以及航空航天事业的大力发展,科幻网文开始越来越受青年读者关注。鼓励高质量原创科幻网文的创作,推动科幻网文影视化改编,促进科幻网文向游戏、动漫等其他艺术资源转化,对于丰富人民精神生活、促进文化产业发展、提高国家文化创新能力具有重要作用。

(一) 网络＋科幻——科幻网文的发展趋势

中国互联网络信息中心发布的《第 48 次中国互联网络发展状况统计报告》显示,截至 2021 年 6 月,我国网民规模已达到 10.11 亿,互联网普及率达71.6％,其中,网络文学市场广阔,用户规模约 4.6 亿,网民使用率为 45.6％。[①] 文学借助网络扩大了传播范围和传播速度,文化空间的拓宽也让人们都有参与文学创作的可能。

科幻网文的写作早在 21 世纪初就已经开始。2003 年,玄雨的《小兵传奇》在起点中文网连载,小说从宇宙争霸视角开启故事,开创性地将科幻与玄幻、军事题材相结合,在当时获得超高人气,与《诛仙》《飘邈之旅》并称为"网文三大奇书"。此后,科幻网文虽然数量不多,但一直稳步发展,方想的《师士传说》、zhttty 的《无限恐怖》、我吃西红柿的《吞噬星空》、彩虹之门的《重生之超级战舰》等高口碑作品都很受欢迎。近年来,科幻网文写作再创新高,黑山老鬼的《从红月开始》、会说话的肘子的《夜的命名术》、天瑞说符的《死在火星上》《我们生活在南京》等人气力作吸引了大批青年读者。不仅如此,传统科幻母题在网络土壤中细分出更多类型,古武机甲、未来世界、星际文明、时空穿梭、赛博朋克等多种类别充分满足了读者的阅读期待。

科幻网文不仅受到了大众读者的欢迎,也逐渐受到了专家的认可。有"中国科幻最高奖"之称的"银河奖"在 2017 年首次设立"最佳网络文学奖",并一直延续至今。在科幻作家眼中,科幻网文虽然存在不足,但其以跌宕起伏的情节和丰富饱满的人物形象吸引了大批忠实读者,是中国科幻文学发展的重要力量。

2021 年 11 月 19 日,第 32 届"银河奖"揭晓,天瑞说符的《我们生活在南京》获得"最佳网络科幻小说奖"。天瑞说符的写作以"硬科幻"著称,可贵的是,在严谨的理论思考和精密的技术推论之外,小说还在"时间"的关键词之下展现了独树一帜的人文维度。在双线叙事的故事节奏中,末日来临,通信都已中断,只有

---

① 参见中国互联网络信息中心于 2021 年 9 月 15 日发布的《第 48 次中国互联网络发展状况统计报告》。

古老、嘈杂的无线电台抵御了时间的侵蚀。当时间胶囊终于冲破废墟,与之相伴的青春和勇气也在光阴中留下了坚定的痕迹。这种关于时间的人文表述在获奖的其他科幻作品,如滕野的《隐形时代》、李维北的《莱布尼兹的箱子》、杨晚晴的《归来之人》中也有体现。无论是太空探索、宇宙旅行还是工业生产,上述小说都在从瞬间到永恒的时间转换中找寻人与科技的相处模式。如今,全球范围内科技的飞速进步,导致科幻想象越来越难以追上现实的步伐。刘慈欣不久前在接受中新社采访时曾提出这样的担忧:当科技全方位进入日常生活,会不会造成好奇心的消逝? 会不会限制科幻文学的创作步伐? 从"银河奖"的获奖作品来看,年轻的科幻作者已经在进行另一种探索,即在无限的宇宙时空中保持对科学精神的笃信,维护人与自然、人与科技的关系,从而为新时代的科幻写作贡献新的发展维度。

(二) Z 世代——青年作者和读者的合作共生

《第 48 次中国互联网络发展状况统计报告》显示,截至 2021 年 6 月,我国 20—29 岁网民占比为 17.4%,6—19 岁网民占比为 15.7%。[①] "Z 世代"青少年既是网络用户的重要组成,也构成网络文学写作和阅读的主要群体。"Z 世代"是指 1995 年至 2009 年间出生的一代人,他们与网络时代无缝对接,受数字信息技术、智能手机、即时通信软件等影响较大,又被称为"网生代"。"Z 世代"依赖互联网移动设备,热爱虚拟二次元世界,在互联网空间接收信息、参与互动、点赞、分享、评论和交流构成他们日常生活的重要部分。

据《QuestMobile2022 Z 世代洞察报告》统计,截至 2022 年 6 月,中国"Z 世代"的互联网活跃用户规模已达 3.42 亿,"Z 世代"用户月人均使用移动互联网时长近 160 小时,月人均单日使用时长 7.2 小时,明显高于全网平均时长。[②] 中国社会科学院发布的《2020 年度中国网络文学发展报告》显示,网络文学创作队伍呈现年轻化的特点,2020 年阅文集团新增网文作家"Z 世代"占比近八成,"95后"已然是数量最多的新增作家群体。作家队伍的变革方向,与网络文学的阅读、消费主力相匹配。"Z 世代"作者和读者相似的成长经历和兴趣爱好使他们自然地形成了以兴趣为中心的社交群体。"Z 世代"作家有着敏锐的网络嗅觉,

---

① 参见中国互联网络信息中心于 2021 年 9 月 15 日发布的《第 48 次中国互联网络发展状况统计报告》。
② 参见 QuestMobile 研究院于 2022 年 8 月 16 日发布的《QuestMobile2022 Z 世代洞察报告》。

对网络流行文化和网络语言理解细致、分析得当，能够准确捕捉热点，维持写作热度和读者的忠实度。

"Z世代"网文读者是网络文学的主要消费者，他们的生活方式和消费习惯离不开网络媒介的潜在影响。他们重视个性表达、生活情趣和审美意趣，愿意为共同社群和兴趣爱好付费。通过"专属暗号"，"Z世代"网文读者找到了属于自己的社群，以共同的青年话语为基础，形成群体性同盟，并从中获得精神满足。"Z世代"网文作者和读者间良好的互动共生关系，也进一步提升了网络文学的写作质量。

"Z世代"成长于中国经济腾飞的时期，随着社会主义市场经济改革的深入推进，我国综合国力不断增强，物质基础更为雄厚，精神文明建设稳步提升，"Z世代"在新的社会环境中拥有了广阔的视野、理性思考的能力和多维的观察领悟能力，并逐步改变着网络文学的生态环境。

（三）"本章说"——实时弹幕与公共空间的建构

互联网在现实世界之外营造了一个虚拟世界。在这个虚拟世界中，人们可以通过共享信息、共建资源、共同维护网络秩序形成交流合作的通道。与传统文学不同，依托互联网而生的网络文学不是封闭的文本，而具有生成性和开放性。网文平台的实时评论功能"本章说"，为作者和读者提供了良好的点评、互动、再创作的平台。读者在平台中互动交流，通过对话确认自己的集体归属感，从而满足身份认同的需求。

哈贝马斯在公共领域理论中提到，公共领域是一种介于私人领域和国家机关之间的空间，处于权力机构和日常生活之外。文学公共领域常常出现在城市的沙龙和咖啡馆中，公民聚集其中自由言论，并以公众舆论的形式对社会需求加以调节。在网络时代，全新的文化传播方式突破了时空限制，也丰富和扩大了传统公共空间的内涵和外延。不同于纯文学的精英化性质，网络文学解放了传统的文学生产方式，让文学回归大众群体，形成了新型文化空间。

2017年起，阅文集团借鉴视频网站的"弹幕"功能，启用"本章说"。在这一功能下，读者可以点评小说的任何段落，还可以与他人互动交流。"本章说"接续了古典文学的点校传统，让读者实时反馈阅读感受，形成了比原文更加有趣的衍生文本。以起点中文网科幻畅销榜榜首黑山老鬼的《从红月开始》为例，该小说仅有六段"引子"，但每段都有上百条帖子，帖子的内容五花八门，从故事背景的科普解读到针对情节的设想讨论,读者之间相互交流阅读感受,形成了良好的互动氛围。"本章说"使得在物理空间上相互隔离的读者能够互相"看到",增强了他们之间的参与感和归属感。

在科幻网文写作中,"本章说"的作用尤为重要。因为科幻网文常常涉及宇宙科技知识,具有一定的知识壁垒,而热心的读者"课代表"在"本章说"中整理知识点、答疑解惑,甚至辅助作者进行科学普及,让"小白"读者不断向专业读者进阶,大大拓展了科幻网文的阅读群体。

(四) 文学、影视与艺术的多元共生——科幻网文的未来畅想

科幻网文曾一度属于网络文学的小众题材,不仅不受专业研究者重视,也常被读者忽视。科幻网文因其叙事和内容上的精英化、严肃性特征,很难完全适应网络时代"快餐式"的消费习惯,自然在创作的过程中步履维艰。不仅如此,科幻网文的写作、传播的过程中存在着不同程度的技术要求,不仅作者需要同时具备科学思维和人文素养,读者也需要具有相应的理解、审美和反馈能力。

不过,随着《三体》《北京折叠》的获奖和《流浪地球》的成功,我国科幻文学创作进入了新的"黄金时代"。国家科技实力的提高、科普工作的进一步完善也增加了年轻读者对科幻网文的兴趣。阅文集团的报告显示,在神舟十二号载人飞船进行宇宙探索的同时,科幻网文的阅读人数增长 20%。2020 年,国家电影局、中国科协印发《关于促进科幻电影发展的若干意见》(以下简称《意见》),提出打造高质量科幻电影的要求,以推动我国由电影大国向电影强国迈进。《意见》提出了对科幻电影创作、生产、发行、人才培养等加强扶持引导的十条政策措施,被称为"科幻十条"[①]。在创作模式上,《意见》要求,各部门要侧重原创科幻电影剧本的培育和扶植,同时充分利用现有资源,将游戏、文学、动画等元素综合运用于科幻剧本的创作之中,以全方面地丰富科幻剧本创作的内容和形式。"科幻十条"的提出,意味着科幻从文学到其他艺术形式的转换逐渐成熟。运营网文 IP 既是各大网文平台的营利方式,也是国家推动文化创新和文化产业发展的着眼点。如何兼顾科学性、艺术性和商业性的价值均衡,将是科幻网文需要探索的道路。在建设文化强国、科技强国,讲好"中国故事"的时代语境下,建设高素质的

---

① 参见国家电影局、中国科协于 2020 年 8 月 7 日印发的《关于促进科幻电影发展的若干意见》。

网络科幻创作队伍,提升网络科幻作品的品质,打造良好的网络科幻阅读和互动环境,将成为我们未来努力的方向。

第三节　科幻小说的知识分子叙事变迁

一、世界科幻浪潮中的知识分子形象

西方的科幻小说诞生于工业革命和技术变革的时代背景下。阿西莫夫认为,科幻小说的诞生"可以看作是文学对科技发明的回应"①。当然,工业革命的发展在促成国家财富积累的同时,也带来了种种隐忧。在此情形下,小说家对未来的态度也不尽相同,一些人乐观地看待世界的进步,另一些人则更在意技术的负面因素生发的梦魇。在阿西莫夫看来,"科幻小说从一开始就是在这乐观和悲观的两极中摇摆不定"②。当凡尔纳的科幻故事充满信心地塑造着太空冒险童话的同时,玛丽·雪莱和威尔斯等人则不停地讲述着技术被滥用后的恐怖噩梦。

在西方,早期的科幻故事注重科学成分和教育功能,通过对实验过程、未来机器和幻想模式的展现,呈现出各具特色的科学色彩。当人类开始享受科技进步带来的便利时,作家注意到科学发展巨大成就的背后,科学家功不可没。因此,在西方科幻文学中,科学家一度以正面形象示人。凡尔纳的《海底两万里》《八十天环游地球》等作品,对科学技术和科学家,流露出正面、积极、向上的情感态度。这些小说往往会用大量笔墨描写科学发明的重要贡献,烘托科学家的探险精神和人道主义情怀。《八十天环游地球》中的福克,因为和朋友的赌局踏上旅程,途中被密探一路尾随,这给他的旅途造成了很多阻碍。不过,面对旅途中的意外事件,福克采取了种种办法巧妙化解了困难,最终按时回到了伦敦。《格兰特船长的儿女》中的地理学家巴加内尔,知识丰富、博闻强记,但又粗心大意、风趣幽默,充满着人格魅力。《海底两万里》中的尼摩船长作为天才科学家,知识广博,建造了鹦鹉螺号潜艇,他疾恶如仇、满怀正义,为了复仇选择远离故土,最

---

① [美]艾萨克·阿西莫夫:《阿西莫夫论科幻小说》,涂明求等译,安徽文艺出版社2011年版,第5页。
② [美]艾萨克·阿西莫夫:《阿西莫夫论科幻小说》,涂明求等译,安徽文艺出版社2011年版,第95页。

终回归海洋。整体而言，凡尔纳笔下的知识分子和科学家大多具有积极向善的品质，他们为科学的进步和技术的传播作出了贡献。不过，在《蓓根的五亿法郎》中，凡尔纳通过对两个性格迥异的学者的描绘反映了知识分子的不同道路。印度贵妇蓓根给自己的五亿法郎遗产找到了两个继承人：医生萨拉赞和化学教授舒尔茨。萨拉赞把钱投向了美好的事物，创建了一个环境优美的理想城市。在这里，居民各司其职，发挥各自的天赋和才能，培养优秀的后代。舒尔茨则将钱用来满足自己的欲望，他建造了一座钢城，用来冶炼钢铁，生产新式武器，进而屠杀人类。最后，舒尔茨的阴谋被青年工程师马塞尔发现，舒尔茨死于自己发明的炸弹，兵工厂也转而制造工业和农业设备。在小说中，凡尔纳刻画了另一类邪恶、自私、偏执的科学家形象，他们信仰科学万能，无视自然人伦，在对欲望的追求中迷失了自我，最终造成了灾难性的后果。

阿西莫夫提出，科幻小说中的科学家很可能是反派角色，科幻故事中所展现的危机也和反派科学家的企图相关。这类科幻小说的情节设计往往是主人公挫败了反派科学家的企图，并最终圆满地解决问题。阿西莫夫认为，"科技（在极为重要的前提下谨慎地使用）是有益的，是推动人类进步的关键"[1]，因而在他自己的小说中，科学家经常出场，而且拥有正面形象。和阿西莫夫不同，另一些作家则将科技视为造成人类危机的重要原因，这些小说中的科学家常以反派形象出现。

阿西莫夫将反派科学家分为任意妄为型（presumption）、疯狂型（madness）、残暴型（evil）、狂妄自大型（arrogant）和冷漠型（indifference）五种。玛丽·雪莱笔下的弗兰肯斯坦是任意妄为型的代表。他违背自然规律，制造出了"人造人"，但他并不约束自己的创造物，而是离开实验室，任由怪物在外界游荡，最终付出惨重的代价。弗兰肯斯坦作为一个科学家和发明者，代表着科学的创造力。他创造出科学怪物，却拒绝为其负责，并草率地将创造物投入世界。当怪物呈现出巨大的破坏力时，弗兰肯斯坦感到困惑和恐惧，他无法找到任何补救的措施，只能任凭悲剧发生。科学怪物也拥有自我意识，也曾帮助他人，试图进入人类社会，但是始终无法被接纳。这是因为科学怪物作为"人造人"，不能融入现实世界的伦理关系，无法与人类社会建立联系，它是"物"，却又被赋予了人的特性，最终在徘徊中走向极端。

---

① ［美］艾萨克·阿西莫夫：《阿西莫夫论科幻小说》，涂明求等译，安徽文艺出版社 2011 年版，第 55 页。

在玛丽·雪莱生活的时代,工业革命带来经济和科技的快速发展,也引发了宗教与科学之间的矛盾。人们一方面感慨于科技发展带来的便利,另一方面又陷入信仰的衰颓与迷茫之中。弗兰肯斯坦的故事实际上回应了时代问题,强调了技术发展可能面临的后果。当人类渴望通过科学技术战胜自然规律时,应该警惕,技术的发展可能会超出人类的掌控,科技也可能给自然造成毁灭性的后果。在类似的科幻小说中,这一类格格不入的"怪物"形象常常出现。这些"怪物"流离失所,被剥夺了权利和财产,但仍然努力融入一个已健全的社群之中。这些"怪物"的遭遇实际上是从另一个维度对整个社会现实进行发问:面对日益变化的世界,个人该采取何种方式加以应对? 又该如何解决信仰的危机?

拉美科幻作家洪博格在《奥拉西奥·卡里邦》中也塑造了"弗兰肯斯坦"式的疯狂科学家弗里茨。弗里茨利用机械元件制造机器人,初代版本的机器人与人类有着明显区别,可以被轻易地识别出来。但是,随着技术的更新迭代,机器人越来越逼真,不仅长相、动作都和人类相似,还能够使用语言,甚至最先进的机器人还具备独立思考的能力。与弗兰肯斯坦不同,弗里茨和他的机器人在故事的结尾也并未被消灭,而是依然生活在人类身边,成为家人、朋友的替代,给人类造成无尽的恐慌。尽管小说里的弗里茨始终对机器人具有控制能力,但机器人摆脱控制、反叛人类的可能性却依然存在:"《奥拉西奥·卡里邦》结尾的威胁既来自人类的非人性,同时也来自快速的技术进步,这让那些自大狂妄的人通过科学获得了高于其他人的权力。"①

威尔斯《隐身人》中的格里芬或许符合阿西莫夫笔下"疯狂""残暴"的科学家形象。他本是一个不得志的助教,却在研究过程中发现了隐身的秘密。对金钱、权力和自由的疯狂追求让格里芬走上了不归之路。通过研制隐身试剂,他让自己变成了隐身人,并借此达到了自己的目的:偷盗、抢劫甚至杀人。如果说弗兰肯斯坦制造怪物主要是源于对自然的好奇,而他所造成的悲剧在某种程度上也是科学研究的无心之过,那么格里芬却从一开始就怀有自私的邪恶目的。格里芬研制隐身试剂只是为了满足自己的欲望,而对试剂是否具有科学研究价值则毫不关心。对于他来说,隐身术是一把双刃剑:一方面,隐身使其摆脱法律法规和伦理道德的约束;另一方面,隐身术又剥离了他的社会身份。他被人们视为妖

---

① 〔美〕拉切尔·海伍德·费雷拉编著《拉美科幻文学史》,穆从军译,百花文艺出版社 2016 年版,第 216 页。

怪,被踢出人类的队伍,如同弗兰肯斯坦制造的怪物一样,失去了和群体、外界沟通交流的可能性。在这种痛苦的矛盾中,格里芬最终丧失了人性。当他发现自己可以凭借生理上的优势轻易地杀死别人后,格里芬的欲望进一步扩大,甚至试图创建一个恐怖王朝。他计划从占领城市开始,利用人们的恐惧心理,通过发布命令和死亡威胁扩大权力,最终统治世界。威尔斯在《隐身人》中表示,格里芬谋求权力的自私手段,很可能给社会带来负面影响。威尔斯的另一部作品《新加速剂》中的吉本博士,潜心研究一种药物,该药物能够使人类的活动节奏成倍加快,从而在特定的时间内完成更大的工作量。在吉本教授的设想中,无论是医生、律师、运动员还是政治家,在紧急关头服用这种药物,都能在短时间内大大提高工作效率。他推测,大部分人都会对新加速剂趋之若鹜,而自己则能从中赚取巨额利润。当吉尔教授和朋友服下药物后,个体的高速活动引发了火灾,时间也在人的瞬息运动中变得缓慢。《新加速剂》设想了人类进化之后的世界,小说渴望摆脱日常事务的压力,在充满效率的刺激中重新获得生命的活力。虽然这一实验在小说中并未成功,但威尔斯关于进化的设想却给后人提供了想象的空间。

在《莫罗博士的岛》中,青年普伦狄克在轮船失事后被一艘船救到小岛上,无意中发现岛主是一个叫莫罗的科学家。莫罗利用外科手术改造动物,创造出名为"兽人"的新物种。通过训练,"兽人"初步具备了人的习性,甚至在莫罗博士的训练下养成了如人类一般的社会习惯。莫罗虽然才智过人,但在制造和统治"兽人"的过程中,他将改造实验建立在活体解剖的基础上,残暴无情,丧失人性。为了控制"兽人",莫罗博士建立了一个完整的控制体系,通过严苛的法律控制"兽人"的行为,它们必须日夜诵读律条,一旦犯错将遭受严酷的惩罚。在莫罗的等级序列中,他自己是至高无上的,并通过各种仪式,进一步巩固其统治。小说的最后,"兽人"杀死了莫罗博士,恢复成残暴的野兽,这一结局也体现出威尔斯对现代社会的讽刺。

威尔斯小说中的生物学和进化论主题受到了科幻小说理论家达科·苏恩文的注意,苏恩文认为,威尔斯是"以'黑色'进化生物学为掩饰,将社会达尔文主义和费边社会主义奇妙地混合在了一起"[①]。威尔斯笔下的科学家,是精神病态、心理畸形的怪物,无论是莫罗博士还是格里芬,他们虽然掌握了先进的科技知识,但同时也走向极端,最终迷失了自我。在威尔斯笔下,处于科技发展浪潮之

---

① 〔加〕达科·苏恩文:《科幻小说面面观》,郝琳等译,安徽文艺出版社2011年版,第417页。

中的知识分子,面对着极度膨胀的欲望,妄想利用科学技术满足一己私欲,过度追求金钱和权力,最终只能如莫罗博士一样丧生于"欲望之手"。

除此之外,在20世纪早期的西方科幻杂志《惊奇故事》和《科学与发明》上刊登的科幻小说中,均有知识分子角色参与其中。在科幻作家笔下,年轻的科学家利用新的发明技术解决了一个个世界难题。故事中,科学家与外星人、现实活动与自然灾害、人类繁衍与外界威胁等元素之间的对立关系,加上时间机器、死亡射线等关于未来的技术幻想,构成了小说的情节范式。20世纪二三十年代的杂志在刊登科幻小说的同时,还添加了科学短文和艺术插图,构成了关于科学技术的信息集合。这些杂志将小说中的知识分子形象具象化,形成了流畅的故事叙述,受到了读者欢迎。

西方科幻文学对知识分子形象的侧重体现还与其读者群体息息相关。在20世纪初期,科幻杂志的编辑发现,读者的讨论和反馈能够帮助科幻创作成长,甚至读者群体中很容易诞生新的科幻作家。这是因为,很多科幻杂志的读者是有科学素养的成熟读者,甚至有些是非常出色的精英,他们能够正确理解和反思科幻创作中的科学规律。在西方科幻发展的黄金时代,海因莱因、阿西莫夫都将知识分子作为重要的表现对象。

海因莱因在其作品中塑造了沉默寡言而又客观冷静的知识分子形象。其处女作《生命线》中的主人公皮尼罗博士发明了可以测算人类寿命的机器,机器预测极其准确,甚至导致了人寿保险公司的倒闭。皮尼罗的机器引发了资本家的不满,他在自己家里被谋杀,机器也被暴徒捣毁。小说讽刺性地探讨了关于知识、技术、真理与秩序的问题。在《傀儡主人》中,科学家设计了"疾病方案"和"医生方案"用以抵御外星人的入侵。《双星》《进入盛夏之门》《穿上航天服去旅行》《星船伞兵》等小说中仍然穿插有不同的科学家、知识分子角色,并通过人物之间的互动关系展现未来世界的种种奇异景象。

阿西莫夫《基地》中的天才数学家谢顿,根据以统计学为基础的心理史学知识,预测川陀王朝将会灭亡。因此,谢顿设定了两个基地以减少人类的损失。其中,第一基地由顶尖科学家、工程师组成,他们的工作凭借领先的科技很快取得了成效。叮是,突然出现了拥有精神控制能力的叛逆者"骡",他很快降服了科学家,谢顿的计划也走向失败。神秘的第二基地由心理史学家构成,这一基地凭借强大的心理潜能战胜了"骡",也拯救了第一基地。

谢顿是一个科学主义者,他相信如果人们都能按规则办事,他的心理史学就能够准确地预测未来。在谢顿的领导下，两个基地项目的建设一直非常成功，直到规则的破坏者"骡"出现，才让世界再次陷入危机。在科幻发展的"黄金时代"，这种将科学技术与社会问题相结合的创新做法"想象性地把实验方法和技术革新应用于解决物理问题的同时，也用于解决社会和思想问题"①。不过，谢顿基于心理史学的技术决定论，有将复杂的现实单一化、简单化的趋向，吴岩认为："对人类社会采用这种决定论的算法程序应该说不太可能有效。"②

以科幻为题材的媒介表达从 20 世纪中后期开始增加，科幻本身也从文本逐渐转向影视。各式各样的影视作品以动画、特效技术创建出宏大的宇宙空间，以视觉意象的方式呈现更为直观的科幻世界。纵观几十年的好莱坞电影史，知识分子、科学家形象在科幻电影中得到了进一步丰富。有学者研究了两百多部科幻电影后发现，许多电影重在表现科学家违背人性和道德标准，使用科学手段威胁人的身心健康，表现出科学令人忧心的一面，尤其是涉及新技术、新发明时。据统计，在超过一半的电影中，新的发明会给人类社会造成损害。③ 从《奇爱博士》《2001：太空漫游》《星球大战》到《星际迷航》《神秘博士》，再到《银翼杀手》《黑客帝国》，科幻影视剧作品塑造了各式各样的科学家形象，既有拯救地球的正面形象，也有冷酷无情的反派角色，在正邪之间构建了知识分子的多重面貌。研究表明，现代人了解科学技术的渠道主要不是通过专业杂志和文献，而是主要通过电视、电影等媒介娱乐方式。因此，科幻作品对科学内涵和知识分子的表现，一定程度上也会影响大众文化的潮流。科学知识及其技术应用，一直与人类的日常生活紧密相连。新的科学知识既可以给人类提供福利，同时也可能造成破坏。与科幻小说类似，在大多数电影中，对科学的描绘显示出创作者的不安和怀疑态度，这种怀疑根据学科领域的不同也有所区别。据统计，医学是科幻电影中出现频率最高的学科领域，其次是物理和化学，而人类学、地理学等人文学科则出现较少。研究表明，在那些需要秘密实验室反复进行实验的学科中，如医学、物理学、化学，"疯狂的科学家"这类形象更易出现，他们的不能公开的研究显然存在道德上的风险。相比之下，在大学和政府大楼等公开场域开展研究的人文学科更受电影人和观众的信任，在这些行业中，"极大部分的科学家都被描述为

① ［英］爱德华·詹姆斯、［英］法拉·门德尔松主编《剑桥科幻文学史》，穆从军译，百花文艺出版社 2018 年版，第 98 页。
② 吴岩：《科幻文学论纲》，重庆大学出版社 2021 年版，第 136 页。
③ 参见［德］P.Weingart，C.Muhi，P.Pansegrau：《科幻电影中的科学和科学家》，程萍译，《科普研究》2008 年第 5 期。

具有良知的善良人士"①。

在大部分科幻电影中,知识分子以教授、科学家、工程师等形象出现,以各式各样的科研活动探索现实和未来的联系,在克隆生物、航天飞船、超自然、时光穿梭机、超级武器等技术层面对未来社会进行乌托邦式的探索。而电影中表现出的对知识分子和科学技术的恐惧、怀疑和忧思,也在一定程度上反映了大众对科学和知识分子的印象。韩松在谈论科幻时提到,科幻的一个关键点是科学的表达,科幻应当注重科学造成的影响,即科技与道德、社会之间的关系,"科技的伦理命题给科幻提供了无穷的想象空间"②。因此,克隆人、基因编辑技术、人体改造等科幻狂想,与科学家、知识分子之间形成了关乎道德伦理的张力,也给科幻写作提供了更大的想象空间。

二、中国科幻文学中的知识分子形象

在中国,科幻小说始于翻译,凡尔纳的作品是中国科幻翻译的开端。1900年,《八十日环游记》由薛绍徽、陈寿彭译入中国;1902年,梁启超采用章回白话小说体译介《十五小豪杰》;1903年,鲁迅以日文本为基础,对《月界旅行》着手翻译。适时,梁启超发起"小说界革命",推崇"新小说"的样式,强调小说的政治、道德和人性指向,并创办了中国近现代第一份专门以登载小说为主的杂志《新小说》。1902年,《中国唯一之文学报〈新小说〉》在《新民丛报》上发表,文中再次强调梁启超的小说理念,即"借小说家言,以发起国民政治思想,激励其爱国精神"。值得关注的是,文章对小说的类型进行了简单的分类,其中,"哲理小说"与"科学小说"并置,并称为"哲理科学小说","专借小说以发明哲学及格致学,其取材皆出于译本"。

梁启超译介科学小说的思路主要偏重哲理,而并非偏重其科普功能。鲁迅对科幻小说的翻译和介绍也具有类似的观点。在翻译《月界旅行》和《地底旅行》两部小说时,鲁迅也根据自己的思路进行了改动。其中,鲁迅对部分情节进行了压缩和删减,尤其是对其中关于科学知识的部分章节进行了删除,例如原文中关于天文学知识、月球知识和望远镜的历史演变等段落在鲁迅的译本中都被删去。鲁迅认为,科学并非高高在上的学科,为了启蒙民众、促进文明发展,科学需要深

① [德]P.Weingart,C.Muhi,P.Pansegrau:《科幻电影中的科学和科学家》,程萍译,《科普研究》2008年第5期。
② 韩松:《科幻的十三个关键词》,《科普创作》2019年第4期。

度参与人民的日常生活,才能在潜移默化中起到改良思想的功用。科幻小说以其通俗化、大众化成为传播科学思想的方法之一,能起到"弥今日译界之缺点,导中国人群以进行"①的作用。在这一基础上,科幻小说在诞生之初就被寄予了厚望,晚清知识分子希望科幻小说能起到开启民智、广播文明的作用。在凡尔纳文学作品的影响之下,中国本土的科幻小说创作同样关注国家建设与发展,希望在幻想未来的现代图景的同时,起到启发民智、唤醒群众的作用。例如,在徐念慈的《新法螺先生谭》中,气球、飞艇、飞车等先进工业产品相继出现,这不仅展现了作者丰富的想象,更体现了晚清知识分子救国图强的梦想。

与西方的科幻作品不同,1949 年以来,中国科幻文学中的知识分子、科学家主要以正面形象出现。科技政策和知识分子政策的调整,让科学家的地位得到了一定提升。他们在工业、农业和军事上的贡献,对发展中的中国来说十分重要,而他们为社会主义事业的献身精神也值得大力宣扬。因此,这类知识分子的形象成为中国科幻作品中的重要表现对象。

随着科普事业受到进一步重视,科技工作者的统一组织——中国科学技术协会成立,科幻小说的数量和质量都得到了提升。迟叔昌的《大鲸牧场》构建了渔业一体化工厂;刘兴诗的《游牧城》描写了现代城市的迁徙与自由流动;萧建亨的《蔬菜工厂》和叶永烈的《石油蛋白》关注农业领域的技术提高,为解决人民的粮食问题作出了有益的想象。在这些小说里,城市便利的交通方式、富足的生活环境和自动化的工业流程都与技术发展息息相关。郑文光的《第二个月亮》《从地球到火星》《太阳探险记》等小说让知识分子与少年儿童对话,建立起社会主义时期的太空想象。在郑文光笔下,知识分子成为知识的传授者甚至启蒙者,而少年儿童在接受新知识的启蒙之后,纷纷表现出要去太空探索的决心。

不过,这类科幻小说此时尚被视为儿童文学的一种,为了充分发挥其针对青少年的科普作用,知识分子常被设计为讲解员和引领者。这些科学家在利用发明创造提高工农业生产效率的同时,还耐心地带领故事中的小主人公认识各类科技设备,了解设备的运行原理和生产条件。作为工人阶级的一员,知识分子需要紧密联系群众,切实将科研成果传达给社会公众。

1980 年代前后,中国的科幻写作进入了一个新的"高峰",作品科学普及的比重有所下降,其中的知识分子形象也开始发生变化。在童恩正的《珊瑚岛上的

---

① 鲁迅:《〈月界旅行〉辨言》,载《鲁迅全集》(第十卷),人民文学出版社 2005 年版,第 163—164 页。

死光》中,知识分子与华侨身份相重叠,科学研究与爱国情怀相互交织,为"新时期"的知识分子形象增添了新的元素。《珊瑚岛上的死光》发表于《人民文学》1978年第8期,小说主要讲述了华侨科学家陈天虹研制并保卫高性能武器的故事。陈天虹机敏地发现了他国的暗算,经过与邪恶势力斗争,他最终取得了胜利,维护了国家安全。小说发表后不久便获得了"全国优秀短篇小说奖",受到主流文学界的认可。不久之后,小说被改编为电影上映,这部当时罕见的科幻电影给观众带来了新鲜的体验,受众群体进一步拓宽。除此之外,叶永烈的《小灵通漫游未来》借助主人公的梦幻旅途,串联起科学工作者与先进、便利的"未来市"。飘行车、直升机和小型火箭随处可见,"魔术般的工厂"更是利用现代生产线吸收太阳能,源源不断地产出淀粉、蛋白质、油脂等日常所需元素,小说呈现出对未来科技高度发达、人民安居乐业的美好畅想。

　　1990年代以后,我国科幻小说中的知识分子形象变得更加复杂。在1980年代的"科文之争"后,文学界基本认可科幻小说是文学的一种,丰富的想象力、新颖的艺术手法以及对社会现实问题的多维度思考成为后来的科幻写作者追求的目标。达科·苏恩文提出,科幻的核心张力在于提供一种"陌生化"的阅读体验,这是一种"未知"或"他者"之间的张力,而这种张力可能脱离了读者的经验范畴。[①] 为了表现科幻文学的"陌生化"魅力,选取远离日常生活的"知识分子"视角能够提供给读者更多新奇的感受。因此,刘慈欣、韩松、王晋康、何夕等新生代科幻作家,除了构筑广阔的科学图景之外,还试图塑造不同的知识分子形象。刘慈欣的《三体》中就出现了叶文洁、章北海、罗辑等性格迥异、各具特色的知识分子形象。他们不再是完美的人物,有的玩世不恭,有的误入歧途,以各自的生活轨迹表达对现实和未来的不同思考,这样的写作手法丰富了读者的阅读体验。

　　王晋康的《蚁生》讲述了生物研究者颜哲继承父亲的遗志,研究蚂蚁生产的"蚁素"并将其提炼,从而建设幻想中的乌托邦王国的故事。《蚁生》虽然存在科学幻想元素,但其人物和故事情节都偏向于现实主义,对颜夫之、颜哲两代知识分子的刻画也体现出作者对人性的深层挖掘。《科学狂人之死》同样借助科学家形象探讨技术与伦理的关系。小说以"复制人""物质传输"为核心构思,探讨在人可以复制的前提下,爱情的归宿何在。"科学狂人"胡狼聪明绝顶却冷漠无情,

---

① Darko Suvin, Defined by a Hollow: Essays on Utopia, Science Fiction and Political Epistemology, Switzerland: Peter Lang, 2010, p.68.

即使对初恋情人也常常出口伤人,以残忍的自然法则消解人类间的情感。后来,胡狼研发出了复制技术和物质传真机,试图将自己传输到另一个时空。但是,最后时刻对爱情的不舍让他犹豫了,最终造成传输的失败,自己也消失在机器之中。王晋康并不与同时代的作家一样试图回避宏大主题而关注日常琐碎,反而多次讨论了人类发展过程中,科学与道德的冲突以及人性和伦理问题,以科学的精英意识尝试思考爱情、生死等宏大主题,为1990年代的文学写作提供了别样的发展面貌。

王晋康在《生命之歌》中也关注科学家和仿生机器人问题。小说中的孔教授研发了机器人元元,元元既有机器人特有的编程研发系统,同时也具备人类的感知和欲望。孔教授发现,元元进化的速度和质量都超过人类,很可能会在未来统治世界,于是孔教授调整了元元的程序设定,将其年龄设置为五岁,还在元元的内部安装了自毁系统。几十年后,孔教授的女婿、同为科学家的朴重哲无意间发现了元元的秘密,并不小心开启了元元的自毁系统,导致元元意外离世。但是,元元却很快修复一新,并破解了"生命之歌"的密码,快速恢复了自身的野心与欲望,对人类造成了威胁。小说考察人类的"生存欲望"问题,并将这一生物界普遍存在的问题数字化为DNA序列中的一个部分,从科学与哲学的维度探讨人类存在的意义。王晋康认为,好的科幻作品应该"充分表达科学所具有的震撼力","这种美可以是哲学理性之美,也可以是技术物化之美"[①]。在《生命之歌》中,王晋康就借助知识分子形象呈现了科学与哲学之美。小说中的知识分子形象并不是扁平化的,而是始终徘徊在科学发展与道德人伦之间,表现出人性的复杂和多样。孔教授最初的想法是研制机器人,当发现"生命之歌"的密码时,对科学的追求让他把密码输入了元元的系统加以验证,但当密码得到验证之后,孔教授又陷入了深深的自责中:"人类经过300万年的繁衍才占据了地球,机器人却能在几秒钟内就完成这个过程。这场搏斗的力量太悬殊了,人类防不胜防。"[②]孔教授原本对元元疼爱有加,但当他发现元元有威胁人类的可能时,他封锁了自己的内心,保守着无人知晓的秘密,任凭自己变得性格扭曲。当元元试图通过弹奏"生命之歌",向其他机器人散播生存欲望的密码时,孔教授本想毁掉元元,最终却不忍心对自己的家庭成员下手,体现出知识分子的仁爱之心。通过一系列情节的

① 王晋康:《漫谈核心科幻》,《科普研究》2011年第3期。
② 王晋康:《生命之歌》,载《拯救人类》,北京理工大学出版社2017年版,第25页。

架构,孔教授的知识分子形象变得丰满和复杂起来,也为读者理解小说中的科学与哲学问题提供了更多的解读空间。

在何夕的《盘古》中,青年科学家陈天石和楚琴期望通过制造盘古这位天神来解决人类的危机。但是,小说中利欲熏心的科学家欧纵极却给陈天石和楚琴的科研活动制造阻碍。欧纵极醉心于欲望与权力,在面对人类共同的困境时,以虚伪的说辞解释自己的卑劣做法:"我们利用但不改变宇宙周而复始、生生不息的演化,这是顺天而动;如果天之将倾而欲阻之,这是逆天而行。"①同为知识分子,陈天石、楚琴愿意为了拯救人类而忍受被放逐的痛苦,且从未放弃研究,相反欧纵极却只顾自身利益,不把民族和人类的安危放在眼中。小说将中国古典传说中盘古开天地的神话与现代科技语境结合,并同时塑造了陈天石、楚琴和欧纵极两类知识分子形象,丰富了当代文学中的知识分子书写。

---

① 何夕:《何夕科幻精品系列 伤心者》,科学普及出版社 2019 年版,第 104 页。

第三章
1950—1970 年代的知识分子与科幻文学

1949 年以来，文学在社会发展进程中的作用和功效进一步扩大，作为文学的一个重要分支，科幻文学创作也被纳入了共产主义叙事的宏大版图之中。表现工业生产热潮和社会建设成果、描绘未来发展的美好蓝图成为当时科幻文学创作的重要主题。尽管此时的科幻文学创作还带有相当程度的科学普及成分，但已经成为部分创作者表达民族情感与现实指归的重要方式。

在这一时期，中国科幻文学创作形成了自己的早期风格，吸引了一批以少年儿童为主的读者群体。创作者将《少年文艺》《中学生》和少年儿童出版社作为发表园地，作品呈现出较为明显的儿童文学面向和科普功能。1950 年，张然的《梦游太阳系》出版，该作后来被视为中华人民共和国成立后的第一部科普型科幻小说。随后，郑文光的《第二个月亮》《征服月亮的人们》《从地球到火星》《太阳探险记》等作品相继发表，同样聚焦少年儿童群体，以技术和太空为主要表现对象。自此，科幻文学创作逐渐受到作家们的重视。在这一时期，以郑文光、迟叔昌、童恩正、刘兴诗、萧建亨等作家为代表的科幻文学创作队伍，从凡尔纳、威尔斯等外国科幻创作者的作品中吸收经验，书写了充满童趣的幻想世界。

当然，除了儿童视角，工业、城市与知识也是观察中国科幻创作的重要维度。正是从这几个维度，中国科幻写作开启了从科普到文学的蜕变，科幻写作开始具备更为丰富的智性色彩和人性哲思。

第一节　1950—1970 年代科幻
写作的历史动因

一、科幻翻译与知识的传递

在 1950 年代中期,随着国家对科技建设的重视,科幻小说创作也进入了快速发展的关键时期。郑文光、鲁克、萧建亨、饶忠华、童恩正、刘兴诗、迟叔昌等作家,通过趣味性的科学呈现和本土化的特色表达,将中国科幻小说引向了新的创作高峰。在时代环境的影响之下,1950—1970 年代的科幻小说形成了颇具自身特色的文学景观。因为以少年儿童为目标读者群,所以这一时期的科幻写作在童趣中兼具澎湃的乐观精神。同时,此时的科幻创作也兼有一定的科学普及功能,在呈现科学技术的同时,也带有对未来的无尽想象,展现出高昂的理想情怀。基于这些创作特色,科幻文学与当时的主流文学样式共同成为十七年文学形态的重要组成部分。

对科技发明的强烈向往使科幻作家通过建构科技化的未来世界,遥望共产主义的光明前景:"其最突出的表现就是人人吃饱穿暖、城市化全面覆盖、日常生活充满科技化元素。"[1]虽然这个时期的科幻小说仍侧重对具体科学技术的介绍,情节和人物的设置较为单一,缺乏艺术特色。但是,小说中对现代化工业建设和集体化农业生产的描述和想象,对工人和知识分子群体的形象建构为"十七年"文学提供了新的质素。

1949 年以后,面对如何实现现代化和工业化的严峻挑战,提高国家整体科学技术水平迫在眉睫。《中国人民政治协商会议共同纲领》第 35 条关于工业的条款提到"应以有计划有步骤地恢复和发展重工业为重点,例如矿业、钢铁业、动力工业、机器制造业、电器工业和主要化学工业等,以创立国家工业化的基础"。同时,第 43 条规定,教育建设要"努力发展自然科学,以服务于工业农业和国防的建设。奖励科学的发现和发明,普及科学知识"[2]。为了与当时的科技政策相

---

[1] 肖汉:《"十七年"科幻:从幻想到现实的中国速度》,《文艺报》2020 年 3 月 4 日。
[2] 新华书店编辑部编《中国人民政治协商会议第一届全体会议重要文献》,新华书店 1949 年版,第 36—38 页。

配合,中华人民共和国成立初期就设立了中国科学院,其主要任务同样在于"有计划地利用近代科学成就以服务于工业、农业和国防的建设",与此同时,还需要"组织并指导全国的科学研究以提高我国科学研究水平"。① 在工业发展规划方面,形成了以重工业为基础的工业振兴计划。1955 年,"一五"计划进一步明确,把优先发展重工业作为经济建设的中心。围绕这一中心,国家制定了工业建设的具体产量和必要措施,并针对钢铁、有色金属、电力、煤矿、石油等工业项目进行了具体的规划。同时,"一五"计划提出,为配合工业建设,"除了必须正确地使用现有技术干部并发挥他们在国家建设中的作用以外,必须积极地培养新的干部","适当地扩充科学研究机构,制定科学研究计划,以推进我国的科学研究事业"。② 在以艾芜《百炼成钢》为代表的工业题材小说中,已经可以看出当时国家的工业建设景观。总体看来,在 1950 年代初期,大力发展工业技术以提高生产力是我国当时的重要任务。为了保障任务的顺利进行,科学研究事业与工业建设需要同步设计,共同前进。在这一前提下,科学研究和发展生产力、保障生产效率紧密结合在一起,承担起促进工业技术发展和现代化建设的使命。

与此同时,国家提出"向科学进军"的口号,制定了《1956—1967 年科学技术发展远景规划纲要(草案)》,提出了 57 项国家重要科技任务。该规划是我国的"第一个发展科技的长远规划","体现了党和国家发展科技的方针政策和社会主义建设的需要"③,为科研机构、高等院校的基地建设和人才培养工作提供了实施依据。1959 年,聂荣臻、郭沫若、钱三强等人纷纷撰文总结中华人民共和国成立以来科学技术发展的最新成就。他们认为,十年来,我国的工业建设在冶金、机械、煤炭等方面都大踏步前进,取得了巨大成就,实现了"科学战线上的巨大胜利"④。如果说科学和文学是我国科幻文学的两个维度,那么 1956 年在政策上对科学与文学的同时倾斜,促进了科学文艺作品的进一步发展。在科技事业欣欣向荣的同时,为了展示科技成果和科学家的强大信心,科普工作者纷纷行动起来,兴办与科学相关的报刊和展览,一系列面向公众的科普活动陆续展开。

---

① 吴家睿:《新中国主要科技政策纪事(1949—1989)》,《中国科技史料》1989 年第 3 期。
② 人民出版社编《中华人民共和国发展国民经济的第一个五年计划(1953—1957)》,人民出版社 1955 年版,第 119 页。
③ 张恩敏:《建国初的科技政策(1949—1956)》,《党史研究与教学》1986 年第 4 期。
④ 参见河南省科学技术委员会编《十年来我国科学技术事业的发展》,河南人民出版社 1959 年版,第 1 页。

1950—1970 年代,我国科幻文学的翻译活动同样引人注意。在这个时期,法国科幻作家凡尔纳的影响进一步扩大。中国青年出版社、少年儿童出版社陆续出版了凡尔纳的部分作品,在青少年中间产生了较大影响。主要翻译篇目如下:

《格兰特船长的儿女》(共三册),中国青年出版社 1956 年版

《蓓根的五亿法郎》,中国青年出版社 1956 年版

《牛博士》,少年儿童出版社 1956 年版

《气球上的五星期》,中国青年出版社 1957 年版

《天边灯塔》,少年儿童出版社 1957 年版

《八十天环游地球》,中国青年出版社 1958 年版

《海底两万里》,中国青年出版社 1961 年版

不仅如此,对其他国家科学文艺创作的翻译也受到许多学者的欢迎,部分翻译作品如下:

[苏] 阿·托尔斯泰:《加林的双曲线体》,泥土社 1952 年版

[苏] 伐·奥霍特尼柯夫:《探索新世界》,潮锋出版社 1955 年版

[捷] 贾贝克:《原子狂想》,上海文艺联合出版社 1956 年版

[法] 服尔德:《查第格》,人民文学出版社 1956 年版

[英] 威尔斯:《隐身人》,中国青年出版社 1956 年版

[英] 威尔斯:《大战火星人》,少年儿童出版社 1957 年版

[苏] 阿·托尔斯泰:《阿爱里塔》,中国青年出版社 1957 年版

[捷] 恰彼克:《卡·恰彼克戏剧选集》,作家出版社 1957 年版

[美] 汉密尔登:《荒唐世界》,少年儿童出版社 1957 年版

[美] 霍桑:《福谷传奇》,新文艺出版社 1957 年版

[苏] 别列叶夫:《水陆两栖人》,中国青年出版社 1958 年版

[苏] 齐奥尔科夫斯基:《在地球之外》,科学普及出版社 1959 年版

除了科学文艺作品和科普读物,部分科幻理论、科幻评论也被翻译、介绍进入中国,《知识就是力量》等杂志也对当时国际上重要的科幻成果进行了翻译和

介绍。在 1950 年代的历史发展语境下，大力发展科学技术成为重要的科技政策，而我国的科幻写作顺应这一历史进程，不断发展，逐渐形成了自己的特色。

二、国内科普语境的转变

在科学建设工作中，提高和普及是两个同样重要的方面，因而，科学建设不仅仅要关注高精尖的技术研究，同样也需要通俗化，需要理论和实践的结合。在这一形势下，部分科学家呼吁，在理论研究的同时，也要注重科普文章的撰写，把原本各自专门的研究问题以通俗易懂的方式进行普及。

1950 年，《科学大众》杂志发表了一篇题为《论科学大众化》的文章，文章表示科学不应高深莫测，而是应该被大众了解，应该真正走入人民群众的生活之中。作者杨钟健是地质学家、古生物学家，他提出了科学大众化的几个条件，即语言要简明易晓、多用插图引起读者兴趣、多用立体模型和展馆扩大影响。[①] 事实上，这几个方面也是 1950 年代中国科学和科普工作推进的重要策略。科学研究类文章向来较为艰涩，普通读者很难顺畅地阅读，而通过文字的改变，能够将科学知识以简单直观的方式呈现在人们面前，继而更好地促进知识的传播。与此同时，直观的视觉展示也是科学知识吸引爱好者的一大方式。图片、表格的设置能够让大段文字以简明的方式呈现出来，而科技馆、博物馆的建设能够吸引更多的观众，也不失为科普的重要手段。据不完全统计，1950 年全国重要科学馆主要有中央人民科学馆（筹备处）（北京）、山西省立科学馆（太原）、福建省立科学馆（福州）、上海市立科学馆（上海）、国立甘肃科学教育馆（兰州）、广西省立科学馆（桂林）、广西省立科学教育馆（南宁）、湖北省立人民科学教育馆（武昌）、湖南省立人民科学馆（长沙）、江西省立科学馆（南昌）、贵州省立科学馆（贵阳）、四川省立科学馆（成都）。[②]

这些科学馆遍布华北、华东、华中、西北、西南等区域，承担着接待群众参观、举办科学知识展览、放映幻灯电影、组织中小学自然科学实验、举办工人科学实验班等科普工作，成为开展科学普及工作的重要场所。其中，北京的中央人民科学馆（筹备处）的建设目标在于使劳动人民掌握自然发展规律，掌握科学技术，继而鼓励群众创造发明，爱劳动、爱科学。筹备处成立后举办了数次展览、讲座等

---

① 杨钟健：《论科学大众化》，《科学大众》（中学版）1950 年第 1 期。
② 参见段治文博士论文：《当代中国的科学文化变革》，浙江大学，2004。

活动,还开放了大众天文馆,指导群众观测天文现象。

在各类科普活动中,"大众科学讲座"很受群众关注。与其他科普方式相比,科普讲演作为一种口头的科学普及方式深受大众喜爱。科普讲演主要的特点是占用时间短,及时又迅速,但宣传普及面却很广,可以同时吸纳很多听众:"接受一个科学专题或一个科学领域方面的科普教育,是一种既经济又有效的科普宣传手段。"①除此以外,与阅读文章相比,科普讲演能够营造身临其境的氛围,提供更为直接和深刻的印象,从而让听众更好地掌握科技知识的要领。最后,科普讲演具有很强的互动性,听众一旦发现无法理解的内容,可以及时和演讲者交流反馈,从而帮助知识的吸收和巩固。

在中央人民科学馆(筹备处)举办的系列讲座中,第一讲是钱伟长教授主讲的《怎样学习自然科学》。② 钱伟长以通俗易懂的语言将自然科学知识的习得方法讲授给听众,抽丝剥茧,娓娓道来,场下座无虚席,听众反响热烈。在系列讲座结束之后,筹备处还就讲座中出现的一些问题进行了反思总结,提出了三项经验教训:第一,纯粹的科学知识是不受群众欢迎的,应当从简单的例子或故事或一件实际的东西出发,来说明复杂的原理;第二,讲演内容不要牵涉太广而不具体,不要只灌注一般的概念,而不能解决问题;第三,不要只作一般的解释而没挖出事物的根源,要注意深入浅出。③ 由此可见,在1950年代,我国的科普工作得以有序开展。通过不断总结经验教训,科学家已然对科普工作的主要着眼点和重要性有了更深层次的认识。他们通过通俗易懂的方式,从某一科学现象入手,面向大众普及科学知识,为提高全民的科学水平做了重要的工作。

普及科学知识的一大要素是要让科学知识通俗化。许多劳动者并没有接受过系统的科学教育,他们对于自然科学的相关知识也比较陌生。而科学工作者一般都在实验室研究科学前沿问题,很少和不同领域的人交流科学问题,对当时社会上对科学的实际需求也缺乏了解。因此,为了让自然科学工作者更好地了解社会实际,让他们更多地参与到科学普及工作之中,就需要制订一系列自然科学通俗化的实施方案。因此,科普部门积极动员全国各自然科学团体,组织编写

---

① 董仁威主编《科普创作通览》(上卷),科学普及出版社2015年版,第216页。
② 夏吾勇主编《科普文萃》,辽宁教育出版社2008年版,第251页。
③ 参见西南军政委员会文教部编《科学普及工作手册 第二辑 讲演专辑》,西南出版社1951年版,第18页。

了讲演材料和科普小册子，为科普工作的开展打下了基础。

其中，中国青年出版社出版的"自然科学知识通俗讲话"丛书在当时收获了良好的反响。该丛书由北京市科学技术普及协会组织编写，作者都是自然科学领域的专家学者。在"认识宇宙"①分册中，书籍介绍讨论了由太阳和各行星、卫星组成的太阳系、各个星球的外部特点和运行轨道，并配有多幅照片，直观地呈现了星球的样貌。除此之外，书中还经由太阳系继续拓展，介绍了恒星和宇宙的概念，并在附录中附有重要的天文数据，如地球的平均半径、地球绕太阳运行的平均速度等内容。另外，该丛书还有认识地球、动物的进化等内容，分门别类地介绍了各种自然科学知识。丛书的语言通俗易懂，多用设问句和疑问句，语调活泼，图片丰富，是当时科普工作的重要成果。

除了这类面向读者的科普材料，科普工作部门还出版了一些面向科学家、知识分子等写作者的指导用书，从整体到局部，详尽地指导他们更好地完成科普作品的撰写。科学普及出版社编写的《怎样编写自然科学通俗作品》②一书，一方面选取了鲁迅、郭沫若、叶圣陶、何其芳等名家的论述，另一方面也收集了在当时发表的、产生重要影响的文章，结集成册，给自然科学通俗作品的作者和编者提供参考。科普专家高士其也发表了《自然科学通俗化问题》③，为解决科学知识的普及和通俗化提供了方案。在高士其看来，自然科学的通俗化主要应关注内容和语言。其中，内容不能局限于书本，而要贴近实际，这就需要科学家的多方调查、考察，不能仅从教科书出发，而是需要联系现实情况。普及类文章的语言也要避免文言化和欧化，尽量少用长句，多用短句。如果在写作过程中涉及专业术语，也不能一味罗列概念，而应附上适当的解释。

自此，国内的科普活动开展得更为频繁，整体的科学和科普语境开始发生变化。全国科普协会采用举办讲座、印制科普资料、开设科学副刊等形式推进科普工作。1956 年，"科普宣传讲演活动由 1955 年的 1 万次猛增到 28 万次，全年举办小型科普展览 3 000 余次，放映科教电影、幻灯 1.3 万余场"④。科普书籍的出版速度也大幅加快，据统计，1956 年出版科普图书 1 947 种，占整个科技图书的

---

① 李杭讲、北京市科学技术普及协会编《自然科学知识通俗讲话 第一讲 认识宇宙》，中国青年出版社 1955 年版。
② 科学普及出版社编《怎样编写自然科学通俗作品》，科学普及出版社 1958 年版。
③ 高士其：《自然科学通俗化问题》，中国青年出版社 1956 年版。
④ 司有和主编《中华人民共和国科技传播史》，重庆出版社 2005 年版，第 368 页。

41%。① 此外，随着科学普及出版社的成立，地方科普协会也开始建立出版机构，科普报纸、杂志陆续创刊。科普工作者在重新整合《科学画报》《科学大众》等现存刊物的同时，又创办了《无线电》《电信科学》《科学普及资料汇编》《天文爱好者》《航空知识》等刊物，在全国范围内影响广泛。科普活动的开展和科普报刊的创办，意味着在全国范围内，人们对科学的兴趣开始增长，而接触并学习先进科学知识也成为人们生活的重要组成部分。

1957 年 10 月 4 日，苏联发射了人类历史上第一颗人造卫星"斯普特尼克 1 号"，自此，人类迈出了走向太空的重要一步。人造卫星的发射与国际形势的转变、国家实力和地位的变化紧密联系在一起，科学技术的地位进一步提升，科学技术成为提升综合国力的有力手段。为了满足经济建设和工业发展的需要，当时的科普书刊主要介绍初级科学知识和实用技术，对前沿科技的介绍较少。但是，随着人造卫星的发射，我国普及太空知识和前沿科技的进程开始加速。在这段时间内，我国编纂了一系列科普图书和资料，如《人造卫星》②《专题文献索引人造卫星、导弹、火箭》③等，还引进了苏联的科普图书和资料，如《从人造卫星到宇宙飞行》④《苏联人造地球卫星》⑤《人造卫星和宇宙飞行》⑥等。其中，斯坦纽科维奇的《人造卫星和宇宙飞行》由中国科幻文学的奠基人郑文光翻译，主要介绍了人造卫星和火箭的发动机构造、发射注意事项和发射实验。这些读物和资料将人造卫星、航空飞船、太空探索等航天知识普及给大众，让大众拥有了更为广阔的宇宙视野，也进一步激发了人们探索太空的热情。

在这一形势下，部分国外科普读物和科幻作品被译介进入中国，其中科普作家伊林的作品最受欢迎，中国青年出版社自 1955 年开始发行《伊林选集》，系统翻译、介绍伊林的科学启蒙读物。别莱利曼的《趣味几何学》《趣味物理学》《趣味代数学》等作品也很受欢迎。此外，阿·托尔斯泰的《加林的双曲线体》、别利亚耶夫的《神奇的眼睛》《陶威尔教授的头颅》、齐奥尔科夫斯基的《在月球上》《在地球之外》、马尔迪诺夫的《星球来客》等科学幻想小说也引起了中国读者的共鸣，

---

① 参见刘新方博士论文：《当代中国科普史研究》，中国科学技术大学，2010。
② 李珩编《人造卫星》，上海科学普及出版社 1957 年版。
③ 中国科学技术情报研究所编《专题文献索引 人造卫星、导弹、火箭》，中国科学技术情报研究所 1958 年版。
④〔苏〕斯特恩菲尔德：《从人造卫星到宇宙飞行》，元禾译，科学普及出版社 1958 年版。
⑤《苏联人造地球卫星》，李石基注释，商务印书馆 1958 年版。
⑥〔苏〕斯坦纽科维奇：《人造卫星和宇宙飞行》，郑文光译，中国青年出版社 1957 年版。

也给中国科普作者带来了很多启发。除了读物以外，部分科幻理论的译介工作也在同步进行。

在鼓励民众阅读科学文艺作品、学习科技知识的同时，国内科普界还举办了各类科普活动，以满足人民群众对科学技术的好奇心。北京天文台、北京天文馆等单位开展了人造卫星的观测工作，同时中国科学院还召集人员组建了紫金山天文台。中国科学院紫金山天文台主要负责对人造卫星进行测算和资料汇总，并编写了《人造卫星的观测和预报》[①]一书。该书从基本概念入手，详细阐释了人造卫星的运动、人造卫星轨道的变化以及卫星出现的规律，同时还对人造卫星的观测方法进行了介绍。为了满足业余爱好者观测人造卫星的愿望，书中特别介绍了目视观测的方法，这一方法较为简单，操作便利，适合向民众进行科普。在观测中，需要先测定目标的坐标，并用手表测定观测时间，同时确定观测位置，就能提高观测的效率。不仅如此，科学家通过不断学习和技术改良，开始逐步建设自己的卫星观测网，为我国航天事业的发展作出了很大贡献。

除了卫星观测，科学家借由人造卫星开始系统介绍天文学、天体物理学知识。他们发表了一系列科学论文和著作，如《人造卫星和天体物理学的将来》《人造卫星的轨道问题》《天体物理学方法》等，从科学角度阐释人造卫星给天体物理学、地球物理学、军事科学、天文学等学科发展带来的重要意义。其中，南京大学天体物理学教研室编写的《天体物理学方法》[②]系统介绍了天体知识和天文方法，还介绍了太阳、行星和卫星的观测方法。同时，对天文观测的设备，如望远镜、单色仪等也进行了介绍和科普。这些科学论文和著作促进了国内科学与科普语境的转变。

系列科普活动的开展取得了良好效果，科普的受众群体进一步扩大。由科技馆举办的讲演和展览活动，吸引了数万人次参加与参观，使人们了解了宇宙的一般规律、医药卫生常识和生产保健知识，民众整体的科学文化水平得到了进一步提高。

国内科普语境的整体性更新促生了科幻文学的创作，在这一时期，科幻小说、科学童话、科幻诗等作品纷纷诞生，如张然的《梦游太阳系》、郑文光的《太阳探险记》《第二个月亮》《从地球到火星》《黑宝石》《火星建设者》、鲁克的《一次有

---

① 紫金山天文台编《人造卫星的观测和预报》，科学出版社 1960 年版。
② 南京大学数学天文学系天体物理学教研室编《天体物理学方法》，上海科学技术出版社 1962 年版。

趣的旅行》、叶至善的《失踪的哥哥》、迟叔昌的《大鲸牧场》《"科学怪人"的奇想》等，这些作品都在一定程度上受到了读者的欢迎。除此之外，科普理念的更新、社会主义建设的需要和探索太空的迫切愿望还催生了带有科幻色彩的剧作。《飞出地球去》《天游记》等面向少年儿童的科幻戏剧陆续诞生，呈现出少年儿童对太空的无尽向往。

第二节　1950—1970年代科幻写作中的工业、城市与知识分子

一、社会改造与工业进步的设想

在科幻写作的历史上，晚清科幻注重采用天马行空的想象，将西方技术要素与中国传统的神怪传奇故事结合在一起，在表现探险故事和星际翱翔的同时，寄托了富国强民的伟大梦想。在1949年以后，科幻想象的整体模式开始发生转变，总体上从无拘无束的太空幻梦转向了对当下现实的塑造和呈现。因此，在这类科幻文学创作中，出现了大量涉及具体技术环节的词汇，如生物炼矿、碳元素、生长激素、太阳能发电等，从细节入手，展开了对未来发展的具体构思。值得注意的是，这一时期的科幻写作关注科技进步和现代化建设，总体上建立起了一种新的文化想象和科学规划方式。作为社会主义科学和文化建设的重要一环，这种新的科幻创作方式在很大程度上参与了国家的重大变革和历史进程。

为了将科幻写作与日常工业生产活动相联系，十七年文学时期的科幻创作较为关注具体的技术变革方法，通过对技术、药品或是金属进行创造性改造，从而达到提高生产效率的效果。例如，叶永烈的科学小品集《碳的一家》[①]从介绍碳元素及其多种化合物入手，展现碳元素在工业生产中的具体运用：人造金刚石能够提高发动机质量；人造碳纤维可以在航空航天领域充当导电材料；煤炭开采技术的进步则可以提高工业生产效率。如果说在《碳的一家》中，叶永烈介绍技术方案的目的在于科学普及，那么《小灵通漫游未来》中的科学运用则带有更高的"幻想"成分——以童趣的眼光展现了一幅未来城市的想象图景。据叶永烈

[①] 叶永烈：《碳的一家》，少年儿童出版社1960年版。

回忆,《小灵通漫游未来》创作于 1960 年代,于 1978 年出版。在小说中,"小灵通"亲历了工业发达的未来城市:他来到工厂,看到了"人造淀粉车间""人造蛋白质车间""人造油脂车间"等各式各样的生产车间,在这里,淀粉、蛋白质和油脂都可以自动化人工生产。小说还塑造了工业化粮食生产的壮观场景:"只见贮藏人造淀粉的玻璃房间一间挨着一间。在每间玻璃房间的顶上,都有一根圆圆的管道。雪白的人造淀粉,从管道里像瀑布似的倾泻下来。"①农场的种植也采用先进的飘行拖拉机:"又快又稳,一转眼就把一大片水稻田的秧苗插好了。"②在物质条件并不丰厚的五六十年代,如何改进农业种植技术、加快工业加工手段,实现农林畜牧产品产量的增长,从而解决当时困扰全国的食物短缺问题是许多作家都会关注的问题。如果说传统作家对这一问题的关注尚停留在白描式的书写阶段,那么当时的科幻小说已经在幻想中提前勾画了未来工业高度发达的科学场景。

迟叔昌的多篇小说也关注着如何将家庭式、小规模的农业生产变为集体化、工业化的大规模生产,进而从技术上解决产量和增速问题。他的创作较为关注农作物的培育和牲畜的养殖工作,尤其关注如何通过科学改良,实现农林畜牧产品产量的增加和质量的提高,从而达到为社会主义建设服务的目的。他的小说《大鲸牧场》设计了人工饲养、分类、处理、销售鲸鱼的全自动生产线。这条生产线仅需极少数操作员,通过操控机械手臂,基本能够实现自动化运转。宰杀过的鲸鱼按照部位分门别类地进入不同的车间进行进一步加工,制造出鲸肉菜肴、鲸油香皂、鲸毛围巾、鲸蜡、鲸骨粉等产品。萧建亨在《蔬菜工厂》里也使用类似的思路设计了农作物的生产和处理过程,让农作物在一体化传送带上接受浇灌和施肥,经历发芽、长叶,最终形成能够收获的果实。

值得关注的是,这些作品大多以采访记录的方式呈现,通过记者或是儿童采访科学工作者引入知识分子形象,继而对相应的科学成果进行介绍,通过游历、探险和旅行的方式表现科幻作家对未来奇异世界的构思。这种行文方式也表现出作家对科普工作细致和认真的态度,面对较为枯燥的科学知识,想方设法使其通俗化,以实现大众读者都能读懂的目的。这些作品以访谈的形式开展科普,从身边的事物出发,以问句的形式引起读者的好奇心,再进一步展开回答。这样一

---

① 叶永烈:《小灵通漫游未来》,少年儿童出版社 1978 年版,第 83 页。
② 叶永烈:《小灵通漫游未来》,少年儿童出版社 1978 年版,第 98 页。

来,不仅故事的情节变得更加生动,科学内容的呈现也更具有了趣味性。在萧建亨、金玮创作的《球赛如期举行》中,少年们和从火星回来的科学家进行了对话。他们就"火星的植物是什么、火星的植物有何作用"等问题进行了交流,在一问一答中自然引出了对火星地苗情况的畅想。

除了科普作家之外,科学家也有幻想未来的激情。1959 年,集结了 25 篇科学幻想文章的《科学家谈 21 世纪》问世,作者包括李四光、华罗庚、茅以升等著名科学家,他们从各自专业出发,描绘了未来城市工业化的动人景象。在这本"带有浪漫主义色彩"①的书中,戈壁滩上建成了自动化机车厂、汽车制造厂和冶金工厂,"冶炼厂先把一些合成溶剂变成高温蒸汽,那些铜、铅、锌等矿物全变成液体,乖乖地进入了输送管道,从地底下直接送到工厂"②。在工业建设之外,农业生产也充分实现了现代化的架构,国营农场里无人拖拉机川流不息,"它的能源是从离地表 35 600 公里的同步卫星上送来的"③。食品工厂则由全自动传送带完成产销一体化,工厂甚至还建到了月球和火星上。④ 在科学家们充满想象的书写中,当下的科技水平和未来科技发展的方向都得到了全方位的展现。同时,因为故事的儿童导向性,这些高深的科学知识也显得通俗易懂、充满趣味。

事实上,1950 年代以来,主流文学界也十分重视对工业风景的呈现。在当时的文学艺术界,工业题材的小说数量开始增加,在艾芜的《百炼成钢》、杜鹏程的《在和平的日子里》、周而复的《上海的早晨》等作品中,热火朝天的生产场景和兢兢业业的工人形象成为小说关注的内容。其中,草明的《乘风破浪》影响范围最广。小说以鞍钢为背景,多方位展现了在以重工业建设为中心的经济政策下,大型工厂的实际生产运行情况、工人的劳动状况和思想动态,以各具特色的工人形象和知识分子形象,展现了当时的工业活动与现代化建设之间的关系。

同样是关注工业化、现代化和相关规章制度之间的关系,科幻文学作出的回应则有所不同。迟叔昌的《"科学怪人"的奇想》也以钢铁工厂为背景,并从想象的维度对生产与规章制度之间的矛盾提供了解决方案。生物系学生呼延爱莲被分配至微量金属提炼公司工作,负责解决历史遗留的生物炼矿问题。三十年前,科学家桑德煌学成归国,一心想继续从事科研工作,却处处受挫,最后实验失败,

① 王国忠:《评〈科学家谈 21 世纪〉》,《读书杂志》1960 年第 10 期。
② 李四光、华罗庚等:《科学家谈 21 世纪》,少年儿童出版社 1959 年版,第 28 页。
③ 李四光、华罗庚等:《科学家谈 21 世纪》,少年儿童出版社 1959 年版,第 98 页。
④ 李四光、华罗庚等:《科学家谈 21 世纪》,少年儿童出版社 1959 年版,第 43 页。

理想破灭，愤而自杀。面对哥哥留下的实验方案，弟弟桑德辉改变了原有的实验思路，大胆聘用有生物学背景的青年专家，并更新实验设备，重启"生物炼矿"工作，以继承哥哥未竟的事业。终于，反复的实验得到了良好的效果，他们也成功提炼出海参体内的钒元素，并将钒元素加入炼钢工业，以增加钢铁的韧性："这种含钒的钢，是制造汽车和拖拉机的发动机轴的必不可少的材料，也是制造坦克和军舰的钢甲的最好的材料。"[①]面对钢铁锻造的困难，《"科学怪人"的奇想》侧重从技术方面提供解决方案。小说借助技术幻想，制造特种钢材，并以此为基础材料打造工业设备，增强国防科技实力。

如果说草明的《乘风破浪》重在描写如何增加钢铁的产量，那么迟叔昌的《"科学怪人"的奇想》则专注于改良钢铁的质量，即利用科学手段提升钢铁产业的整体制造水平。两部小说的区别也意味着在新的社会环境下，"生物炼矿"的活动逐渐摆脱了其他因素的干扰，进一步专注于科学性和技术性，这一趋势在后续的科幻小说创作中也得到了呈现。相对于主流文学中的工业描写，这一时期的科幻文学更侧重描写具体技术的突破和对某一科技元素的创新创造。该时期的科幻创作往往基于科学发展的实际水准，进行合理想象，并通过技术手段实现工业产品产量的增长。随着产量的增长，其他问题也就迎刃而解了。

二、现代工业与城市设计

在中国工业题材小说中，工业作为社会主义现代化的重要标志，凝聚着积极向上的乐观主义态度。1949 年以后，国家需要重新建立新型城市，以符合社会主义现代化的价值观念。为了推进和完善城市化建设，居民委员会等基层群众性自治组织构成了城市建设的基础结构。因此，在 1950 至 1970 年代的小说中，城市的形象呈现出集体化、共同化的景观。城市的发展和变迁在人类的集体活动中得以呈现，而市民的日常生活也开始具备了公共属性，与其社会生活一同构成了工业题材小说中的城市景观。

刘易斯·芒福德认为，工业化一方面改变了经济结构，另一方面也提供了新的文化价值观，人类的器官能力和感受范围得到了一定程度的拓展。[②] 这种日

---

① 迟叔昌：《"科学怪人"的奇想》，载《"科学怪人"的奇想》，科学普及出版社 1999 年版，第 35 页。
② ［美］刘易斯·芒福德：《技术与文明》，陈允明、王克仁、李华山译，中国建筑工业出版社 2009 年版，第 283 页。

常生活的审美体验在同一时期的科幻小说中得到了表达。在《科学家谈 21 世纪》中，对未来城市的构想已经初显雏形。未来的城市建有地下轨道、车库、商场，风景秀丽，"路两旁有许多工厂，它们都隐藏在'绿色的海洋'中，要不是大门口挂着招牌，就很难认出里面是工厂，而且在 20 世纪里，工厂的主要标志大烟囱也看不到了"①。叶永烈的《小灵通漫游未来》同样对"未来市"的科技景观进行了细致的刻画：城市里的公路宽阔笔直，飘行车、火箭车高速前进，路旁的花坛里种满鲜花。日常生活的房屋不再是钢筋水泥结构，而是由塑料制成，"又轻又富有弹性，不怕地震"。房子的颜色和式样也多种多样："有奶黄色的、湖蓝色的、天蓝色的，也有粉红色、白色或无色透明的。房子的式样有圆屋顶的、有平屋顶的，也有尖屋顶的，像春天盛开的百花园，瑰丽多彩。"②城市的夜景更加美丽，人造"小太阳灯"和月亮同时悬在空中，"远处，那些高楼闪烁着浅蓝色、粉红色、淡绿色的柔和的光芒；我面前，那马路上人行道的界线，也闪烁着浅绿色的光辉，像一串长长的绿锁链"③。除了对城市风光的描绘，小说还涉及多种多样的生活场景，乘车、打电话、吃饭、看电影、上学……这些日常生活的高科技呈现与天马行空的自由遐想不仅丰富了城市的功能规划，而且赋予了城市人文景观。

迟叔昌的《割掉鼻子的大象》里那座叫"绿色的希望"的城市对整体景观设计非常重视："马路又宽阔又清静，两旁的白杨树给马路镶上了两条浓绿色的边。每一个十字路口都有个白石砌的花坛，美人蕉、大理菊，五颜六色，开得正热闹。向远处望，茂密的树林像一片绿色的海洋。"④刘兴诗的《游牧城》则构想了便于迁徙的游牧小镇，房屋由泡沫塑料制成，自带喷气动力，可以随意移动："高高低低的屋顶，一层紧连着一层，像鱼鳞一样密密地排列着。金色的阳光给它们涂抹了一层柔和的色彩，真是美妙极了。"⑤从道路设计、房屋建设到环境规划，科幻文学对未来世界的多重景观想象丰富了社会主义现代化城市的整体风格与面貌，也反映了科幻作家对现代化进步的无限希望。刘兴诗在谈到科幻小说的功用时提出，我国的科幻小说不应用于消遣，而是应展现大胆的想象以启迪科学工作者，"通过合理的故事向读者普及一定的科学知识，提出具有启发性的科学设想，鼓舞人们满怀激情地向科学进军，为四化贡献出自

① 李四光、华罗庚等：《科学家谈 21 世纪》，少年儿童出版社 1959 年版，第 150 页。
② 叶永烈：《小灵通漫游未来》，少年儿童出版社 1978 年版，第 30 页。
③ 叶永烈：《小灵通漫游未来》，少年儿童出版社 1978 年版，第 59 页。
④ 迟叔昌：《割掉鼻子的大象》，载《"科学怪人"的奇想》，科学普及出版社 1999 年版，第 2 页。
⑤ 刘兴诗：《游牧城》，载饶忠华主编《中国科幻小说大全》（上集），海洋出版社 1982 年版，第 188 页。

己的智慧和力量"①。

除了对城市整体形象的呈现,城市的环保举措是科幻文学特别关注的方面。几乎所有科幻小说里的城市,都有充足的绿化面积、成排的树木和四处盛开的鲜花,城市的房屋几乎被绿化景观包围。而且,在工业生产中,为了减少环境污染,生产环节也较多使用太阳能等自然能源。在一帜的《烟海蔗林》里,甘蔗园利用太阳能制糖:"在顶部的表面敷设了许多特制的日光电池,它们能把日光能变成电能,用于分解水和二氧化碳,再使氧、氢和碳化合成糖。"②萧建亨的《蔬菜工厂》里采用太阳能驱动植物加速生长:"既不烧煤,也不用电。"③

城市生态系统是一个复杂的、动态的系统,与自然、经济、社会都有关联,更是与人类的活动息息相关。城市的自然生态系统是城市居民赖以生存的保障,由太阳、淡水、空气、土壤、气候等因素构成。保护环境,营造绿色城市的生态格局是城市治理工作的努力方向。其中,调节城市气候、规划城市水系是维护城市生态系统的重要方面,许多科学工作者都致力于研究合理的城市气候治理方案。在科幻小说中,如何利用科学技术调节城市气候,如何利用未来的先进设备和发明创造实现城市的可持续发展自然成为一个关键主题。

在刘兴诗的《北方的云》④中,天气已经不仅是一种自然现象,而且可以实现人工调节。有的地方预定晴天,而有的地方则需要小雨,气象调度员则负责满足不同地区的气候要求。小说里,沙漠由于遭遇地震,地下水管系统被破坏,无法在短期内修好。沙漠地区的农业负责人联系气象调度员,希望紧急预定五天的大雨,以满足农作物的正常用水需求。如何在短时间内调度这么多的雨水?这给气象局带来了一个难题。但是,气象局很快设计了解决方案,即在水库上方安置蒸发器,让水变成水蒸气,再以人工辅助的方式促使水蒸气向沙漠地区流动。在气象局的共同努力下,水蒸气形成的乌云终于到了农田上方,保障了农作物的正常生长。萧建亨、金玮的《球赛如期举行》⑤也对城市的气候调节作出了新奇的设计。在小说中,人们已经开始了火星探索工作,并且把一些火星植物带到

① 刘兴诗:《打开联系现实的道路》,载吴岩、姜振宇主编《中国科幻文论精选》,北京大学出版社 2021 年版,第 123 页。
② 一帜:《烟海蔗林》,载饶忠华主编《中国科幻小说大全》(上集),海洋出版社 1982 年版,第 157 页。
③ 中国少年儿童出版社编《布克的奇遇》,中国少年儿童出版社 1962 年版,第 15 页。
④ 刘兴诗:《北方的云》,载饶忠华主编《中国科幻小说大全》(上集),海洋出版社 1982 年版,第 133 页。
⑤ 萧建亨、金玮:《球赛如期举行》,载饶忠华主编《中国科幻小说大全》(上集),海洋出版社 1982 年版,第 144 页。

了地球。小说中的火星植物是一种藻类,这种藻类能在冰雪的缝隙中运动,还能吸收太阳光中的能量。人们运用这些能量可以使冰雪融化,从而达到调节气候的目的。小说想象以火星植物清除街道的积雪,让孩子们期待的球赛如期举行,充满着童真与快乐。

王国忠的《半空中的水库》①同样关注城市郊县农作物缺水的问题。小说设计了一种未来设备,该设备能向空气中释放射线,继而将空气里的水分凝结为小水珠,并通过干冰技术让小水珠滴落于地面,进而解决稻田缺水的问题。同样是关注农作物生长,王国忠的另一篇作品《春天的药水》②则专注于研究如何在冬季预防寒流的侵害。"红色药水"是一种含有微生物的液体,这些微生物在成长和繁殖的过程中能释放出大量热量,而这些热量可以给土壤保暖,防止植物受到霜冻的伤害。

从工业化城市的建构中可以看出,科幻作家对社会主义工业化建设满怀信心,科幻作品也为主流文学中的城市形象提供了补充。在科幻小说中,城市不仅是集体化的生产场所,也是市民栖居的快乐家园,城市不仅具有社会公共属性,其个性、私人性也得到了保留。

三、知识分子与工业活动

中国工业自 1949 年以后开始踏上发展的道路,工人成为社会的重要力量,因而,作家对工业生产、工业生活发生兴趣,在 1950 年代诞生了一批工业题材的文学作品,一时间工业题材成为创作上的热潮。工业题材的文学作品实际上是从审美角度来关注当时的社会思潮和社会现象,其背后蕴藏着重要的社会价值和文学价值。知识分子涉足工业题材作品,一方面是工业化发展的要求,另一方面也是文学发展的要求。因此,在工业与文学的双重维度之下,工业题材创作无论是在主题、内容和形式上,还是在人物塑造、对话设计和情节安排上,都包含着社会各个维度的状况。与此同时,工业题材文学与 1930 年代的革命文学、1940年代的解放区文学一脉相承,代表着社会主义文艺的重要发展方向,为当时的文学创作提供了独特的审美与实践经验。从工业文学入手,分析其内在的历史情境和社会动因,既能观察到工人的情况和工业发展的状况,也能借此分析知识分

---

① 王国忠:《半空中的水库》,载饶忠华主编《中国科幻小说大全》(上集),海洋出版社 1982 年版,第162 页。

② 王国忠:《春天的药水》,载饶忠华主编《中国科幻小说大全》(上集),海洋出版社 1982 年版,第158 页。

子的文学创作过程,从而更加完整地把握中国当代文学的发展状况。

1949 年,《中国人民政治协商会议共同纲领》规定:"中华人民共和国为新民主主义即人民民主主义的国家,实行工人阶级领导的、以工农联盟为基础的、团结各民主阶级和国内各民族的人民民主专政。"①1954 年,《中华人民共和国宪法》再次明确了工人阶级的领导地位。随着工人阶级主体地位的确立,这一时期的文学创作也侧重以工人和工业建设为表现对象。第一次文代会以来,周恩来、周扬、郭沫若等人都在讲话中号召作家深入工厂车间,创作工业题材作品。

在这种情况下,十七年文学时期的工业题材小说塑造了大量高大挺拔、朴实无华,拥有强大的精神信念,在工作中无私奉献、勤奋忘我的工人形象。《百炼成钢》《乘风破浪》《上海的早晨》等都曾是产生重要影响的作品。1956 年,繁荣和发展社会主义科学文化事业的"双百"方针正式提出。在这一背景下,学术探索和文学创作日渐活跃,文艺界人士进一步提倡可以增加工业题材小说中工人形象的多面性。

在十七年文学时期,创作工业题材小说需要作者深入工厂,和工人共同劳动和居住,从而更为真实地把握小说的创作内容。草明就曾先后去往多处工厂从事生产劳动工作,一方面为创作搜集素材,另一方面为工人普及文学知识,甚至创办文学创作培训班。与之相似,科幻作家为了获得更好的写作效果,也同样积极地参与工业生活。被视为科普工作者和科幻作家的高士其自 1930 年代就开始创作科学诗和科学小品,更在 1950 年代之后发表了大量科普作品。为了创作需要,高士其曾到鞍钢、大庆油田、鹤地水库等地区的工厂参与工业活动,并以亲身经历为蓝本创作了大量科学文艺作品。为了撰写《炼铁的故事》,高士其先从图书馆借阅了大量关于钢铁冶炼的中外科技书籍,然后又前往钢铁厂的车间进行实地参观,不顾冶炼炉的高温,认真观察炉内的变化,悉心记录了炼铁的全过程。而在撰写《锡的贡献》时,高士其事前参观了锡矿,观察工人的劳动情况,与工人进行了交流之后才开始动笔,因而他创作的科学文艺作品细节翔实具体、内容生动丰富,深得读者喜爱。

近代以来,工业化对中国的重大影响有目共睹,1949 年以后,工业化更是成为社会主义建设的核心内容。随着工业发展计划的不断推进,科技和文化繁荣战略也在同步进行,一系列科技、文艺、人才、教育政策的颁布促使作家们将创作

---

① 新华书店编辑部编《中国人民政治协商会议第一届全体会议重要文献》,新华书店 1949 年版,第 26 页。

的目光转向工业科技领域。随着主流文坛工业题材小说的不断增多,科幻文学领域也诞生了不少幻想未来工业建设图景的作品。这一时期的科幻小说,在城市建构、知识分子形象塑造和日常生活经验的表达方面都为主流工业题材小说作出了补充,与主流工业题材小说一道构成了社会主义现代化的浪漫幻想。同时也为1980年代以后乃至今天科幻小说的兴盛奠定了基础。

<h1 style="text-align:center">第三节　1950—1970年代的
儿童科学文艺创作</h1>

一、儿童科学文艺作品的科普与文学功能

我国向来重视儿童的教育与培养工作,自古就诞生了许多优秀的儿童文学作品。儿童文学的各种体裁,不论是小说、散文,还是童话、诗歌,都取得了不俗的成绩。1949年以来,为了顺应社会发展的需要,儿童的教育与培养工作进一步受到重视。1952年,少年儿童出版社在上海成立。该社主要出版面向少年儿童的各类课外读物,包括中外儿童文学著作、图画故事、社会科学读物、自然科学知识读物、声像读物、美术读物等,同时也包括了儿童文学理论方面的著作。出版社聚集了大批文学名家,其中,从1920年代就开始儿童文学创作的陈伯吹进入出版社工作,任副社长;翻译家任溶溶、剧作家包蕾、儿童文学作家何公超等人也分别加入出版社,开始共同从事少年儿童读物的出版工作。在此期间,随着系列政策的出台,扶植儿童文学出版的呼声越来越大。陈伯吹认为,与一般的文学相比,儿童文学的特殊性在于其具有一定的教育意义。那么,应该如何发挥儿童文学的教育作用呢?儿童文学大多通过思想和形象来感染读者,通常不会传授具体的科技知识。但是,儿童文学中的科学文艺作品在知识传递方面却有其独特的优势。出于对科学文艺作品的重视,少年儿童出版社陆续出版了《小白兔游月亮》《太阳探险记》《古峡迷雾》等作品,中国的儿童读物出版事业开始具有实质性的进步。

除了出版图书,少年儿童出版社还在1953年创办了《少年文艺》杂志,以亲切、生动、活泼的风格,针对少年儿童的年龄特质选编相应的作品以吸引小读者的关注。《少年文艺》杂志有小说、诗歌、散文、童话等内容,对提高少年儿童的知

识水平和写作能力都有帮助。因为《少年文艺》的主要读者是小学高年级和初中学生,所以杂志格外重视作品的教育和科普作用,当时正不断发展的科幻作品很快就受到了杂志的关注。高士其在杂志上发表了以科学诗歌为主的"五年计划科学故事系列",包蕾也创作了多篇科学童话。而其后广为人知的科幻作家萧建亨、叶永烈、刘兴诗、迟叔昌、童恩正等人也都以《少年文艺》为园地开始了科幻创作的生涯。1960 年,童恩正在《少年文艺》上发表了第一篇科幻小说《五万年以前的客人》,同一年,童恩正的另一部科幻作品《古峡迷雾》也由少年儿童出版社出版。《五万年以前的客人》讲的是,郭小林在参加夏令营的途中发现指南针失灵,他判断附近可能有铁矿,结果却发现了一块黑色石头。在科学家的鉴定下,原来石头来自五万年以前,"可能是别的星球上具有高度智慧的生物发射的一枚原子能火箭的碎片"①。专家们欣喜地发现,如果对石头加以分析,提炼其金属成分,将有助于当下的太空探索进程,而发现石头的少年儿童群体也将成为未来的科技建设者。值得关注的是,《少年文艺》在 1960 年第 3 期设置了"科学文艺"专栏,专栏中刊有萧建亨的《钓鱼爱好者的唱片》、石焚(王国忠笔名)的《电波世界旅行》、谢刚的《十个人一颗心》、林宜的《兔专家》等小说,散文类的科学文艺作品。时任文化部部长的茅盾在总结 1960 年儿童文学创作时也注意到了《少年文艺》上的这批作品,在他看来,这些作品"意在增加少年儿童的科学知识和社会知识"②,丰富了儿童文学的创作题材。

在这一时期,向儿童传播科学知识、科普理念成为迫切的问题。此时许多作家和科普工作者都将科幻文艺创作作为向青少年进行科学启蒙的手段,其中,大多数科幻文艺作品的目标读者都是少年儿童。面向少年儿童的科学文艺作品,从体裁上基本可以分为科学诗歌、科学幻想小说、科学童话、科学小品等。创作科学文艺作品的目的在于培养儿童的科学态度和科学精神,希望儿童懂科学、爱科学。处在成长期的儿童,具有浓厚的好奇心和强烈的求知欲,但是其认知水平还未达到成熟状态。因此,儿童科学文艺作品需要具备科学性,其所涉及的科学知识需要准确无误,能培养儿童对科学的兴趣,让儿童认识到科学在人类生活中的作用,为儿童今后走进科学做好准备。儿童科学文艺作品的创作,应当以适当的形式启发儿童,使其生发自己的思考和理解,在扩大儿童知识面的同时为他们

---

① 童恩正:《五万年以前的客人》,载饶忠华主编《中国科幻小说大全》(上集),海洋出版社 1982 年版,第 113 页。
② 茅盾:《茅盾全集》(第二十六卷),人民文学出版社 1996 年版,第 195 页。

建立起更为丰富的知识体系。

在《人民日报》的呼吁下,叶圣陶、严文井、韦君宜、高士其、冰心等作家纷纷撰文,呼吁作家创作更多的少年儿童作品。高士其认为,在进行大众科普的同时,也需要提倡儿童科学文艺。在他看来,儿童其实对科学知识有很强烈的渴望,但是在当时能提供给儿童阅读的科学文艺读物却并不充足。高士其希望科学工作者能够提高对少年儿童培养的意识,把儿童逐步领入科学的大门。除此之外,高士其还谈到了儿童科学文艺读物的一些基本要求,即科学性和文艺性。在科学性方面,高士其希望儿童科学文艺读物具有"正确的科学事实和理论",并且还需要和日常生活、生产实际相结合。在文艺性方面,高士其则提出儿童科学文艺作品应该"有想象力""有感动人的力量"。最后,高士其还特别提出儿童科学文艺作品的语言需要"简单明了""深入浅出""轻松愉快"[1],从而更好地吸引小读者,给他们留下深刻的印象。高士其希望科学界和文学界都能关注到儿童对科学文艺的需求,他"希望科学家们、作家们,能共同努力为儿童写出更多更好的科学通俗读物。出版家们订出儿童科学读物的出版计划,并且大力保证其完成"[2]。不仅如此,高士其还提出,全国科普协会应该主持儿童科学读物的创作,进一步保障其创作质量。关于儿童科学文艺在科学性和艺术性上的要求,郑文光也持有相似的意见。他在《谈谈科学幻想小说》中表示,科幻小说创作的意义在于"通过艺术文字的感染力量和美丽动人的故事情节,形象地描绘出现代科学技术无比的威力,指出人类光辉灿烂的远景"[3]。

在这一时期,高士其创作了科学诗、科学童话、科学小品等大量儿童科学文艺作品。1950 年,高士其创作了科学诗《我们的土壤妈妈》,运用拟人手法,以童趣的笔调介绍了土壤的功能和作用,该诗在 1954 年获得"全国儿童文学奖"一等奖,节选如下:

> 她保管着矿物、植物和动物,
> 还有肉眼看不见的微生物;
> 她改造物质,发展生命,
> 经营着无机和有机

---

① 高士其:《孩子们需要怎么样的科学读物》,《读书杂志》1955 年第 4 期。
② 高士其:《为儿童科学读物的创作和发展而努力》,《科学大众》1953 年第 12 期。
③ 郑文光:《谈谈科学幻想小说》,《读书月报》1956 年第 3 期。

两大世界的巨大工程。

她住在地球表面的第一层，
由几寸到几尺的深度，
都是她的工作区。
她的下面有水道，
水道的下面是牢不可破的地壳。

她是矿物商店的店员。
在她杂色的柜台上，
陈列着各种的小石子和细沙，
都是由暴风雨带来的，
从高山的崖石上冲洗下来的。

她是植物的助产士。
在她温暖的怀抱里，
开放着所有的嫩芽和绿叶，
摇摆着各色的花朵和果实，
根和她紧密地拥抱。[①]

　　科学诗是儿童科学文艺的一个重要的种类。这类诗歌题材较为广泛，涉及自然与社会的各个方面。科学诗往往用凝练的诗句和形象的比喻描绘科学现象，赞美科学精神。在具体的写作过程中，诗歌作者为了把科学知识以浅显易懂的形式呈现出来，经常把自然景观、天体星球人格化、形象化，使得本来较为艰涩的自然科学理论变得富有诗意且活泼生动。科学诗一般采用自由诗体，并不苛求韵律。为了方便儿童理解，科学诗还会采用对话或是儿歌的方式加以呈现。在这首诗歌中，高士其想要解释和进行科普的主要内容是土壤的功能和土壤与动植物的关系。他以比喻的方式将这些科学知识凝结成诗，分段呈现土壤与矿物、动植物、微生物的关系，情感充沛，文笔优美，培养了少年儿童保护土壤、保护

① 高士其：《我们的土壤妈妈》，南京大学出版社 2017 年版，第 175—176 页。

自然的意识。其后,高士其也多次以土壤为科普对象创作科学小品和科学诗,如《土壤里的小宝宝》《土壤世界》等,进一步普及该领域的知识。在《土壤世界》中,高士其将土壤比作"绿色植物的工厂"——能够给植物的生长提供必要的水分和养料。在强调了土壤的重要性之后,高士其还生动地将土壤比作"战场",将土壤中的化学反应和生物反应比作"矿物部队""动物部队"和"微生物部队"[1]的战斗,形象具体地为读者展现了隐藏在土壤下面的生物活动。

　　除了关注身边的自然资源和动植物,高士其还十分关注宇宙世界,他的《地球的帐幕》《太阳的工作》《太阳系的小客人》等作品深入浅出地解释了恒星、行星和宇宙运行的规律,为儿童们打开了通往太空的窗户。在科学诗《太阳的工作》中,高士其解释了太阳给人类生活带来的巨大影响,节选如下:

> 它把水分蒸发,
> 收留在云层里;
> 变成疏疏密密的雨点,
> 降给饥渴的土地。
>
> 在高山,
> 在平地,
> 在城市和乡村,
>
> ……
> 它把空气蒸热,
> 蒸热的空气就会向上飞腾,
> 冷的空气就跑来补充,
> 于是地面上就有了凉快的风。[2]

　　在这首诗歌中,高士其在充分掌握科学知识的基础上,通过科学的构思和合理的安排,井然有序地介绍了太阳在自然界的作用,精心安排了与太阳有关的

---

① 高士其:《我们的土壤妈妈》,南京大学出版社 2017 年版,第 87 页。
② 高士其:《我们的土壤妈妈》,南京大学出版社 2017 年版,第 181 页。

云、雨、风等意象,对太阳的主要工作,如形成风雨、制造昼夜、光合作用等,都进行了生动形象的描绘。诗中仅有少量术语,文字简练通俗,句式整齐,朗朗上口,非常易于儿童接受。

科学小品《地球的帐幕》同样以形象、童趣的比喻介绍了地球的大气层组成和空气的重要作用。科学小品往往只针对科学知识的某一个方面,或针对某一种特定技术进行讲解,结构短小,内容精练,能够简洁明快地实现知识的传达。如《地球的帐幕》开篇先用诗歌形式介绍了空气与地球之间的关系:

> 空气是地球的帐幕,
> 它无形无影地
> 笼罩在地球的身上,
> 它包围着陆地和海洋,
> 它环绕着高山和旷野。①

随后,文章又以科普的形式介绍了地球外部大气层的三个区域,即对流层、平流层和电离层,并分别对每一层大气的具体特点和可能出现的天气现象进行了说明。为了更为生动地表现大气层之间的相互关系,高士其设计了小读者和宇航员一起坐飞船进行高空探险的情节,通过温度的升高和降低,向小读者解释大气层的不同特点。最后,高士其还在文中简要介绍了制造飞船船舱的特殊金属材料,并鼓励小读者积极探索宇宙。

而在科幻诗《时间伯伯》中,高士其在介绍时间概念的同时引入了哲学观念,节选如下:

> 时间伯伯,
> 我们不知道你有多少岁数,
> 你好像没有开始也没有尽头,
> 你是一位老者同时也是一位少年。
> 你比最古老的岩石还要古老,
> 你比最年轻的生命还要年轻。

① 高士其:《灰尘的旅行》,长江文艺出版社 2020 年版,第 11 页。

> 你过去的一切，
>
> 没有一部历史
>
> 能够记载完全；
>
> 你未来的一切，
>
> 没有一位预言家
>
> 胆敢一一预言。①

在诗歌中，作者对时间流逝的状态进行了形象的描绘，对时间与历史、现在、未来的关系都进行了哲理性的表达，呈现了敏锐的观察力和思辨性。高士其曾撰文谈到，写作科学诗需要懂哲学："好的科学诗处处闪耀着唯物辩证法的光辉，给读者以饱满的激情，丰富的想象，精辟的哲理，深刻的启迪。"②

高士其的创作对当时的小读者影响很大，他被孩子们亲切地称为"高士其爷爷"。很多读者后来自己也从事科幻创作。叶永烈表示，自己进入大学之后开始尝试科学小品的创作，这"深受高士其影响"③；作家尤异也认为，自己的科幻创作"受了前辈高士其的影响"，"他是我国科普创作的鼻祖"。④

除了科学诗、科学小品，科学童话也是儿童科幻创作的一个重要分支。一般来说，童话故事性较强，角色较突出，内容较浅显，情节结构、主题思想也比较简单鲜明。而科学童话在满足这些要求的同时，还需要传递一些科学知识，尤其要注意科学性内容与艺术形式的统一。在当时，一些科学童话集，如《"小伞兵"和"小刺猬"》《弯着腰儿的小苹果树》等，都受到小读者的欢迎。

孙幼忱的《"小伞兵"和"小刺猬"》⑤运用新颖的比喻，将蒲公英比作"小伞兵"，将苍耳比作"小刺猬"。蒲公英的种子带有白色绒毛，被风吹起后能够飘散到很远的地方，而苍耳的种子坚硬带刺，需要附着在动物的皮毛上才能到达另外的繁殖地。作品从蒲公英与小苍耳的友谊入手，讲述了植物成长的过程，并以新奇的对话、热闹的场面讲述了植物播种的不同方式，让小读者在感受成长的美好的同时，习得了自然科学知识。王国忠在《谁第一个迎接春天》中，介绍了兔子、麻雀、青蛙等各种动物在冬春之交的行为，呈现出对春天到来的欣

---

① 高士其：《我们的土壤妈妈》，南京大学出版社 2017 年版，第 187 页。

② 《作家谈创作》编辑组编《作家谈创作》（下册），花城出版社 1981 年版，第 1002 页。

③ 董仁威主编《科普创作通览》（下卷），科学普及出版社 2015 年版，第 469 页。

④ 尤异：《"地球村"是怎样建成的》，长江少年儿童出版社 2015 年版，第 228 页。

⑤ 小学生丛书编委会编《"小伞兵"和"小刺猬"》，中国少年儿童出版社 1961 年版。

喜和快乐。其中，青蛙被比喻为"睡双层床的朋友"，形象而又新奇。青蛙的冬眠行为被比作在沙泥中睡觉，留下的出气口则被比作"家里的气窗"。[①] 作者巧妙运用比喻手法，在介绍各种动物的不同冬眠方式的同时，给读者带来身临其境的感受。

刘兴诗的《谁称错了》主要讨论地球引力问题。他引入西伯利亚的小熊、南方的猴子和迁徙的大雁等动物，设计了小熊让大雁帮忙购买椰子的生动故事。在故事中，动物们发现同样的椰子在不同方位所称得的重量也是不同的，这就引出了作品想要科普的地心引力问题，即"离地心越近的地方，引力越大，所以重量也越大"。[②]

陈伯吹的《有本领的木屑巨人》通过奇思妙想，从小朋友眼中看到了高大的"木屑巨人"，介绍了木屑在生活和生产劳动中的运用，鼓励孩子们学习科学知识，变废为宝。在文章中，木屑可以填塞玩具和坐垫，还可以在运输易碎货品时充当保护材料。不仅如此，木屑经过一定的化学反应能够变为燃料、药材，可以做成木板。在"木屑巨人"的展示下，木屑甚至还能充当制造飞机、汽车的材料："在空中飞的是一架银色的小飞机，在地上跑的是一辆蓝色的小汽车。"[③]作品引入"木屑巨人"的形象，运用夸张、变形等手法，带领孩子们走进神秘的科学世界，其中对科学知识的描述准确细致，适宜儿童阅读。

高士其、刘兴诗、陈伯吹等人的科学文艺创作，语言简单而又富有韵味，充满幻想和浪漫情调，既能够传递自然知识，也能带来审美的熏陶，丰富了当时的儿童文学创作。

在多种政策的合力作用下，更多的科学工作者投入科学文艺作品的创作之中。为了更好地普及科学知识，科学家、技术人员、大学教授等知识分子形象纷纷在科幻小说中出现，迟叔昌曾回忆："我的故事中有时有一个万能博士式的人物出场。"[④]与主流文学中的知识分子不同，科幻小说中的知识分子成为儿童的导师，带领他们进入科学的世界。这些知识分子大多思想端正，技术过硬，是少年儿童的榜样。在迟叔昌的《"科学怪人"的奇想》里，无论是老一辈爱国知识分子桑德煌、莫教授，还是青年科学工作者呼延爱莲，都不畏困难，潜心研究，专注

① 鲁克主编《科学童话选》，科学普及出版社 1981 年版，第 82 页。
② 鲁克主编《科学童话选》，科学普及出版社 1981 年版，第 158 页。
③ 鲁克主编《科学童话选》，科学普及出版社 1981 年版，第 98 页。
④ 孙士庆等：《中国少儿科普作家传略》，希望出版社 1988 年版，第 165 页。

于提升国家的工业生产水平。桑德煌的技术理念、莫教授的专业知识以及呼延爱莲的具体操作促成了整体工业流水线的完成,代表着几代知识分子间的技术传承。在王天宝的《白钢》中,副研究员李达技术过硬,夜以继日地研究高强度陶瓷。不仅如此,他还具有很高的觉悟:"总有一天,会有一种高强度延展性陶瓷——白钢来代替钢铁,这将给祖国和人类创造多少财富啊!"①在鲁克的《潜水捕鱼记》《养鸡场的奇迹》和《鸡蛋般大的谷粒》等小说中,科学家、技术员、总农艺师等知识分子,也纷纷利用自己的科学素养改进农业、渔业和禽业的技术手段,以扩大生产规模,解决食物的短缺问题。

这些知识分子不仅具有丰富的知识体系和精湛的技术水平,更有着坚定的共产主义爱国理想,为少年儿童起到了很好的榜样示范作用。

二、儿童话剧《飞出地球去》、沪剧《天游记》的科幻色彩与科普功能

1949 年以来,中国的儿童文学一直在稳步发展,不少作家都关注着在儿童文学领域进行的创作、翻译、演出等活动,童话、儿童小说、儿童诗歌、儿童剧等各方面的创作都开始稳步增加。儿童文学的创作离不开现代的儿童观念。现代儿童观念认为,儿童既是孩子,也是完整的人。这就意味着,儿童文学一方面要尊重独特的儿童世界,为儿童创作出符合他们生命体验的文学,另一方面也要平等地对待儿童和成年人,将童年时期作为人生经历的一个重要阶段来进行创作,不应认为儿童文学低于成年人的文学。儿童文学创作者和研究者陈伯吹认为:"一个有成就的作家,能够和儿童站在一起,善于从儿童的角度出发,以儿童的耳朵去听,以儿童的眼睛去看,特别以儿童的心灵去体会,就必然会写出儿童所看得懂、喜欢看的作品来。"②儿童文学作家张天翼也认为,创作儿童文学作品的缘由主要是"在跟孩子们的接触当中,发现有一些个问题——用几句话说不清,得打比方,设譬喻,讲到后来就形成了类似寓言那样的东西。有时要找生活里的例子来谈,到后来就形成了故事"③。他认为创作儿童文学应该努力做到两件事或者两个标准:一是教育的功能,即要让儿童看了能够受益,能够获取科学知识,这

---

① 王天宝:《白钢》,载饶忠华主编《中国科幻小说大全》(上集),海洋出版社 1982 年版,第 126 页。
② 陈伯吹:《谈有关儿童文学的几个问题》,《文艺月报》1956 年第 6 期。
③ 张天翼:《〈给孩子们〉序》,载沈承宽、黄侯兴、吴福辉编《张天翼研究资料》,知识产权出版社 2010 年版,第 185 页。

是为孩子们写作的目的;二是要让孩子们爱看,即运用多种艺术手法吸引儿童的注意,让他们能够领会故事的美感。至于如何得知孩子们喜欢什么样的作品,张天翼则提出要请教孩子们,和孩子们交朋友,并了解他们的阅读体会。

基于科学和艺术的多种目的,在 1950 年代,诞生了一系列专注于儿童的科学文艺作品,既有小说、童话,也有诗歌、戏剧。与其他儿童文学形式不同,儿童科学文艺作品包含着向儿童传递科技知识、对其进行科学教育的目的。科学童话、科学诗、科学小品等文类的创作出发点都是帮助儿童了解科学知识。叶至善的《失踪的哥哥》和萧建亨的《奇异的机器狗》《布克的奇遇》等故事都在当时产生了重要的影响,这些作品一方面有对具体知识的介绍和应用,另一方面也存在着对未来发展的预测和畅想。

少年儿童探索太空的故事,是 1950—1960 年代的科学文艺作品的一个主要范式。郑文光的小说《从地球到火星》《飞出地球去》《太阳探险记》等,以及儿童话剧《飞出地球去》(后来改名为《飞向星星世界》),均以太空探索为表现题材,科学色彩十分浓厚,既承担了科学文艺作品的科普功能,又呈现出少年儿童对太空探索的好奇和渴望。

《飞出地球去》的剧本并没有出版,不过根据中国儿童剧院的戏单,我们可以看到剧作的故事梗概。该剧共五场,分别为"起飞之前""在火箭上""月球探险""峡谷救友"和"月宫奇遇"①,讲述了少年们的月球探险故事。少先队员们乘坐自制的"少先一号"火箭飞往月球,克服重重困难后到达了目的地,还准备在月球上建立原子发电站、心脏病疗养院、白金冶炼厂和紫外线人工暖房,将月球开发成为人类的另一个居住站。

剧本的第一稿由北京实验中学的同学集体创作而成,为了把话剧正式搬上舞台,北京天文馆、中央戏剧学院、北京科学技术馆、中国儿童剧院等单位联合成立了剧本修改组和导演组,最终由柯岩、子友执笔将剧本打磨完善。在集体创作模式下,科学工作者和艺术工作者相互协调,力图兼顾科学性和艺术性:"科学工作者提供科学的判断、假设推理以及天文学上的知识,对剧本执笔者的大胆想象有很大好处。戏剧工作者又从舞台的角度帮助科学工作者把科学的理想用戏剧的形式表现出来。"②

---

① 参见中国儿童剧院戏单《飞向星星世界》。
② 白明:《一次剧本创作上的大协作——介绍中国儿童剧院〈飞出地球去〉的创作经验》,《剧本》1958 年第 12 期。

　　值得注意的是,剧本在如何处理嫦娥这一形象上遭遇了难题。如果去掉嫦娥形象,就丧失了优美的神话传说背景,但是如果加上嫦娥,则会将话剧的性质变为神话剧。面对传统和现代的冲突,编剧们坚持了剧本的科学性,巧妙地将嫦娥设定为第一批到达月球的科学家,而广寒宫则成为已经建好的月球基地。除此以外,为了保证剧作的科普效果,编剧十分注重剧中科学细节的表达。据柯岩回忆,创作团队在设计情节时发现孩子们特别关注月球上的失重现象,为此,团队专门加设了一个幼儿角色,以相关道具为辅助,以更好地演绎、解释失重现象。《飞出地球去》在中国儿童剧院演出几百场,广受好评。田汉在观剧时特别赞扬了嫦娥的设计"太聪明了"①,没有落入神话剧的套路。冰心也撰文称该剧是一个很成功的儿童剧:"由六个学校、专业剧院、科教机关集体协作,完成一出富有教育意义的戏剧,鼓舞诱导小朋友们勇敢地向文化科学技术进军,向着美丽的无边无际的星空,迅速地展开探索的幻想的翅翼","剧中有许多科学问题,如在没有空气的环境里,物质失重,声音不能传达,和'时间是相对的'等等问题,都具体地在生动而幽默的舞台动作和对话中,表现了出来"。② 更有评论者表示,这部剧"表现了孩子们勇敢无畏的气魄和敢想敢干的共产主义精神,对启发儿童的科学幻想,培养他们的克服困难、大胆创造的精神有着鼓舞作用。这个戏的创作,证明畅想未来的题材是可以写,也可能写得好的"③。

　　沪剧《天游记》讲述了一群活泼的少年积极乐观地探险太空的故事。剧本里的许多情节都和当时甚至后来的科幻小说中的太空想象相吻合,如船舱的设计:"这里有个驾驶台,上面放着一排像手风琴琴键似的电钮,驾驶时只要一揿这些电钮,就可自动进退升降。舱右是个通讯台,上面放着电报机,电子计算机和一架电视机。"④这类对驾驶室控制台的设计,以及驾驶飞船的方式,在郑文光的《从地球到火星》《飞向人马座》等科幻小说里有进一步的呈现。创作于几十年后的《飞向人马座》中出现的液晶显示屏、仪表盘、操作按键,以及通过按钮调取数据、发布指令的操作程序,都和《天游记》中的设计十分类似。除此之外,《飞向人马座》还出现了诸如连接外部设备、启动喷气发动机等情节,表现了中国科幻对

① 郭久麟:《柯岩传》,山西人民出版社 2012 年版,第 55 页。
② 冰心:《在舞台上先实现了美妙的理想》,载卓如编《冰心全集》(第四册),海峡文艺出版社 2012 年版,第 112—113 页。
③ 陈默:《从几个剧目谈革命的现实主义和革命的浪漫主义相结合》,载高宏存主编《共和国焦点论争 思想文化卷》,台海出版社 1999 年版,第 2851—2852 页。
④ 宗华:《天游记》,上海文化出版社 1958 年版,第 7 页。

宇宙飞船技术的进一步细化和对太空探险想象的不断更新。

　　到达月球之后，孩子们开始使用"避热衣""人造水"等科技产品应对恶劣的自然条件。"避热衣"能够应对月球极端的气候环境，"人造水"则能够解决缺水问题。有趣的是，当月球温度下降、农作物无法生长的时候，人们利用"人造太阳"帮助农作物生长。"人造太阳"这一意象从 1950 年代直至当代的科幻作品中反复出现：郑文光的《共产主义畅想曲》就描绘了"人造小太阳"将天山的冰川融化，使沙漠变成良田的想象[①]；1963 年的电影《小太阳》讲述了少年将实验成功的"人造太阳"送上太空，希望能够改变自然环境；叶永烈的《小灵通漫游未来》里也出现了用于夜间照明，能够让黑夜如同白昼一般明亮的"小太阳灯"[②]；直到当下，刘慈欣的《中国太阳》依然是对这个主题的重构。人们通过探索太空，开辟新的疆土，重塑现代性的太空幻梦。

　　在《科学家谈 21 世纪》一书中，李四光在《看看我们的地球》这篇文章里谈道："再经过多少年，人类必定会胜利地实现到星际去旅行的理想。那时候，一定会在其他天体上面发现许多新的生命和更多可以为我们利用的新的物质，人类活动的领域将空前地扩大，接触的新鲜事物也无穷无尽的多。这一切，都必定使人类的生活更加美好。"[③]随着科学技术的快速发展，人们希望能够进一步发展自身，实现太空探索的梦想，并在此基础上增强国家实力。当时诞生的科幻小说《梦游太阳系》《火星建设者》《共产主义畅想曲》等作品，都在书写对未来中国新世界的幻想和渴望。《飞出地球去》《天游记》等科幻剧作，也表现出对国家未来的整体设想和探索奋进的时代气息。在航空航天事业稳步发展的今天，1950 年代的科幻文学所畅想的太空探索故事已经成为现实，而今天的科幻写作也在持续关注科技发展对人类文明的深层影响，呈现出独特的美学价值。

---

① 郑文光：《共产主义畅想曲》，《中国青年》1958 年第 22 期。
② 叶永烈：《小灵通漫游未来》，少年儿童出版社 1978 年版，第 59 页。
③ 李四光、华罗庚等：《科学家谈 21 世纪》，少年儿童出版社 1959 年版，第 6—7 页。

第四章
1980 年代的科幻创作与知识分子叙事

改革开放之后,随着文化领域的更新,国内的科普类出版社和杂志社开始系统地介绍天文、航空航天、地质、水利、工业等方面的科学技术知识,以增加大众的科学技术知识储备。在这一形势下,科幻文学创作成为当时的热点,许多国外科幻作品被译介,这给国内的科幻作者和读者提供了新鲜的写作和阅读体验,于是中国科幻作家跟随世界科幻大潮纷纷提笔创作。从叶永烈于 1976 年刊登在《少年科学》上的《石油蛋白》开始,中国科幻创作在 1980 年代初期迎来了 1949 年以来的第二次高潮,被学界称为"黄金时代"。在相关政策的支持下,几年间近千篇科幻文学作品问世,出现了一大批兼具科学素养和文学素养的作家。2010 年,贵州大学出版社出版了《中国科幻黄金时代大师作品选》,以纪念这一特殊的时期。其中,叶永烈、郑文光、童恩正、魏雅华、金涛等作家提供了大批高质量科幻文学作品,通过塑造知识分子形象,他们将未来世界的广阔幻梦与知识分子的现代思考结合在一起,表达了对知识、科技和现代化建设的看法,这使得科幻文学以一种颇具生命力的文体深入参与到新时期的文学创作浪潮之中。

第一节　科幻小说与知识分子的
现代性叙事

"现代性"概念最早在西方出现并开始流行,其涵盖范围很广,包含哲学、社会学、政治学、文学、艺术等各类领域。自 17 世纪开始,现代性话语的时间和空间意义进一步拓展,并在 1990 年代前后成为理论界的关注热点。从政治层面来说,现代性与现代国家观念的建构相关。文艺复兴之后,现代国家的建立打破了中世纪的宗教神学基础,在个人权利的基础上建立起了一整套政治、法律和经济框架,并形成了契约性的秩序法则。从经济层面来说,随着工业发展和资本主义商品社会的形成,农业社会自给自足的生产方式逐渐被代替,而现代意义上的消费活动和经济体制逐渐发展起来。在哲学领域,现代性的基础则由启蒙运动带来的理性精神构成。现代理性精神充满了怀疑精神和否定性的"批判"内涵,它在某种程度上也确立了现代知识的标准及其必要属性:"客观性、普遍性、必然性、确定性。"①

一、现代性与科幻写作

韦伯认为,现代性进程中蕴含着深刻的矛盾,现代政治经济制度可能导致人的自主性的丧失。以现代医学为例,自然科学对生命的把控是从技术的角度展开的,但其在干涉生命的自然进程后,所指向的意义却并不明了:"至于我们是否应当从技术上控制生活,或是否应当有这样的愿望,这样做是否有终极意义,都不是科学所要涉足的问题。"②在韦伯看来,自然科学的意义在于其对技术的持续发展与关注,而关于人性内在的思考则可能与这一意义存在冲突。在现代性进程中,人们的内心感受不断发生着变化,现代工业文明和科技进步带来的速度感、碎片感和分裂感,弥漫在社会文化空间中,并也因此引发了文学家的思考。

在卡林内斯库看来,有两种现代性在当下的时代里共存共生,其中一种是作为社会历史阶段的现代性,而另一种则是美学意义上的现代性。前者主要继续着现代观念史早期的部分特质,如理性崇拜、时间意义、科技与人的关系等。另一种现代性,即美学概念上的现代性,则以天然的反叛态度,表达对资产阶级价值标准的否定和拒斥:"从反叛、无政府、天启主义直到自我流放。"③卡林内斯库认为,现代性的两个侧面之间,即启蒙现代性与审美现代性之间存在紧张关系。启蒙现代性一方面赞美现代工业革命所带来的经济繁荣和社会持续发展,同时另一方面也在肯定"资本主义文明传统中的理性、人本主义、自由等核心概念"④。与此相对,审美现代性则激进地拒斥资本主义文明的成就,这一倾向还促发了 20 世纪"先锋派"的诞生。

① 陈嘉明:《现代性与后现代性十五讲》,北京大学出版社 2006 年版,第 9 页。
② 〔德〕马克斯·韦伯:《学术与政治:韦伯的两篇演说》,冯克利译,生活·读书·新知三联书店 2013 年版,第 35 页。
③ 〔美〕马泰·卡林内斯库:《现代性的五副面孔》,顾爱彬、李瑞华译,商务印书馆 2002 年版,第 48 页。
④ 汪民安主编《文化研究关键词》,江苏人民出版社 2007 年版,第 387 页。

　　据詹姆逊考证，早在5世纪，"现代性"一词就已经出现。詹姆逊以历史的视角考察了西方现代性问题的发展历程，发现其经历了三个阶段：启蒙主义时期、实证主义时期、全面"现代性"时期。基于此，詹姆逊提出了现代性的四个基本准则。其一被归纳为"断代无法避免"。詹姆逊认为，从历史时期的断裂入手，可以发现新的社会和文化逻辑，这是现代性研究的一个重要准则。第二个准则是"现代性不是一个概念，无论是哲学的还是其他的，它是一种叙事类型"。在詹姆逊看来，现代性是一种理论、一种叙事，其主要的实现方式是以一种"新的修辞"再现和改写历史。在第三个准则中，詹姆逊否定以"主体性"为范式调整和安排现代性叙事，而应当将现代性放置在历史意义上的编年史范畴内进行讨论。在第四个准则中，詹姆逊连接了现代性与后现代性概念，认为"任何一种现代性理论，只有当它能和后现代与现代之间发生断裂的假定达成妥协时才有意义"。[①] 在这一条件下，詹姆逊所认为的现代性与后现代性具有互动的特质，两者在相互妥协和包容、在不断的否定和消解中达成了一种新的平衡。

　　科幻文学在启蒙现代性的意义上无疑具有现代性特征。科幻小说诞生于科技革新、工业发展和社会进步的时期，工业革命、信息工程、技术造物等元素也成为许多科幻小说的写作重点和标志。科幻小说崇尚技术力量与理性精神，在破除迷信、启蒙民众的观念下生成了充满憧憬的现代幻想。从审美角度而言，科幻文学对科技发展造成的负面影响也进行了人文主义的反思。当人的主体性开始突显，科幻文学面临的重要问题在于，在科技的掌控之下，人类如何面对文明状况的改变？如何处理自己与世界的关系？又如何保证自己的精神、思想乃至身体不被技术"异化"？面对共同的困惑，从"古典"到"新浪潮"，从"黄金时代"到"赛博朋克"，科幻作者从不同方面感知到了科学技术对人类社会产生的深刻影响，并尝试通过多种形式予以表达。

　　在西方语境中，科幻文学艺术作品在一定程度上承载了人们纷乱的现代体验。当传统道德观念中的共同意识被工具理性打破，现代人不得不面对自由与孤独的矛盾，并开始重新思考人类社会演进过程中的困惑与遭际。奥威尔的《一九八四》、赫胥黎的《美丽新世界》、阿西莫夫的《基地》系列均在这一问题上提出了自己的思考。在中国，1980年代科学发展的大潮促使全社会展开了对现代化

---

① 参见[美]弗雷德里克·詹姆逊：《现代性、后现代性和全球化》，王逢振等译，中国人民大学出版社2018年版，第13—81页。

建设的追求。在文学方面,出现了农业生产、工业建设、制度改革等现实题材的文学作品回应这一社会主题,而当时的科幻文学则更进一步地畅想已经实现现代化的未来社会。在这一前提下,中国科幻文学的发展迎来了新的机会,郑文光、叶永烈、童恩正、刘兴诗、魏雅华、金涛等作家创作了大量科幻文学作品,积极融入现代化的主流话语体系中。这些作品渐渐摆脱了儿童文学的标签和科普功用,转而向提高文学性和故事性迈进,促使中国科幻创作走进"黄金时代"。"黄金时代"的科幻文学作品一方面憧憬科技进步带来的时代强音,另一方面也对技术理性造成的人性缺失加以批判。

二、知识分子形象的重塑

清末民初,中国早期科幻文学的创作意图在于普及科学知识、唤醒民众现代观念,这已经体现出现代性的内涵。虽然科幻文学在当时被视为一种通俗休闲的文学样式,但它同时能够引发读者对新技术的好奇,继而让读者获得特别的审美体验。王德威认为,晚清科幻文学包含多种话语,其中一种是"关于知识与真理的话语",而另一种则表现为"梦想与传奇的话语"[①]。不仅如此,在"救亡"和"启蒙"的社会议题下,晚清科幻文学还呈现了新的认识世界和想象世界的方法,通过将中国与西方的科学技术视野相融合,引发关于社会现实危机的忧思以及国家和民族命运的现代性想象。

1949年以后,随着知识分子政策的数次调整,文学作品中的知识分子叙事形态也随之发生变化。到1980年代,在科学话语的引导之下,知识分子叙事成为"黄金时代"科幻创作的一大特点。这些作品的故事情节较多关注专业性较强的科学发现和科技发明,在人物形象的塑造上也在向知识分子倾斜。在"黄金时代"的科幻创作中,知识分子的文学形象得到了重塑,知识分子成为促进科技进步和民族发展的重要力量。

新时期以来,现代性观念的不断发展引发了人们对科技的重新思考,作家们希望在文学创作中对科学技术的现代性进行表现,于是科幻作家们的创作逐渐丰富起来,他们一方面继续通过创作对大众进行科学普及,另一方面也在作品的文学性与艺术性上进行了更多尝试。新时期科幻文学的创作者队伍进一步扩大,除了郑文光、童恩正、萧建亨、刘兴诗、叶永烈以外,魏雅华、尤异、王晓达、金

---

① ［美］王德威:《被压抑的现代性——晚清小说新论》,宋伟杰译,北京大学出版社2005年版,第292页。

涛等人也加入了创作者行列。在这一时期,叶永烈的《小灵通漫游未来》、童恩正的《珊瑚岛上的死光》、孟伟哉的《访问失踪者》、尤异的《神秘的信号》等小说颇受关注。这些创作一方面涉及当时的社会现实与重要的科技成就,另一方面也突出了故事的人文性,将人与科幻的关系、人的命运与科学技术的发展紧密联系在一起。同时,科幻文学翻译和科幻文学理论研究也进一步加强,多部世界科幻文学作品被引入国内,而有关科幻文学的理论建构也得到了加强和完善。除此之外,科幻文学开始涉足影视、剧作、绘画等艺术领域,根据科幻小说改编的电影、话剧、连环画等也都受到了读者和观众的热烈欢迎。

"太空探索"和"宇宙航行"依然是新时期科幻创作的重要主题。这类主题实际上也是对晚清民国科幻和1950年代科幻创作的一种延续。不过,此时的科幻作家拓展了该类题材的宽度和广度,并且提供了更为深刻的人文思考。例如郑文光的《飞向人马座》《地球的镜像》、叶永烈的《飞向冥王星的人》、萧建亨的《金星人之谜》、童恩正的《遥远的爱》等作品,都设计了"飞出地球"和"探索外星"的情节。在安排这类情节时,作家一方面从人类角度描绘宇宙飞行器的精妙设计和宏伟外观,另一方面则侧重呈现外太空的景象以及外星文明。因此,这类小说在贴近现实的同时,也能通过外在视角思考人类文明的发展进程。

郑文光、童恩正、叶永烈等人这一时期的创作在多方面丰富了新时期文学的整体样貌。首先,这一时期的科幻文学创作以幻想的形式映照现实生活,呈现出理性的探索和深刻的反思。这一时期的科幻作家们认为,科幻不能是没有根据的虚幻,也需要现实的支撑。在小说创作中,作者则需要充分发掘人与自然、人与社会的关系,思考人类文明的进程以及人类发展过程中的伦理道德建设。如魏雅华的《温柔之乡的梦》主要讨论未来世界的伦理观念,人与机器人之间的关系等问题,呈现出哲理性的思考。

其次,新时期的科幻创作在人物塑造方面进行了艺术性的更新,较多展现了科学家的正面形象,这在一定程度上扩大了新时期文学的知识分子形象谱系。评论者邱江挥曾将这一时期的科幻作品中的新人物分成三类:一是置身于未来社会环境的"未来人";二是置身于非现实环境的"科学人";三是置身于现实社会而采用先进科技的"现实人"。[1] 在这三类科幻小说的人物中不乏科学家形象,如《飞向人马座》中的技术专家、《腐蚀》和《追踪恐龙的人》中的科学

―――――――――――――
① 邱江挥:《试论中国科幻小说的发展》,《安徽大学学报》(哲学社会科学版)1982年第2期。

工作者、《最后一个癌症死者》中的医学工作者等。这些角色一方面运用知识和技术解决了重要问题，另一方面也具有理想信念，在各自领域为社会的发展作贡献。

此外，科幻作家还进行了内容和形式上的多种创新，如将科幻文学与侦探故事、科学工作日记相结合，呈现出个性化的创作特色。童恩正就将科幻创作与考古结合在一起，运用考古工作日记的形式让科幻小说具有现实意义。叶永烈则关注形式上的创新，他将侦探小说的一些写法引入科幻文学，让科幻故事更加跌宕起伏、引人入胜。

在这一时期，除了创作实践上的多种尝试，作家们也对科幻小说创作的基本规律进行了理论探索。由黄伊主编的《论科学幻想小说》一书就集中呈现了科幻创作界的理论探索。该书收录了郑文光、叶永烈、萧建亨、童恩正、杜渐等人关于科幻文学创作的相关论述20多篇，不仅讨论了当时国内的科幻创作理论建设，还对世界其他国家的科幻文学创作情况进行了评述。除此之外，还有对世界科幻名家凡尔纳、威尔斯以及对国内科幻作家郑文光、叶永烈等人的总体性论述文章。该书摘引了1978年郭沫若在全国科学大会闭幕式上的讲话为代序，号召更多的从业人员投身于科学事业之中。在编后记中，黄伊简单梳理了中国科幻小说自晚清以来的发展历史，介绍了1949年以来中国在译介和创作科幻小说方面取得的主要成就，并指出了编辑此书的目的："想给从事科学幻想小说创作的同志及爱好者，提供一些理论根据，介绍一些有关科学幻想小说的观点、看法和创作体会、写作经验。"①

在这一时期，伴随着社会各界渴望科学、面向未来的良好氛围，科幻文学创作的版图不断扩大，科幻创作队伍逐渐稳定，科幻读者人数也逐步增加。此时的科幻小说发行量高、受众范围广，影响力也进一步提高，为其后的科幻文学发展打下了重要的基础。

叶永烈的《小灵通漫游未来》在1978年问世后大受欢迎。小说对未来的科技世界进行了全景式的展现，其中知识分子充当了介绍员和引领者的角色，为小灵通的漫游之旅提供了新鲜的体验。如果说知识分子在《小灵通漫游未来》中还是配角，那么在叶永烈于1981年发表的科幻小说《腐蚀》里，知识分子的形象则更为突显。在《腐蚀》中，"银星号"飞船从太空返回，却遭到了太空微生物的腐

---

① 黄伊主编《论科学幻想小说》，科学普及出版社1981年版，第383页。

蚀。腐蚀导致飞船被破坏，也造成了宇航员的死亡。为了防止强腐蚀性的微生物造成更多损害，同时也为了研究其生物原理并提纯腐蚀剂，微生物专家杜微教授和学生方爽在沙漠里进行了五年与世隔绝的研究，最终为科学献身，展现了知识分子的专业知识、道德水准和献身精神。

叶永烈小说中的知识分子形象与其故事里的"现代性"元素紧密相连。在《搏》《声声快》《长生梦》等小说中，叶永烈以群像的方式展现了知识分子的整体精神面貌。他们勇于挑战科学未知，钻研技术，攻克难点，同时还饱含拼搏的激情和向上的动力，引领着行业的发展变革和时代进步。

郑文光的多篇科幻小说也着重呈现了知识分子的科学素养与道德正义。小说《飞向人马座》主要介绍了宇宙太空、星际航行的相关知识，尤其是详细讲述了青少年如何在科学家的指导下学习科学技术、进行科研工作，并经历重重考验最终返回地球的冒险旅程。这一类型的小说被称为"太空歌剧"，曾经在欧美科幻界非常流行，还常常以影视形式出现，影响广泛。乘坐"太空船"航行是"太空歌剧"类型科幻的主要特质，这类题材侧重表现主角们借助飞行器遨游太空的故事，一般还具有探险情节，是一种"冲突性文学"①。

《飞向人马座》塑造了科学家邵子安、霍工程师、宇航员岳兰等人物形象，在呈现他们突出工作成果的同时，也展现了他们作为科学家的奉献精神。小说通过详细而生动的语言，向读者介绍了火箭、宇宙飞船、载运舱等航天设备：飞船自带生态循环系统，能够实现空气和水资源的循环利用，还带有学习系统，包含天文学、英语等课程，以供宇航员自学。此外，小说还介绍了超新星、黑洞、星云等太空现象，描绘了一幅壮丽的太空景观。不仅如此，作者还借助邵子安等人之口，表现出人类对宇宙的向往和无尽的求知欲："如果我们现在还有燃料，可以飞回地球去，那我们到底是否马上转舵返航？或者要利用这个机会更加深入地研究宇宙？人类当中遇到我们这种情况的，毕竟是很难得的机会。是不是我们干脆飞到别的恒星世界去？人类的视野不但需要日渐扩大，人类足迹范围也需要日益扩大。"②

郑文光的另一篇小说《太平洋人》同样关注宇宙航行题材，小说试图从另一个角度揭示地球与宇宙的关系。小说在开篇便设下悬念：科学家准备利用技术

① ［英］爱德华·詹姆斯、［英］法拉·门德尔松主编《剑桥科幻文学史》，穆从军译，百花文艺出版社2018年版，第352页。
② 郑文光：《飞向人马座》，人民文学出版社1979年版，第81页。

"捕获"一颗不断靠近地球的小行星以进行天文研究。宇航员们乘坐宇宙飞船，利用以特殊材料为溶剂的"喷漆"技术增强小行星的引力，终于将其吸入地球的引力范围。小说呈现了小行星如同"红色的彩云"①一般，被宇宙飞船吸附进入地球大气层的奇妙景观。天文研究的结果更令读者惊讶，小行星原来是数百万年以前从地球上分裂出去的碎块，科学家甚至在小行星的岩洞中还发现了两个远古猿人。小说一方面精心刻画了一对兄弟，即宇航员陆家骏、海洋地质学家陆家骧辛勤工作的科学家形象，他们各司其职，通力合作，终于完成了重大科研任务。小说另一方面还侧重讲述了女宇航员萧之慧和已经牺牲的前辈女宇航员方冰的事迹，展现了航天事业的不断发展以及科研工作的传承与创新。除此之外，在茫茫宇宙中遭遇"祖先"的奇妙旅程拓展了小说的文学空间，提供了有关人与世界、地球与太空以及人类文明进化的更多思考。

在郑文光的另一篇小说《仙鹤和人》中，医生许立颖受到动物园兽医的启发，准备以电脉冲刺激的方式恢复失忆病人的记忆。经过设备组装、调试和反复实验，许立颖终于取得了成功，恢复了病人赵志林的记忆，让他得以和家人团聚。随后，许立颖再次思考了电脉冲技术的形成机制，决定尝试新的实验，即通过电脉冲的刺激让人在睡眠中学会知识。许立颖原来准备在自己身上做实验，但刚出院的病人赵志林为了感谢医生，自愿成为实验对象。在小说的结尾，实验获得了成功，原有的教育制度将会发生根本性的改变，人类也将在知识的获取技术方面迈向新的台阶。在同一时期的小说中，由谌容创作的、同样塑造医生形象的《人到中年》获得了主流文学界的一致好评。不过，《人到中年》中的陆文婷由于超负荷的工作最终病倒，而《仙鹤和人》中的许立颖则受到来自同事、病人和病人家属的多方配合与援助，共同取得了可观的科学进展，这也再次表现了科幻小说对科学与未来的积极乐观的态度。

除了对知识分子群体的呈现，郑文光也将其对时代的反思利用科幻的形式表现出来。在《地球的镜像》中，宇航员到达了位于外太空的"乌伊齐德"星球，这个星球上的自然条件和地球十分相似，但却见不到一个外星人，只有全息电影屏幕不停地滚动播放着地球历史上的战争、火灾、爆炸等灾难。宇航员终于发现，"乌伊齐德"其实就是地球的镜像，而全息影片则是对人类的提醒和警示。郑文光将其对历史的反思投射到外星这一更为广阔的空间中，呈现出作者对人类文

---

① 郑文光：《鲨鱼侦察兵》，中国少年儿童出版社1979年版，第139页。

明的智性思考。

在《"白蚂蚁"和永动机》中,郑文光开篇就指出了小说的现实意义。小说描写了研究相对论和牛顿力学的知识分子"我",与一心想建造违背科学定律的"永动机"以求在首长面前立功的娄金蚁斗智斗勇的故事。小说中,娄金蚁的愚昧无知、独断专行与始终坚持科学规律和道德准则的"我"形成了鲜明的对比,"我"最终获得了胜利。

"科幻现实主义"是郑文光创作的核心观点,在他看来,小说利用"科幻"的形式映射现实,通过艺术化、陌生化的效果探寻现实世界的本质属性和社会矛盾的深层结构,从而多方面、多角度地思索人性问题和人类命运,这既是郑文光作为一个作家的创作理念,也是其作为知识分子的责任和担当。

三、"疯狂的科学家"与中国科幻的异域想象

在"黄金时代"的科幻小说中,有不少作品通过建构外国科学家形象来讲述充满异国情调的离奇故事。这些作品展现了科技发展和现代化进程中的一些负面因素,如人造人、克隆人、工业间谍、疯狂的科学家等,启发读者深思并且辩证地看待人与科学进步、发明创造之间的关系。以异域作为故事的创作背景,作者在自由地进行艺术构思的同时,也充分抒发了爱国情怀。

叶永烈的谍战系列幻想小说重点呈现了科学技术的负面影响和人的邪恶欲望。在《长生梦》里出现了能够让人长生不老的"保幼剂",引发了人们对延续生命的渴望与争夺。《黑吃黑》则描写了一种能够使植物变成黄金的高科技产品,以及由其引发的关于金钱的谎言、贪婪与暴力。在《碧岛谍影》中,罗丰博士成功研发了人造金刚石技术,人造金刚石由于硬度高而被应用于多种工业场景。该技术在世界范围内推广之后受到了奥罗斯财团的注意,为了夺取该项科研技术,奥罗斯财团派出间谍绑架了罗丰的夫人。为了解决这一问题,国家派出名侦探金明和戈亮,终于侦破了案件,救回了罗夫人,赶走了间谍。小说构想了多种现代化设备,除了人造金刚石,还有"电子鼻""潜地艇""中微子电报机"等军事装备,表现出对未来强大的军事科技实力的美好想象。

王桂海的《无根果》则关注基因改造和克隆人话题。在小说中,保罗教授研发了人造胚胎,并成功培育出一对"无根果"——人造双胞胎达德曼和卡丽。达德曼顺利长大后继承了保罗教授的事业,他并没有发现自己与他人的异常。但是,邪恶的科学家洛别尔和间谍乌布克为了夺取保罗教授的研究成果以制造生

物武器,他们不但杀了知情人士,还试图绑架卡丽。在与洛别尔和乌布克斗争的过程中,达德曼终于发现了身世的秘密,最终他选择与敌人同归于尽,完成自己的复仇。"人造人"行为所涉及的伦理问题并不是小说想要讨论的关键问题,作者也没有对其进行道德评判,而是认为:"对于一个人来说,重要的问题不在于他是怎样来到世界上,而在于他给世界留下些什么。"①

郑文光的《古庙奇人》中的曾教授居住在偏僻庙宇,他利用太阳能技术设计了一套生态循环系统,以保证自己的科学研究。地质队的卢时巨和侄子意外闯入了曾教授的古庙,并发现了他的秘密。原来,曾教授正在进行疯狂的科学实验,他用仿生学技术制造出了人工大脑,复活了意外死亡的地质队员,还制造、合成了"弗兰肯斯坦"一般的怪物。因为侄子意外受伤,所以卢时巨被迫留在古庙居住,他发现,身边时不时地会出现一些神秘、诡异的现象,经过一番探查,卢时巨发现曾教授隐藏了一个更大的秘密。原来,曾教授并非科学家,而是被外星人植入芯片后控制的傀儡,不得不帮助外星人从事各类实验,开发利用地球能源,以达到外星人统治地球的目的。在小说的结尾,外星人乘坐飞船逃离了地球,而曾教授也死去了。小说通过外星人和"疯狂科学家"的故事,提醒人们要脚踏实地地恪守人类共同的价值观念和行为准则。

王晓达的《冰下的梦》中的雷诺,在南极海底的冰层中建造了名为"RD 中心"的现代王国。中心由合成工程系统、制造系统和设计室等部分构成。"RD 中心"有意在海洋中制造"魔三角"引发海难,并捕获失事船只中的遇难人员。接着,中心对船员们的大脑进行改造,让他们成为没有思想的编号人员"Boys",并分配他们在中心的各个部门工作,他们的日常行动则完全听命于雷诺。编号人员"Boys"失去了自己的语言,只能用 RD 语言交流,但小说中的"我"因为做过脑部手术,所以未能被完全改造,还保留着原来的记忆和语言。中心的最高长官雷诺既是科学家,也是权力的代表,他计划在海底进行武器的研发制造,最终达成统治全球的目的。在小说结尾,雷诺的部下试图阻止雷诺的行为,获取了他的脑部信息,但也启动了"RD 中心"的自毁系统,最终整个中心被永远封存在南极的冰川之下。小说通过塑造雷诺这一形象,揭示出科技在被权力裹挟之后可能造成的严重后果。雷诺本来是一个卓越的科学家,但是他异于常人的野心和对权力的极端渴望造成了"RD 中心"这一可怕王国的诞生,小说直言:"RD 编号人员

① 王桂海:《无根果》,载《科幻海洋》编辑部编《科幻海洋》(第一辑),海洋出版社 1981 年版,第 211 页。

Boys 的服从和忠诚、相互的奇特关系、被处理过的大脑,其实都是雷诺本身的畸形思想的一种反映。"①

萧建亨的《沙洛姆教授的迷误》侧重思考了机器人和人类之间的伦理关系问题。在自动化机械诞生之后,人类就开始思考如何利用人工智能和机器人分担劳动,继而将人从劳动中解放出来。但是,在缺乏伦理约束的情况下,随着机器人自动化程度的提高,机器人可能会具有自主意识,转而成为控制人类的工具,对人类产生威胁。

如何约束机器人、规范其行动方向和行为模式是科幻作家一直以来反复思索的问题,其中最广为人知的便是阿西莫夫提出的"机器人三定律"。"机器人三定律"要求机器人在绝对不伤害人类的前提下服从人类的命令,并在前两者的基础上尽量保护自己。在阿西莫夫看来,机器人虽然与人类越来越相似,但依然是人工定义的下层阶级,地位在人类之下。但在《沙洛姆教授的迷误》中,柯拉公司和沙洛姆教授却尝试用机器人来改造人类,将流浪儿改造为有教养的人。当然,柯拉公司的实验并不是为了提高人类的素养,而是出于对经济效益的考量——一旦实验成功,"柯拉三型"机器人将获得市场许可,从而带来源源不断的经济利益。实验的操作者是大学教授、"机器人专家"沙洛姆,他为了取得学术上的突破和进展,不顾人伦道德,贸然和机器人公司合作,着手干预儿童的天性。不过,沙洛姆教授最终没能用机器人驯服流浪儿爱迪,因为机器人虽然能提供物质和技术的保障,却始终无法提供人类的情感体验。对爱和亲情的需求让爱迪逃离了机器人的家,这也让沙洛姆明白,尽管机器人拥有强大的记忆力和执行力,但其行动优先遵循价值分析的合理性。机器人"根据通常的社会标准来选择最佳的一步。但这通常的社会标准,却往往并不是人类都能一致同意的",在这个基础上,"机器大脑是永远替代不了人类的大脑的"。②

王奎林的《庞涓的悲剧》讨论了类似的话题。冯右仁教授花费七个月制造了高级机器人庞涓。庞涓高傲自大,目中无人,自认为在智力和体力上都超过了他的制造者。庞涓试图伤害冯教授的助理小刘,却误伤了自己。经过研究,冯教授发现庞涓的自我控制系统的设计出现了偏差,进而导致了恶性循环,这才让庞涓

---

① 王晓达:《冰下的梦》,载世界华人科幻协会组编,董仁威、姚海军主编《中国科幻名家名作大系:王晓达卷・冰下的梦》,人民邮电出版社 2012 年版,第 149 页。

② 萧建亨:《沙洛姆教授的迷误》,载刘兴诗选编《世界科幻小说协会中国会员作品选》,希望出版社 1988 年版,第 255 页。

的性格变得如此狂妄。最终，冯教授关闭了庞涓的电源，它也永远成了博物馆的文物。小说通过人类与机器人之间的对话和较量，一方面对机器人可能造成的威胁提出警告，另一方面也借此重申了人体结构的精妙和不可模仿性。

魏雅华的《温柔之乡的梦》同样关注机器人题材，在社会意义上探讨机器人与人类的关系问题。"我"是一名知识分子，日常从事核物理研究，主要的研究方向是寻找 109 号元素，该元素可以为人类提供无污染的低价能源，从而解决能源短缺问题。"我"在 22 岁时被分配到了机器人妻子丽丽。丽丽完全符合阿西莫夫提出的"机器人三定律"，她美丽优雅，忠贞不渝，对"我"百依百顺。一开始，"我"十分享受新婚生活，但是，丽丽的绝对服从让"我"逐渐变得暴躁蛮横，"我"整日酗酒玩乐，终于在工作中铸成大错，锒铛入狱，"我"最终决定和丽丽离婚。如果说《沙洛姆教授的迷误》从情感角度关注机器人和人类的不同，那么《温柔之乡的梦》则具有更为深刻的社会意义：无限制地服从和纵容不仅不能带来效率的提高，还很可能造成思想上的蒙蔽。因此，"我"不禁感慨："天哪，这太可怕了！曾经是那样可亲可爱的顺从，我直到现在才明白，这种绝对的服从她是多么可怕。"[1]小说并没有明确的国家背景，同时机器人公司名为"环球"，公司数据库中的机器人资料来自世界各地，此外小说对人口、生育、资源和污染等问题的关注也具备全球视野。可见，作者是站在更加宏观的角度探讨人工智能和机器人技术可能引发的道德和人性问题。

新时期的科幻文学创作，在立足现实的基础上，关注与日常生产、生活密切相关的科技现象和科技活动，想象性地描绘了人们的生活状况由于科技的进步而得到改善的场景，构建出不断发展的未来景观："凝聚社会力量，巩固社会信仰，以期实现国家长治久安的最高目标。"[2]在幻想未来社会整体样貌的同时，新时期的科幻文学还非常注重知识分子形象的塑造和知识性话语的表达。在新时期文学的整体视野中，科技为人类社会的进步而服务。因此，这一时期的科幻小说往往通过对人与科技、人与自然、人与社会等多重关系的观察，讨论科技和人类社会发展的多重命题。一方面，科技发展能够提高人们的物质生活质量，另一方面也可能会对社会既有的伦理秩序体系形成直接的冲击和挑战。这一时期的科幻创作，已然触及科技革命、人文关怀与秩序建构等

---

[1] 魏雅华：《温柔之乡的梦》，《北京文学》1981 年第 1 期。
[2] 张治、胡俊、冯臻：《现代性与中国科幻文学》，福建少年儿童出版社 2006 年版，第 164 页。

更深层次的人文与哲学命题,为此后科幻创作在更大程度上的发展发挥了重要的启示作用。

第二节　科幻小说与新时期文学——以童恩正《珊瑚岛上的死光》为例

1978 年,《人民文学》发起了全国优秀短篇小说评选,该评选不仅在文学界影响深远,在社会上也造成了很大的声势。在获奖的二十五篇小说中,不乏被文学史反复提及的重要作品,除了影响巨大的"伤痕文学"代表作品《班主任》和《伤痕》之外,贾平凹的《满月儿》、王蒙的《最宝贵的》等作品在当时也获得了文学界和读者的一致好评。不过,在这二十五篇获奖作品中,最后一篇因其特殊的题材和写作手法而被文学史忽略,这正是童恩正的《珊瑚岛上的死光》。该小说刊登于《人民文学》1978 年第 8 期,从结构安排、人物塑造和对话设计来看,它都不是严格意义上的科学普及作品,而是一篇真正意义上的科幻小说。这篇小说的获奖,一方面意味着科幻文学获得了文坛的认可,另一方面也从侧面反映出科幻文学与主流文学的发展脉络紧密关联。在中国文坛刚刚复苏之际,科幻文学作家就已经以新颖的文学形式参与到文化的重建工作中,为新时期文学的发展和繁荣作出了积极的贡献。

一、科学的春天与文坛的春天

科学技术的进步促使科幻小说进一步发展。1978 年,叶永烈的《小灵通漫游未来》成为新时期科幻文学的奠基之作。该书主要讲述了主人公"小灵通"在"未来市"的奇妙境遇,并对未来社会的技术进步有着极为细致的描绘,小说因其科幻元素和童趣性而广受好评。据叶永烈回忆,《小灵通漫游未来》实际创作于1960 年代,写完之后即寻求出版社出版。但是,由于当时还处在自然灾害时期,而小说重点表现的又是衣食无忧的未来生活,显得与当时的社会状况不符,因而没能及时和读者见面。多年以后,这部作品终于出版,据叶永烈回忆:"到了1978 年,科学的春天到来了,我把退稿的《小灵通漫游未来》重新投到上海少儿出版社。这时,环境氛围变了,在科学春天的环境氛围中,人人都非常关心未来。《小灵通漫游未来》很快出版了,第一版就发行了 150 万册,后来累计发行超过

300 万册。"①

　　虽然《小灵通漫游未来》取得了空前的成功,但是深究其情节和细节,可以看出其并未脱离儿童文学的范畴。事实上,受历史原因和相关政策的影响,1950 年代的科幻小说多数散布在儿童文学的各种体裁之中,如郑文光的《第二个月亮》《飞上天去的小猴子》、迟叔昌的《割掉鼻子的大象》等。科幻文学的创作与主流文学的创作一样,在 1960—1970 年代经历了十年的中断,当科学技术迎来春天的时候,科幻小说也进入了快速发展的时代。不过,1978 年前后发表的很多科幻小说依然延续了五六十年代的创作模式,更有相当数量的科幻小说其实是创作于五六十年代但未能发表的稿件,这些作品的本质内涵更接近于面向儿童的科学文艺读物。在这一背景下,童恩正的《珊瑚岛上的死光》显得别具特色,小说跳出了儿童文学的框架,试图探索中国科幻发展的其他路径。

　　1978 年,童恩正在《人民文学》杂志上发表小说《珊瑚岛上的死光》。创刊于 1949 年的《人民文学》是中华人民共和国成立后极具代表性和权威性的文学刊物,《珊瑚岛上的死光》能够在《人民文学》上发表,并最终获得 1978 年"全国优秀短篇小说奖",表明在百废待兴的中国文坛,科幻文学也是实现文学复苏和重建的一股重要力量。

　　事实上,《珊瑚岛上的死光》的写作时间远早于 1978 年。童恩正提到,作品写于 1964 年,当时已经被《少年文艺》采用,但很遗憾,作品最终未能如愿发表。到了 1978 年春,"人民文学出版社向我约稿,我又想起了这篇小说,并且修改了寄给他们"②。《珊瑚岛上的死光》表达了知识分子的严肃思考,它的发表乃至获奖,将新时期的文学活动与 1960 年代的文学活动紧密相连,补充了多样性的时代思索,丰富了文学创作的题材,呈现了宝贵的思想文化资源。

　　《珊瑚岛上的死光》讲述了华侨科学家陈天虹恪守恩师的遗嘱,献身科学,一心钻研激光武器,在他国势力的挑战下保护设备,最终维护了国家安全与世界和平的故事。③ 从主题来说,小说弘扬了不畏困难、为国献身的科学家精神。除此之外,小说还不乏惹人注目的新奇元素,其中有关激光武器、原子能电池的设想,既符合科学发展的实际,又充满科幻元素,吸引了许多青年读者的关注。科幻题材是《珊瑚岛上的死光》能够脱颖而出的原因之一,但需要注意的是,除了拥有科

① 董仁威主编《科普创作通览》(下卷),科学普及出版社 2015 年版,第 470 页。
② 童恩正:《关于〈珊瑚岛上的死光〉》,《语文教学通讯》1980 年第 3 期。
③ 童恩正:《珊瑚岛上的死光》,《人民文学》1978 年第 8 期。

幻小说的一般特质,《珊瑚岛上的死光》在很多方面与1950—1960年代的科幻文学相比已经发生了改变。第一,小说并非儿童读物,没有儿童人物出场,人物多为科技从业人员;第二,作者有意识地强化了故事情节,完善了人物形象,使得小说的文学性更强。尽管《珊瑚岛上的死光》是科幻题材,但其情节走向与人物形象的塑造与主流文学比较接近,因而得到了专家和读者的认可。

　　值得一提的是,《珊瑚岛上的死光》能够发表,也正是借了全国科学大会的"东风"。自邓小平在全国科学大会上发表重要讲话以来,全国的科技和科普工作者都备受鼓舞,科幻文学作家也受到了大会精神的感召。全国科学大会结束之后,中国科协在上海召开了全国科普创作座谈会,座谈会由三百多名科普工作者参加,童恩正也参加了这次会议,并萌生了改写《珊瑚岛上的死光》的想法:"1978年5月,我去上海出席全国科普创作座谈会,又会见了我所敬佩的高士其与郑文光、萧建亨、刘后一、周国兴、张锋等科普作家","我同作家们都很兴奋,相约共同为繁荣中国的科学文艺创作作出贡献。我重新拿起笔来,以比过去更强的自觉性和责任感投入了创作。我在完成教学和科研工作之余,改写了《古峡迷雾》和《珊瑚岛上的死光》,并在沈寂的协助下,将它们改编成了电影剧本"。①

　　新时期初期,文学界的成就主要集中在短篇小说领域。《人民文学》在1978年第10期上发布了"举办1978年全国优秀短篇小说评选"的启事,提出了评选范围、评选标准以及评选方法。此次评选对新时期文学起到了重要的引领作用,评选启事中专家与群众相结合的评选方法更是新颖别致:"采取专家与群众相结合的方法。热烈欢迎各条战线上的广大读者积极参加推荐优秀作品;恳切希望各地文艺刊物、出版社、报纸文艺副刊协助介绍、推荐;最后,由本刊编委会邀请作家、评论家组成评选委员会,在群众性推荐与评选的基础上,进行评选工作。"②

　　《人民文学》发布的评选方法激发了广大群众的热情,读者纷纷称赞这种评选方式的好处:"让群众参加评选,请他们发表意见,就是走群众路线,就是贯彻党的'百花齐放,百家争鸣'方针。"③热情的读者将印在杂志上的"评选意见表"作为"选票",纷纷填好寄往《人民文学》编辑部。"截至今年④二月十日,共收到

---

① 董仁威主编《科普创作通览》(下卷),科学普及出版社2015年版,第462—463页。
② 《本刊举办一九七八年全国优秀短篇小说评选启事》,《人民文学》1978年第10期。
③ 葛琼:《群众评选的办法好》,《人民日报》1978年11月8日。
④ 作者注:1979年。

读者来信一万零七百五十一件,'评选意见表'二万零八百三十八份,推荐短篇小说一千二百八十五篇。"①据《人民文学》文学评论组组长刘锡诚回忆,在初次筛选中,编辑部将得票三百票以上的作品(《醒来吧,弟弟》一篇除外)都纳入了选择范围,共计有十二篇,同时又选了得票不多的八篇优秀作品,共二十篇一并送给评委会审阅。随后,编辑部又致信评委会,专门提到了在评选过程中要兼顾专家意见和群众喜好:"群众投票多的作品应该优先考虑。但也要看到读者提意见会有局限性,例如地方刊物上发表的作品很多读者看不到;由于各种原因,某些优秀作品暂时还不能被广大读者所欣赏等。"②评委会于 1979 年 3 月举行会议,对初选篇目进行讨论,编辑部综合了评委会的意见,最终选出二十五篇优秀短篇小说。

作为特殊题材的作品,《珊瑚岛上的死光》能在评选中脱颖而出,很可能和群众的投票有关。《人民文学》编辑部曾犹豫过要不要给获奖作品分等级,最终认为"以不分等级为宜,但可以按作品质量排出先后顺序,在颁发奖金时,发给前五名的奖金数目可以高一些"③。按照这种说法,排在二十五篇获奖小说最后一位的《珊瑚岛上的死光》应当是质量靠后的作品,可是事实并非如此。据叶永烈回忆,《珊瑚岛上的死光》"得票数进入前五名,但文学界主张不应该让这部作品入选的呼声很高,说科幻小说不属于文学的范畴。结果经妥协后被排到第二十五名——最后一名,不胜荣幸地忝居末席"④。刘锡诚在整理评委们的发言时,列出一份冰心提议的不完整作品排序,共有十六篇作品,《珊瑚岛上的死光》位于第十位,排在卢新华的《伤痕》之前。⑤ 但是,在最终公布的名单中,《珊瑚岛上的死光》排在了最后一位,据《人民文学》编辑崔道怡回忆:"前五篇后,大体就按得'票'多少为序。《珊瑚岛上的死光》虽然得'票'不少,但因它是另外一路,属于科学幻想小说,所以放在最后。"⑥

据此推测,《珊瑚岛上的死光》能够获奖,离不开大众读者的喜爱。这篇小说在读者中反响很大,在科幻界也得到了充分讨论,但是主流文学界的作家和评论

---

① 本刊记者:《报春花开时节——记一九七八年全国优秀短篇小说评选活动》,《人民文学》1979 年第 4 期。
② 刘锡诚:《在文坛边缘上:编辑手记》,河南大学出版社 2004 年版,第 188 页。
③ 刘锡诚:《在文坛边缘上:编辑手记》,河南大学出版社 2004 年版,第 189 页。
④ [日]武田雅哉、[日]林久之:《中国科学幻想文学史》(下卷),李重民译,浙江大学出版社 2017 年版,第 72—73 页。
⑤ 参见刘锡诚:《在文坛边缘上:编辑手记》,河南大学出版社 2004 年版,第 216 页。
⑥ 崔道怡:《早春的记忆——复刊时期的〈人民文学〉》,载靳大成主编《生机:新时期著名人文期刊素描》,中国文联出版社 2003 年版,第 17 页。

家对其相对陌生、评价甚少。《文艺报》主编冯牧认为："《珊瑚岛上的死光》是另一类题材，别具一格。它所反映的不是现实生活，从人物到生活范围来看，都显得狭窄。但不能与其他作品相提并论，它毕竟属于能代表一个时期里的新成就的作品。"①冯牧的观点体现了科幻小说在新时期文学中的地位：第一，科幻小说属于特殊题材，不能与主流文学相提并论，应该另列一类；第二，科幻小说不是当前急需弘扬的现实主义作品，书写技巧上仍有缺陷；第三，科幻小说仍是新时期文学中的一员，能够代表新时期文学的一种新成就。

二、"科文之争"——科幻小说的性质与功用

1978年以后，发展科学技术被视为实现社会主义现代化的关键因素。在此情势下，科幻小说披上了科学普及的外衣，一时间获得了良好的发展机遇，但是科幻小说与科学之间的差别和裂隙却再次受到关注。

在西方，随着"科学"概念的产生和兴起，科学和艺术之间逐渐出现了一条文化分界线。英国科学家、小说家斯诺在《两种文化》中谈到，西方社会的整个智力生活已经分裂为两个极端的集团（groups），一极是文学知识分子，另一极是科学家。因为缺乏了解，两者之间存在着难以逾越的鸿沟，在部分人文学者看来，科学研究者往往"抱有一种浅薄的乐观主义，没有意识到人的处境"，而在许多科学家眼中，文学家则"缺乏远见""反知识"（anti-intellectual）"不关心同胞"。② 在斯诺看来，两种文化的分裂给西方社会的知识活动造成了损伤，也造成了科学与艺术的二元对立。在这一文化传统影响下，作为一种探索科学之美的艺术形式，科幻小说面临着尴尬的境地。英国科幻小说作家、评论家亚当·罗伯茨认为，科幻小说在其发展历程中一直努力对抗着"两种文化"这一概念，即"科幻小说是艺术与科学结合之处"，而科幻小说多年以来的创作实践也一直在证明"艺术与科学并不构成一个二元经济"③。科学与艺术的对抗关系同样发生在中国科幻小说的发展历程中，新时期以来，以童恩正为代表的科幻小说作者，期望通过强调科幻小说的文学性，让科幻小说逐步摆脱科普属性，从而强化其文学属性，但这种努力依然遭遇了重重困难。

中国在1980年代开始逐步建设起"科学文艺"内涵，将"科学文艺"解读为以

---

① 刘锡诚：《在文坛边缘上：编辑手记》，河南大学出版社2004年版，第216页。
② ［英］C.P.斯诺：《两种文化》，纪树立译，生活·读书·新知三联书店1994年版，第5页。
③ ［英］亚当·罗伯茨：《科幻小说史》，马小悟译，北京大学出版社2010年版，第16页。

文艺形式普及科学知识的读物。这一解读主要借鉴了苏联作家伊林的观点。伊林认为，"科学文艺"中的"科学"主要指具体的科学技术知识，作家应学习这类知识并以文学的形式加以普及："作家应当掌握科学，扩大作为文学对象的范围，而科学家应当向语言巨匠学习，动人地、简明地向人民汇报自己的工作、自己的发明。"①《哥德巴赫猜想》的作者徐迟在 1979 年中国作家协会第三次全国代表大会的发言中，也谈到了科学与文学的关系，他希望科学家和文学家在未来能"携手共进"："文学家将写科学家的业迹，以服务于科学大发展的事业，将来一定会有科学家自己拿起笔来，写出他们的科学实验的绘声绘影的文学巨著，以丰富文学的库藏。"②

当然，对中国的科幻小说作家来说，来自苏联的"科学文艺"概念值得进一步考量，他们希望中国的科幻小说能够形成一条自我的发展道路。杜渐表达了对"科学文艺"概念的怀疑，他认为科学文艺包含了科学报告文学、科技电影剧本、科学随笔、科学杂谈等诸多种类，过于含糊和笼统。③ 叶永烈认为，科幻小说的科幻性在于其内容"是有一定科学依据的，是符合科学发展规律的"④，但本质上，科幻小说仍是"小说"，是一种文学样式，即"科学幻想＝现实的科学＋合理的推理"⑤。郑文光则表示，科学幻想小说终究是"要为小说的主题思想服务的，普及科学知识不是它的目的"⑥。童恩正将"科学"分为两个维度，一个是"科学的认识世界的方法"和"坚持真理的大无畏精神"，另一个则是"普及具体的科学知识的内容"，童恩正还将"科幻小说"与"科普作品"加以区分，认为二者在传播科学知识方面发挥着不同的作用，在他看来，科幻小说在建立正确的科学观、传达科学理想方面承担更大的责任，而一般的科普作品则在介绍具体科学知识和技术应用方面能发挥较大的作用。⑦ 因此，叶永烈、郑文光

① ［苏］伊林：《论科学文艺读物及其性质》，载黄伊主编《作家论科学文艺》（第二辑），江苏科学技术出版社 1980 年版，第 26—32 页。
② 徐迟：《文学与科学》，载黄伊主编《作家论科学文艺》（第一辑），江苏科学技术出版社 1980 年版，第 72 页。
③ 杜渐：《谈谈中国科学小说创作的一些问题》，载黄伊主编《论科学幻想小说》，科学普及出版社 1981 年版，第 105—106 页。
④ 叶永烈：《论科学幻想小说》，载黄伊主编《论科学幻想小说》，科学普及出版社 1981 年版，第 48 页。
⑤ 叶永烈：《论科学幻想小说》，载黄伊主编《论科学幻想小说》，科学普及出版社 1981 年版，第 59 页。
⑥ 郑文光：《答香港〈开卷〉月刊记者吕辰先生问》，载黄伊主编《论科学幻想小说》，科学普及出版社 1981 年版，第 141 页。
⑦ 童恩正：《创作科学幻想小说的休会》，载黄伊主编《论科学幻想小说》，科学普及出版社 1981 年版，第 130—131 页。

等人试图在理论上厘清科幻小说中"科学"与"文学"两个维度的内在关联,他们并未否认科幻小说的"科学性",但将其"科学性"阐释为科学精神、科学规律等更为宏大的科学概念,突破了将"科学性"视为具体科技知识的局限性,这样一来,科幻小说的"科学性"和"文学性"就能够在具体的创作实践中得到良好的结合。

　　表面上看,童恩正发表在《人民文学》1979 年第 6 期的《谈谈我对科学文艺的认识》是"科文之争"的导火索,但是科幻小说的属性、功能等问题实际上一直处于争论之中。早在 1903 年,鲁迅着手翻译凡尔纳的《月界旅行》时,就已经开始强调科学小说的实用性:"故掇取学理,去庄而谐,使读者触目会心,不劳思索,则必能于不知不觉间,获一斑之智识,破遗传之迷信,改良思想,补助文明,势力之伟,有如此者!"[1]事实上,晚清以来的科幻小说并非消闲、娱乐之物,而是被赋予传播科学知识、启蒙思想的时代任务。例如,顾均正写于1930—1940 年代的《和平的梦》《伦敦奇疫》和《在北极底下》关注了科学概念的解释和传播,作者在文中详细地阐释了诸如"无线电定向法"和"地磁的成因"等先进概念。不仅如此,《在北极底下》的序言也表明了其创作的主要目的:"那么我们能不能,并且要不要利用这一类小说来多装一点科学的东西,以作普及科学教育的一助呢? 我想这工作是可能的,而且是值得尝试的。"[2]到1950—1960 年代,以郑文光、迟叔昌、萧建亨、刘兴诗为代表的一批具有理工科背景的科幻作家,同样关注作品的实用价值。例如,郑文光的《从地球到火星》《黑宝石》《第二个月亮》等小说旨在借助科学文艺作品向少年儿童普及科学知识,以增强他们的科学素养。不过,在某种程度上,郑文光等作家的科幻文学创作理念又有着模糊性和矛盾性,他们一方面强调,科幻小说所包含的科学内容对读者的知识水平具有一定的要求,另一方面也不愿放弃科幻小说文类自身的独立性。[3] 这样一来,在科幻文学创作的诸多问题没有厘清的情况下,科幻作家无法形成有说服力的创作理念,那么 1980 年代的"科文之争"自然也是不可避免的。

　　1979 年 3 月,在"1978 年全国优秀短篇小说评选"颁奖大会上,茅盾发表讲话,他提到文学家要有科学知识,这样才能反映四个现代化:"介绍科学基础知

---

① 鲁迅:《〈月界旅行〉辨言》,载《鲁迅全集》(第十卷),人民文学出版社 2005 年版,第 164 页。
② 顾均正:《在北极底下》,文化生活出版社 1940 年版,第 3—4 页。
③ 参见姜振宇:《贡献与误区:郑文光与"科幻现实主义"》,《中国现代文学研究丛刊》2017 年第 8 期。

识的通俗读物,我们还很少。这个工作,已经有人在那里做了,有些同志已经取得了很好的成绩,我们盼望在短时期内看到更多的成果。"①同年 8 月,中国科学技术普及创作协会第一次代表大会在北京召开,胡耀邦在会议上提道:"实现四个现代化,科学技术现代化是关键,因此,同志们的岗位是重要的。去年几十位科学家倡导成立了中国科普作协筹委会。一年之间,发展了 4 000 多名会员,虽是星星之火,十年总可以燎原吧。"②在这样的背景下,科普作家在科幻文学的创作现状和创作前景上产生了分歧。会上,一些代表认为,"前一时期,某些科普作品存在着科学内容不准确、不严谨或科学性不足的问题,甚至有基本概念和事实的错误"③;会后,作家和评论家以《中国青年报》的"科普小议"专栏为主要阵地,对科幻小说的定性问题展开争论。一方面,评论家站在科学普及的立场,认为科学文艺作品应该以科学事实为主要依托。例如,鲁兵的《灵魂出窍的文学》批评童恩正的作品脱离基本科学事实,"科学文艺失去一定的科学内容,这就叫作灵魂出窍,其结果是仅存躯壳,也就不成其为科学文艺"④;甄朔南批评叶永烈的《奇异的化石蛋》中关于恐龙的知识"错误连篇"⑤,并与叶永烈在刊物上展开论争;封根泉认为科学小品虽有优点,但"倘若过分推崇科学小品,那也未必恰当"⑥。另一方面,童恩正、叶永烈等作家却认为科幻小说仍属于文学门类,在创作中要重视文学性的塑造,不应过度关注其科学性。童恩正的《谈谈我对科学文艺的认识》一文,从写作目的、写作方法和文章结构三个方面梳理了科学文艺和科普作品的区别,认为科学文艺应当遵循文艺规律,"这类作品一般属于'情节小说'的范畴,除了塑造人物以外,它很讲究紧张的悬念,曲折的故事"⑦。叶永烈也在《中国青年报》上发表文章回应,他认为科幻小说是"通过娓娓动听的故事描述幻想中的科学境界","燃起读者变美好的科学幻想为现实的强烈欲望"⑧。郑文光则在由中宣部组织的文

---

① 茅盾:《在一九七八年全国优秀短篇小说评选发奖大会上的讲话》,载《人民文学》编辑部编《一九七八年全国优秀短篇小说评选作品集》,人民文学出版社 1980 年版,第 3—4 页。
② 中华人民共和国科学技术部政策法规与体制改革司编《中国科学技术普及发展报告(1978—2002年)》,科学技术文献出版社 2002 年版,第 24 页。
③ 黄兴达:《科普创作之春——中国科普作协第一次代表大会散记》,载方辉盛、陈祖甲、文有仁主编《科技新闻佳作选》,新华出版社 1985 年版,第 407 页。
④ 中国青年报《长知识》副刊编辑室编《科普小议》,科学普及出版社 1981 年版,第 24 页。
⑤ 中国青年报《长知识》副刊编辑室编《科普小议》,科学普及出版社 1981 年版,第 15 页。
⑥ 中国青年报《长知识》副刊编辑室编《科普小议》,科学普及出版社 1981 年版,第 34 页。
⑦ 童恩正:《谈谈我对科学文艺的认识》,《人民文学》1979 年第 6 期。
⑧ 中国青年报《长知识》副刊编辑室编《科普小议》,科学普及出版社 1981 年版,第 18 页。

学创作座谈会上发言,再次明确了科幻小说的文学属性,"科幻小说首先是一种小说,是一个文学品种,是小说的一个流派,这并没有排斥科幻小说的'科学性'之意",随后,郑文光还提到了科幻小说的现实指向,认为科幻小说以"折光镜"的形式反映现实,"科幻小说也是小说,也是反映现实的小说,只不过它不是平面镜式的反映,而是一面折光镜,或者凹凸镜"。[①] 郑文光一方面明确了科幻小说的文学性,界定了科幻小说的两种类型,即"硬科幻"和"软科幻",另一方面进一步指出了科幻小说的现实指向和社会价值,在当时的论争中对科幻小说进行了有力的维护。

此次争论,触及的正是科幻小说的本质问题——科幻小说到底属于科普读物,还是文学作品? 现在看来,毋庸置疑,科幻小说应该是文学作品,叶永烈也从理论上分析了科学文艺的定性问题,认为"科学文艺是文艺作品"并同时"担负普及科学知识的任务"。[②] 但是,在当时的环境下,这一问题却显得较为复杂。1949 年以后,我国并无严格意义上的科幻小说,科幻小说作家也十分缺乏,常见的只是科普工作者。1950 年代出现的科幻小说绝大多数也是科普工作的衍生品,并且其阅读群体主要是少年儿童。因此,中国当代科幻小说一经诞生就带有"科学普及"和"儿童文学"的烙印。1978 年,随着科学和文化事业的复苏,科普工作得到一定程度的恢复,科普创作也迎来了一波热潮。活跃在这一时期的科幻小说作者多是由科普工作者转变而来,然而,当他们试图更新创作形式和创作方法,以增强小说的艺术性、文学性,让科幻小说从科学普及逐步恢复到文学本身时,却遭到了大批反对的声音。在这一形势下,科幻小说的文学性不再重要,而是否符合科学原理、能否传达科学观念依然是衡量小说价值的首要因素,科幻小说的进一步变革和转向受到了沉重打击。

三、戛然而止的科幻热潮

在全国科学大会思想的指导下,科幻小说被科学家视为科普读物。然而,随着科幻小说创作的不断发展,其文学性不断增强,科普功能明显弱化,这种发展趋势遭到了科普界甚至科学界的不满。除此以外,科幻小说长期挂靠在科普读物门类下,当其试图在文学性上有所探索时,自然会遭到科学界的批评。此后不

---

① 郑文光:《在文学创作座谈会上关于科幻小说的发言》,载吴岩、姜振宇主编《中国科幻文论精选》,北京大学出版社 2021 年版,第 152—153 页。
② 叶永烈:《论科学文艺》,科学普及出版社 1980 年版,第 3—4 页。

久,关于科幻小说的"科文之争"逐渐升级,对科幻小说进行批评的声音占据上风,甚至逐渐演变为对作者的恶意攻讦。

不过,值得一提的是,科幻小说的"科文之争"并没有受到文学界的过多关注,甚至不曾有主流文学界人士介入其中,这场论争主要集中在科幻作家与科学家、科普工作者之间。但是,从论争的实质问题来看,科幻小说的"科文之争"实际上直指文学创作的核心问题,即文学是追求自身的艺术性、审美性,还是充当科学知识的宣传工具? 这一问题自然引发了持久的激烈讨论。在历经数次"科文之争"后,曾在新时期文学中蓬勃发展的科幻小说迅速沉寂下去,其创作热潮在 1983 年前后骤然中断,科幻小说的创作落入低谷。1980 年代后期,文学界开始重新反思科幻小说的科学性与文学性,科幻小说在"夹缝"中艰难地生存,直至1990 年代才逐渐复苏。

时至今日,中国科幻小说的科学价值与文学价值在多次讨论中得到了修正。刘慈欣对 1980 年代的中国科幻小说进行了分析。在他看来,虽然这些作品在题材上缺乏震撼力,在艺术水平上也略显粗糙,但具备以下几个特点:第一,幻想以当时已有的技术为基础;第二,技术构思十分巧妙;第三,技术描写十分准确和精确;第四,创作规模很小,大多以技术设想为核心。刘慈欣亲切地将这些作品称为"中国创造的科幻"。尽管如此,许多人还是对这类作品持否定态度,"认为它扭曲了科幻的定义,把它引向了一个不正确的方向",不过,刘慈欣并不认可这种说法,他坚持认为,"建立在科普理念上的作品只能说是科幻小说的一个类型,并不能决定它就是低水平的作品",由此可见,刘慈欣对科幻作品的科普作用是持肯定态度的,他"并不主张现在的科幻都像那个风格,但至少应有以科普为理念的科幻作为一个类型存在,在这个类型中,科普是理直气壮的使命和功能。要让大众了解现代科学的某些领域,可能只有科幻才能做到"。[①] 面对"科普型"科幻作品的消亡,刘慈欣深感惋惜并称之为"中国科幻文学最大的遗憾"[②],在他看来,"科普型"科幻作品应当作为科幻风格多样化的一个存在,并通过实践来克服其中的缺陷和不足。刘慈欣以"科学"内涵反思 1980 年代科幻小说的现实功用和文学价值,事实上也是对科幻小说"科文之争"的时代意义进行了深刻的反思。

[①] 刘慈欣:《刘慈欣谈科幻》,湖北科学技术出版社 2014 年版,第 84—85 页。
[②] 刘慈欣:《刘慈欣谈科幻》,湖北科学技术出版社 2014 年版,第 65 页。

第三节　1980 年代的儿童科幻创作

　　1978 年之后,在全面推动文化走向繁荣的历史背景下,与其他文学艺术一样,中国的儿童文学也开始重新焕发活力。随着儿童文学回归"儿童本位",儿童文学的多元价值功能和美学目的得到重视,其可读性、艺术性增强,题材、体裁逐渐多样化。全国各地多次召开了与儿童文学创作、儿童读物出版相关的会议,这不仅推进了儿童读物的出版发行工作,而且促使儿童文学创作的内容和题材不断丰富、艺术技巧不断精深。

　　1978 年 10 月,国家出版局在庐山召开了"全国少年儿童读物出版工作座谈会",会议邀请了著名儿童文学作家和画家,中宣部、共青团中央、全国科协等单位也派代表出席了座谈会。会上,时任人大常委会副委员长的宋庆龄给大会发来祝词,鼓励广大儿童文学作家"发挥智慧、才干","为繁荣儿童读物迅速努力"。① 大会讨论并制订了三年重点图书出版规划,计划在三年内"为孩子们出版二十九套丛书"②。1978 年 12 月,国务院批转了《关于加强少年儿童读物出版工作的报告》(以下简称《报告》),就少年儿童读物的特点和要领等问题作了具体指导,对繁荣少年儿童出版物制订了全面的规划,同时要求积极扩大作者队伍和编辑队伍,大力发展创作,改进印刷条件,并要求各部门共同配合做好少年儿童读物的创作和出版工作。

　　《报告》针对少年儿童读物提出了具体的指导意见,要求少年儿童读物应符合少儿的特点,具备知识性、趣味性,同时还要做到体裁的多样化,发展小说、童话、寓言、诗歌、散文等各个品种,创造丰富多彩的新形式。《报告》特别提出了对少年儿童读物的知识性要求,即希望为少年儿童编写的读物应该是"知识的宝库,要从各方面启发孩子们的求知欲,助长孩子们对知识的浓厚兴趣和爱好,引导他们立志探索大自然的秘密,向科学高峰攀登,树立建设现代化社会主义祖国的远大理想"③。此外,《报告》还提出要努力提高少年儿童报刊的质量,拟创办

---

① 宋庆龄:《宋庆龄副委员长给全国少年儿童读物出版工作座谈会的祝词》,《中国出版》1978 年第 18 期。
② 《国家出版局召开全国少年儿童读物出版工作座谈会》,《中国出版》1978 年第 18 期。
③ 《尽快地把少儿读物出版工作促上去——国务院批转〈关于加强少年儿童读物出版工作的报告〉》,《中国出版》1979 年第 2 期。

《少年科技报》，并且将会进一步增加《儿童文学》《我们爱科学》《少年文艺》《少年科学》等刊物的印数，在全国范围内推广知识类少年儿童文学。

在《一九七八——一九八〇年部分重点少儿读物出版规划》中，规划出版的"百科丛书读物""社会科学读物""自然科学读物"提出要向少年儿童介绍自然科学、社会科学的基础知识，介绍中外科学家故事，介绍国内外新兴的进步技术。此外，还计划出版《科技史话连环画丛》和《自然画丛》等图书，以图画为主，介绍科技发展史和自然科学知识。在"文艺类读物"的规划中，还专门设有"科技文艺小丛书"系列，拟从自然界和人类社会广泛取材，帮助少年儿童"认识世界，理解生活，启迪智慧"①。除了图书出版的规划，各地文化部门也恢复并兴办了专门性的少年儿童文学类报刊。以下是在当时产生了较大影响的报刊：

《少年文艺》

《少年科学》

《少年科学画报》

《科学文艺》

《智慧树》

《我们爱科学》

《东方少年》

《智力》

《中国少年儿童》

在这一背景下，为了丰富儿童文学的创作样式，儿童科学文艺创作开始受到重视，讨论儿童科学文艺创作方法、创作题材的读物也开始陆续产生影响。儿童科学文艺是儿童文学的重要组成部分，它符合儿童的心智特点，有利于儿童认知和思维的发展。儿童科学文艺主要分为儿童科幻小说、科学童话、科学故事、科学小品、科学诗、科学相声等类别。儿童科学文艺不仅极富趣味性和故事性，能够激发儿童的创造力和想象力，同时还具有普及科学知识的作用，能够培养儿童对科学的兴趣。

中国科幻文学也曾被归类为儿童文学，事实上，科幻文学与儿童文学关系紧

---

① 《一九七八——一九八〇年部分重点少儿读物出版规划》，《中国出版》1978 年第 18 期。

密,它们都是面向世界、面向未来的文学。不仅如此,科幻文学的想象力、创造力也能够满足少年儿童的好奇心与求知欲。这样一来,共同的写作目标、相互交叉的读者群体和相似的审美趣味,使得中国科幻文学与儿童文学始终密切关联。

高尔基早年曾撰写《给孩子们文学读物》《论主题》《论童话故事》等文章,十分关注儿童文学的创作和发展,他的观点在 1980 年代产生了广泛影响。高尔基认为,儿童文学的创作不能忽视文学与科学的关系,在具体操作的过程中,要循序渐进地引导读者,使其切身体会到科学研究的整个过程。伊林也倡导知识和文学应携手并进,优秀的儿童科学文艺应是"把科学上最有趣的材料引入文学,也将使科学日益增多地普及到人民中去"[1]。科学和文艺的结合鼓舞了当时的科幻作家,他们陆续推出各自的科学文艺作品,在新时期初期的儿童文学建设中产生了较为广泛的影响。

1979 年,为了进一步繁荣少年儿童文艺创作,全国多家单位联合发起并举办了"第二次全国少年儿童文艺创作评奖",并邀请有关单位的负责人、作家、艺术家等三十一人组成评奖委员会。"第一次全国少年儿童文艺创作评奖"在 1954 年举办,已经过去了二十余年,因而这次评奖范围的时间跨度很大,从 1954 年 1 月至 1979 年 12 月底发表或出版的少年儿童文艺作品都可以参加评选。同时,可以参加评选的作品体裁范围广泛,小说、散文、诗歌、童话、剧本、民间故事、科学文艺、歌曲、美术等作品均可参评。1980 年儿童节前夕,评奖结果公布,宋庆龄在授奖大会上讲话并祝贺获奖作品,同时她呼吁相关部门大力培养少年儿童文学作家、艺术家,除此之外,还希望"中小学教师、走在新长征前列的科学家、身经百战的老战士"[2]等群体也加入少年儿童文艺创作的行列。"第二次全国少年儿童文艺创作评奖"共选出获奖作品两百余部,其中,科学文艺作品数量较少。叶永烈的《小灵通漫游未来》和郑文光的《飞向人马座》获评一等奖,获得二等奖的科学文艺作品是于止的《失踪的哥哥》、鲁克的《谁丢了尾巴》、萧建亨的《布克的奇遇》和童恩正的《雪山魔笛》,另外还有约十部科学文艺作品获得三等奖。

叶永烈的《小灵通漫游未来》获得此次评选的一等奖,该作在某种程度上为后来的儿童科幻作品树立了创作典范。《小灵通漫游未来》自 1978 年发表、出版

---

① [苏] 马·伊林等:《科学与文学》,余士雄、余俊雄编译,科学普及出版社 1983 年版,第 74 页。
② 中国宋庆龄基金会编、何大章主编《宋庆龄论教育》,人民教育出版社 2016 年版,第 370 页。

后多次再版，并被改编为连环画、电影，在随后的几十年间里，其续集《小灵通再游未来》和《小灵通三游未来》也陆续出版。除了"小灵通"系列，叶永烈还创作了科学童话《谁的脚印》、科学相声《圆溜溜的圆》等作品，涉及科学文艺的其他题材。叶永烈的作品想象奇特，富含通俗易懂的科学知识，给读者留下了深刻的印象。

　　童恩正的《雪山魔笛》获得此次评选的二等奖，作品先于《少年科学》上发表，随后又出版了单行本。《雪山魔笛》是一篇探险类科幻小说，情节跌宕起伏，充满了神秘感。小说从解谜藏族的"山精"传说开始，科研队发现了从远古时代起就一直生活在高原的猿人，猿人通过发出"魔笛"般的声音联系同伴。科研队利用雷达和发射器模仿"魔笛"的声音，很快便发现了猿人的踪迹，并最终解开了流传多年的秘密。这篇小说以科学原理解释民间传说，运用缜密的技术分析阐释了神秘的现象，与新时期对科学传播和科普工作的期待相吻合，再加上生动的情节和细致的景物描写，作品很受读者欢迎。《雪山魔笛》后来被改编为连环画由辽宁美术出版社出版，连环画以精美的图画呈现了小说的关键情节，将科学故事以更为直观的方式加以表现，进一步扩大了小说的影响力。

　　值得一提的是，《雪山魔笛》的作者童恩正是一名考古学家，他曾在四川大学从事考古研究工作，主要研究中国西南民族的考古和南方文明。因此，在进行科幻文学创作时，童恩正在内容和形式上实现了"考古"和"文学"的结合。在内容上，童恩正将考古的过程、步骤和结果用文学的语言加以呈现，实现了科学内容的文学化；在形式上，童恩正预设了叙事者，以考古日记的形式加以表现。小说在开头就设下悬念，告诉读者将要揭示"'雪山魔笛'的故事，以及喜马拉雅山区富有震惊性的新闻"，而揭示的方式则是"根据我的工作日记，详细地将这远离人世的雪山深谷里发生的一切，从头到尾讲给你们听"。[1] 将考古工作日记作为讲故事的原材料，体现了小说内容的科学性和严谨性，再加上平实、质朴的语言，使得小说在同时期的儿童文学创作中别具一格。童恩正曾谈到他作为考古专家和科幻作家的"两栖人"生活，以及"科学"与"文学"相辅相成的关系："涉猎其他科学知识，长期在社会中观察和写作，帮助一个考古学家在事业上有所成就，这在我的学术活动中的例子并非一两件。同样，一个考古学家丰富的实践活动也会帮助一个科普作家，这在我的两栖生活中也不鲜见。"[2]

---

[1] 童恩正：《雪山魔笛》，人民文学出版社 1979 年版，第 1 页。
[2] 董仁威主编《科普创作通览》(下卷)，科学普及出版社 2015 年版，第 464 页。

童恩正还提到,自己的科幻文学创作也是从儿童文学开始的,他在后记中特别提到少年儿童出版社在扶植儿童科幻、培养新作家方面所作的努力:"我本人就是在读大学三年级时,在出版社编辑同志的热情关怀下进入当时屈指可数的几名业余作者的行列的。"①关于儿童科幻文学在培养儿童科学兴趣方面的作用,童恩正也予以了肯定。他发现,在自己培养的学生中,就有当年的科幻小说读者。童恩正从自己的创作经历出发,肯定了儿童科幻小说的特殊功能:"它对少年儿童产生的潜移默化的影响,是不可低估的","在当前技术革命的新时代里,科学幻想小说在培养科学思想、诱导科学兴趣、训练思维方法等方面,是能起到其他文艺作品所不能起到的作用的。"②

新时期以来,童恩正、叶永烈、刘兴诗等科幻作家都将《少年科学》杂志作为发表作品的园地。《少年科学》杂志是一本面向小学高年级和初中学生,集科学性与趣味性于一体的少儿科普刊物。杂志栏目设置多样,分别有"科学家的故事""科学童话""科学幻想小说""科技制作""科学实验"等,主要介绍国内外科学技术的新成就,普及自然科学知识。创刊号中"编者的话"介绍了刊物的基本情况和编辑理念:"刊物将用科学实验故事、科学小品以及小说、诗歌、童话、相声等各种艺术形式,介绍科学知识,反映我国社会主义革命和建设的新面貌,科学技术新成就。用一定的篇幅介绍学校开展科技活动的一些情况和科技作品,以便相互交流。刊物力求做到图文并茂。"③

《少年科学》编辑部还表示,希望大家关心刊物的发展,多多来稿,来稿最好短小精悍,字数在两千字左右。从创刊号的目录来看,此时的刊物还没有形成标准的栏目划分,刊登的内容包含农业知识和工业知识,文学类内容主要有叶永烈的科学小说《石油蛋白》、朱晓琳的科学诗《电子计算机自述》和王沂、王琴兰的科学相声《养猪》。刊物封面上绘有两个孩子,分别举着飞机和轮船的模型,封底是一幅摄影作品,主角是一群游泳的孩子,以搭配刊物中教授游泳技巧的文章。

叶永烈的《石油蛋白》在刊物上被标注为"科学小说",除此之外,还有多篇介绍石油、石油工业、石油化工厂的文章,共同构成了有关石油的文章小辑。与其他几篇作品不同,《石油蛋白》想象了现代工业对石油产品的利用和改造,十分生

① 童恩正:《古峡迷雾》,少年儿童出版社 1987 年版,第 172 页。
② 童恩正:《古峡迷雾》,少年儿童出版社 1987 年版,第 174 页。
③《编者的话》,《少年科学》1976 年第 1 期。

动有趣。在随后的几年里,叶永烈又在《少年科学》上发表了《世界最高峰上的奇迹》《海马》《一只奇怪的蜜蜂》《碧岛谍影》《无形窃贼》等科幻小说。在《世界最高峰上的奇迹》中,科考队利用"软 X 射线"技术把发现的恐龙蛋化石孵化成了小恐龙"朗朗",并通过对朗朗的饮食和活动习惯的分析,科考队发现珠穆朗玛峰地区在远古时期是"喜马拉雅古海"。小说以新奇的小恐龙形象吸引了孩子们的注意,并在讲故事的同时介绍了考古、化石和地质知识。《海马》讲述了位于海南岛的海底牧场,该牧场利用"人造腮"训练牛、马像鱼一样在海底呼吸,食用水草,从而缓解陆地上牧场不足的压力。《一只奇怪的蜜蜂》则介绍了养蜂活动中用到的电子蜜蜂,让电子蜜蜂充当"传令兵",带领蜂群去合适的地方采蜜。小说采用了科幻写作中常见的儿童和科学家对话的方式,科学知识得以在一问一答中自然表达。

1980—1990 年代的科学文艺和科幻创作非常依赖读者群体,这批读者被称为"科幻迷",他们之间关系紧密,与作者共同构成了科幻文学的良好生态。同时,《少年科学》与读者的联系也十分紧密。在 1980 年底,《少年科学》编辑部发出消息,邀请各地读者共同推选优秀作品。杂志编辑部表示,读者对此次推选活动非常热心,截至 1981 年 2 月底,编辑部先后收到了来自全国的读者来信 4819 封,读者们还写来了热情洋溢的评语。① 此次评选活动选出了 12 篇优秀作品,涵盖了科学家故事、科学幻想小说、科学童话、科学诗、科学相声、科学小品、科技制作、科技漫画等各个类别。其中,叶永烈的《碧岛谍影》作为"科学幻想小说"类别的唯一作品上榜。随后,《少年科学》还举办了 1980 年优秀作品发奖大会,对获奖作品予以奖励,并鼓励各位作家争取为少年儿童创作出更多更好的科学文艺作品。

1981 年,《少年科学》继续举办优秀作品评选活动,并在杂志上刊出推荐表。杂志编辑部提出,读者在推选优秀作品的时候要认真负责,"最好能看过全年刊物,至少看过大部分期数"②。几个月后,编辑部收到读者来信 4685 封③,读者们还在来信中附上了对杂志的各种建议。在评选出的 12 篇作品中,叶永烈的《无形窃贼》和刘咏的《狼女王》这两篇"科学幻想小说"类作品上榜。

《少年科学》以邀请读者参与推选优秀作品的方式,一方面加深了杂志和读

---

① 《1980 年〈少年科学〉优秀作品评选揭晓》,《少年科学》1981 年第 6 期。
② 《请推举一九八一年〈少年科学〉好作品》,《少年科学》1981 年第 12 期。
③ 《1981 年〈少年科学〉好作品评选揭晓》,《少年科学》1982 年第 5 期。

者的联系,同时也获悉了读者的阅读喜好和阅读习惯,能够进一步提高杂志选取作品的质量。事实上,邀请读者评选、推荐好作品是1980年代许多期刊都会采用的做法。《人民文学》在评选1978年"全国优秀短篇小说奖"的时候,也曾广泛征求读者意见。读者对作品来说至关重要,作品的生命力需要作者和读者的共同努力才能得到更好的体现。相对于其他文学期刊而言,儿童科学文艺类期刊的受众面相对更窄,尤其是当时科幻类作品的读者圈更为狭窄,这就意味着刊物更需要增强与读者的联系,在选稿标准、栏目设置、插图绘制等方面听取读者的意见,提升读者的阅读感受,这样才能长久地获得社会认可。《少年科学》自创刊以来,始终致力于儿童科普工作,杂志上刊登的科学文艺作品,尤其是科幻小说,兼具科学性和文学性,内容充实,结构合理,成为当时小读者学习科学与文学的主要"园地"。

创刊于1979年的《少年科学画报》是一本图文并茂的少儿科普类读物,也在少年儿童中产生了广泛影响。创刊号的"致小读者"中提到,该刊的前身是《少年科学画册》,是不定期出版的刊物,自1977年以来已经出版了5期,在1979年正式更名并改为月刊。刊物的编辑路线是"以图为主,有图有文,形式多样地向少年朋友介绍自然科学基础知识和现代科学技术成就,帮助大家从小树立辩证唯物主义思想,树立向科学技术现代化进军的雄心壮志"[1]。《少年科学画报》同样面向小学高年级和初中生,在创刊号上即有二十多篇连环画,许多都是科幻题材,如《月球漫游记》《2000年小东小西旅行记》等。杂志上的画作色彩丰富,形象生动,配文简洁清晰,能够带领小读者们进入童话般的科学世界,启发小读者们的观察能力和思考能力,让他们在愉悦的阅读体验中学到知识。为了配合画作,《少年科学画报》上刊登的科学文艺作品主要是科学童话,如《猪八戒逛星城》《微波姑娘》《有理数和无理数之战》等,这些作品都给读者们带来了良好的阅读感受。

鲁克的科学童话《微波姑娘》用拟人的写作手法生动地介绍了微波在通信、医疗、导航、遥感、农林等领域的重要作用,并着重描写了"微波姑娘"与科学家共同合作,一起解决林业研究问题的场景,体现了科学研究者勇于创造的精神。在文字旁边,还配有多幅漫画插图,以帮助读者理解作品中的科学内容。鲁克还善于在传统的童话形式中加入现代科技的内容,并以惊险侦探小说的创作手法来

---

[1]《少年科学画报》编辑部:《致小读者》,《少年科学画报》1979年第1期。

构思科学童话,例如《L.S 侦察队》描写了一支老鼠侦查队如何侦破重大案件的故事。此外,鲁克还创作了《忙碌的夜班》《童牛金鱼出世记》《春天的报告》《神秘的谷地》等科学童话。他的作品集《小黑鳗游大海》《谁丢了尾巴》《山鼠"敢死队"》在当时影响很大。除了创作之外,鲁克还主编了《海洋童话选》《科学童话选》等儿童文学选集,为儿童科幻创作作出了重要贡献。

儿童科幻文学的相关理论研究在 1980 年代初期也取得了一定的成果。叶永烈的《论科学文艺》一书搭建了中国科幻文学的基本理论框架,在书中,叶永烈对科幻小说的特点进行了分析、归纳和总结,并提出科幻文学应在严谨的科学内容的基础上发挥想象的文学手法。[①] 在《科学文艺修辞浅见》一文中,叶永烈特别关注了儿童科幻文学,指出了儿童科幻文学不同文类的修辞特点,如科幻小说要通俗、形象、明白,科学小品有文采的同时要严谨、科学,科学相声在幽默、夸张的同时,涉及科学的部分必须严谨、准确。[②] 除此之外,其他作家对科幻文学的理论看法散见于各期刊杂志,如郑文光的《科学文艺小议》《从科幻小说谈起》《谈幻想性儿童文学》,尤异的《谈谈科学幻想小说》等文章,这些文章都谈及儿童科幻对促进儿童文学繁荣的作用。

总体而言,1980 年代的儿童科幻创作具有以下特点:

一是题材多样。日常生活、自然、天文、历史、医学等领域都是儿童科幻文学的书写对象。

二是文体形式丰富。各具特色,包含小说、童话、诗歌、散文、相声等多种体裁。

三是在重视科学性的同时,作品的文学性进一步加强。这一时期的儿童科幻创作依然重视作品的科普功能,强调科学知识的严谨性和准确性。同时,与前期的创作相比,作品的文学性和艺术性明显增强,作家们对小说艺术技巧的探索也逐渐深入。

四是作品一般篇幅较短。简洁精练,符合儿童的阅读习惯。

五是插图精美,图文并茂。无论是在期刊上发表的儿童科幻,还是出版的单行本作品,一般都配有较多插图,插图的绘制水平也很高,提供给读者生动有趣的阅读体验。

---

① 叶永烈:《论科学文艺》,科学普及出版社 1980 年版,第 17 页。
② 叶永烈:《科学文艺修辞浅见》,《修辞学习》1983 年第 4 期。

　　从历史进程来看,1980 年代的儿童科幻处于快速发展阶段,儿童科幻作品的数量和质量都不断提高,作者和读者的数量也逐渐攀升,作品的文学性、可读性进一步增强,从科普读物逐渐向文艺作品靠拢。1980 年代儿童科幻的发展,一方面带动了儿童文学的发展,另一方面也丰富了新时期科幻文学的整体创作面貌,对 1990 年代以后科幻文学的再次勃兴起到了重要作用。

第五章
1990 年代—21 世纪科幻小说的创作新变

1990 年代之后,随着商品经济的繁荣和科学技术的飞速发展,中国的科幻创作也进入了新的阶段。《科学文艺》杂志改名为《科幻世界》,深耕科幻土壤,在读者和市场的导向下,将科幻推广至更大的读者群体。与此同时,各大出版社纷纷出版科幻文学丛书,既有对欧美国家科幻文学的系统性翻译,也有对中国本土科幻创作的整体性介绍。在相关政策的鼓舞下,科幻文学与科技强国、现代化建设、理想情怀、创新能力等话语联系在一起,同时也获得了官方的制度保障。1997 年第二届国际科幻大会的召开,更是使科幻的受众面进一步扩大,不仅促使更多读者关注中国本土科幻书写,也为 21 世纪之后中国科幻"走出去"打下了基础。如果说 1990 年代初期的中国科幻创作还呈现出驳杂、混沌的状态,那么 1990 年代末到 21 世纪,随着以刘慈欣、王晋康、韩松、何夕、星河等为代表的"新生代"科幻作家的出场,中国科幻创作出现了一批兼具科学性和文学性的作品。这些作品既有宏伟辽阔的宇宙奇观和精细缜密的技术构想,也有波澜起伏的情节架构和丰满生动的人物形象,在仰望星空的同时,也不乏对地球环境、人类命运的人道主义的关怀。21 世纪之后,出现了一批以陈楸帆、夏笳、宝树、郝景芳等为代表的"更新代"作家,他们以历史和现实为题材,以新奇的幻想描述转瞬即逝的个体感受,传达"后现代"社会的生存体验,为 21 世纪中国科幻创作增添了新的质素。

21 世纪以来,中国科幻也开始呈现科技时代带给人的荒谬感和失落感,以及对历史的怀疑与反思。其中,韩松擅长以深切的人文关怀表现人性在未来的异化体验。在《宇宙墓碑》《地铁》《红色海洋》《医院》等小说中,韩松创造了一个个迥异于日常生活的"鬼魅世界"。尽管小说的语言和意象都晦涩难懂,但并不妨碍韩松对现实问题的触及。虚伪愚昧的人际关系、危机四伏的科技变革、价值缺失的道德体系都在他的小说中以变形的方式得以表达。在韩松笔下，文明进步的历史线性结构被打破，太空探险不再是人类科技视野的拓展，地铁和高铁也不再是现代社会的象征，历史则以一种周而复始的轮回形式存在，这一切都表现了作者对现代性的警惕和反思。

第一节　刘慈欣科幻小说中的知识分子形象呈现

一、刘慈欣的科幻创作

刘慈欣常常自诩为一个"技术主义者"，在他和江晓原的著名对话中，刘慈欣认为，科学技术可以以更高的"宇宙"视角关怀人类命运。在他看来，科学视角把人类作为整体来看待。在《地火》《地球大炮》《带上她的眼睛》中，刘慈欣已经形成人类文明的"整体性"思想。《地火》涉及自然灾害、人类生存、技术发展等宏大命题，充满着历史和时间的沧桑感。在小说中，科学家刘欣试图改造能源的获取方式，将地下的煤矿变为可燃性气体，并通过特殊材质的管道将气体直接运送到工业用地，以实现煤炭工业现代化发展。但是，刘欣的实验在当时仍面临着技术的困境，最终实验失败，地火被点燃，整座城市化为乌有。但是，刘慈欣的笔触没有在此处停下，未给读者留下太多感叹的余地，他很快将时间线索延伸至一百多年以后的"近未来"时期。在那时，使用气体煤炭已经成为人们的日常，刘欣的技术设想已经成为现实，并且在未来不断造福着人类。小说涉及了关于技术的双重主题，既有对科学理想的热情赞颂，也有对狂热的、非理性技术的冷静批判，这一切都在历史的长河中走向融合，而刘欣和父亲之间亲情的羁绊、文明的传承也给小说提供了温暖的人性色调。从人类的发展史来看，尽管包含着无数的艰辛与苦难，但终究只是短暂的一瞬，人类前进的步伐永远不会停止。

具有相似主题的《地球大炮》也展现了刘慈欣对技术主义的多重看法。科学家沈渊通过"南极庭院工程"，试图用新固态材料作为支撑，开拓一条贯穿地心的"地球隧道"。不料，这一工程破坏了生态环境的平衡，引发了大型自然灾害，工程的负责人沈渊成为整个世界的罪人。当沈渊的父亲沈华北从"冬眠"中醒来，他便被百年后的人们当成了复仇的对象，他也亲身体验了儿子修建的庞大工程。

在小说中,沈华北、沈渊父子都是狂热的技术主义者,对科技有着无上的崇拜,他们坚信自己的技术信仰,即使这个不成熟的设计已经给人类社会带来了实质上的灾害。而第三代女科学家、沈渊的女儿沈静更是为勘探工作付出了巨大的代价——她被永远困在了地心。至此,小说的关注点依然放在人们开发新大陆的狂热和对技术的盲目崇拜之上,对工业和科技的过度开发持有质疑的态度。不过,和《地火》类似,《地球大炮》很快迎来了转折:当沈华北再一次从"冬眠"中醒来的时候,"地球隧道"已经经过技术处理,变身为"地球大炮",成为便捷、快速的航天发射器,实现了凡尔纳的幻想,为人们的太空探险提供了重要的技术支持。在小说中,科技发展的多面性又一次得到了呈现。在技术不成熟的年代,领航者一方面面临着科学突破的重重困难,另一方面还不得不忍受寂寞、不被理解甚至他人的仇恨。不过,无数惨痛的代价都只是人类前进道路中的小小一环,经过层层累加,终将筑起向上的阶梯。

刘慈欣在小说《带上她的眼睛》中给其技术理想加上了温馨的人性色调。小说设定了一个虚拟现实装备——传感眼镜,人们可以通过传感眼镜进行配对,匹配后,眼镜不仅能接收对方的视觉图像,同时还能感知对方的触觉、嗅觉等多种知觉。当女宇航员通过眼镜看到花草树木时,她对自然景观的渴慕跃然纸上。小说中被困地心深处的女宇航员形象在《地球大炮》中得到了进一步丰满,也联系起了三代科学工作者的传承之路,并共同构成人类探索精神的象征。

《地球大炮》中的沈静和她的父亲、祖父,《地火》中的刘欣,一同构成了科学的"殉道者"群像。他们伟大却又渺小,背负着责任却又孤勇前行,忍受着痛苦和寂寞却依然对未来充满信心。在刘慈欣的"殉道者"形象谱系中,《朝闻道》里的丁仪也是一个重要的角色。作为物理学家,丁仪的梦想是用粒子加速器建造宇宙大一统模型。但在他即将成功之际,粒子加速器被销毁,来自高等文明的"排险者"设置了"知识密封准则",不允许通过"管道传递"的方式传承文明,低级文明必须通过自己的探索来获取知识。

当然,为了满足部分科学家对真理的渴望,"排险者"设立了真理祭坛,当人们目睹了未来的真理之后,就必须献祭。得到消息的科学家从世界各地赶来,希望获知各自领域的终极秘密。《朝闻道》所呈现的知识分子的人生选择和价值选择似乎并不完全符合社会的主流观念,但刘慈欣对这一问题显然有自己的思考。从题目就可以看出,以"朝闻道,夕死可矣"的精神追求真理和终极意义,是刘慈欣传达其"技术至上"理念的一种方式。当然,在这篇作品中,刘慈欣再一次拓宽了他的视野,不再以人类的技术进步作为终极理想,而是将目光投向了浩渺的宇宙,试图以终极的宇宙情怀触及真理的多种可能。

在小说《鲸歌》中,刘慈欣以颇具批判意义的现实眼光,以寓言的方式直指社会发展过程中的黑暗和罪恶。毒枭沃纳雇用了霍普金斯博士,利用一条由技术控制的蓝鲸运输毒品,以躲避海岸警卫队的中微子探测器,而这条蓝鲸属于美国海军,被用于向华约国家的海岸线运输间谍和特种部队。曾经的项目负责人霍普金斯认为,用蓝鲸来走私毒品并没有什么道德负担,因为"人类用这些天真的动物为他们肮脏的战争服务,这已经是最大的不道德了。我为国家和军队作出了巨大的贡献,有资格得到我想要的东西,既然社会不给,只好自己来拿"①。小说巧妙地串联起了"恶"的因果循环,因为蓝鲸在制造之初就出于不道德的目的,那么现在自然也可以再次为其不道德的行为找到借口。小说的最后,蓝鲸被捕鲸船捕杀,藏在蓝鲸腹中的沃纳和霍普金斯也葬身大海。无论是捕鲸、贩毒还是军事行动,在小说中都是为了欲望而实施的违反法律和道德的行为,当这些行为被单个地、零散地实施的时候,或许不会立即造成严重的后果,但当其产生连锁反应的时候,技术异化所带来的文明恶果自然就无法避免。小说最后用"鲸歌"这一意象串联起人类的文明历程,以生命和历史之歌呈现出人类的渺小,表达了对技术的反思和生态文明的警示。

《赡养人类》同样表达了末日降临时刘慈欣对技术主义的忧思。在小说中,地球已被"哥哥文明"占领,而地球人则被全部转移到"保留地",由"哥哥文明"负责赡养,赡养的标准来自社会普查。当"哥哥文明"确定目前人类社会最低的生活标准后,将会按照这一标准给人类配给生活资料。为了获得更高的赡养标准,地球上的富人急于采用"财富液化"的方式平均财富:富国把财富向第三世界倾倒,富人则向穷人抛撒金钱。社会财富液化委员会将现金装进箱子中,在城市里寻找流浪汉、拾垃圾者和底层民工,付给他们金钱,以改善其生活条件,从而拉高人类生存的整体标准。但是,有些人不愿意接受富人的财富,富人们便雇佣杀手猎杀他们。在这部小说中,科学技术的表达并非重点,而复杂的人文哲思和对人性的思考成为小说最受瞩目的部分,人性在工业主义和技术主义的主宰下滑落乃至迷失,小说展现了其对"后人类"时代文明的忧虑。

① 刘慈欣:《鲸歌》,载《2018》,江苏凤凰文艺出版社 2014 年版,第 131 页。

在《赡养人类》中，刘慈欣也表现出对未来知识的获取方式以及由此引发的阶级争端的忧思："大脑中将被植入一台超级计算机，它的容量远大于人脑本身，它存储的知识可变为植入者的清晰记忆。但这只是它的一个次要功能，它是一个智力放大器，一个思想放大器，可将人的思维提升到一个新的层次。这时，知识、智力、深刻的思想，甚至完美的心理和性格、艺术审美能力等等，都成了商品，都可以买得到。"[①]在"后现代"的未来，知识的获取不再是通过长年累月的习得和积累，而是更多地依靠技术的进步，并由此对人类进行"赛博格"式的改造。不仅文学、艺术逐渐商品化，更大范围内的知识本身也将成为商品化的一个部分，甚至性格、能力和审美眼光，都将成为用金钱可以换取的对象，表达了作者对人类"异化"程度进一步加深的未来世界的担忧。

小说《流浪地球》重在呈现人类在遭遇末世危机时，不得不带着地球一起向外太空迁移的过程，体现出浓烈的家园意识，传达出在中国传统文化映射下的文化特质。人们即使出逃，也不愿将家园弃之不顾，而是给地球装上发动机，带着地球一同驶离太阳系的轨道。在浩渺的宇宙中，人类忍受着精神的失落，不得不面对分离、背叛和死亡，曾经的爱情、信仰和道德等在面对生死存亡时都变得渺小而虚无，只有宇宙的规律亘古存在。不过，刘慈欣依然通过人物形象和亲情关系提供了人们赖以生存的精神力量，而这种力量在由小说改编的电影中也得到了强化。

2019 年，《流浪地球》被改编为电影上映，大受欢迎，票房超过 46 亿元。《流浪地球》获得成功的原因，不仅在于其展现了宏大浩渺的星际旅程，还在于其传达了中国传统家国文化与故土情怀。在人物塑造和情感抒发上，《流浪地球》把城市、家园、地球并置，从父亲之情、民族之情到人类之情，实现了具有中国特色的本土文化表达。

《超新星纪元》也探讨了重建家园、拯救世界的主题。一次近距离的超新星爆发，导致了人体细胞染色体的破坏，几天内，13 岁以上的人将全部死去，地球将变成孩子们的世界。孩子们必须在短时间内学习农业生产、工业建设和经济贸易，还要试着抵御外族入侵。在新的世界中，现有的由科学和理性建立起来的体系将完全崩溃，世界即将进入野蛮争霸时代。如何在这样的时代中完成身份的转换，并维持国家的运转？这似乎是一个注定要失败的尝试，但是，知识的火

[①] 刘慈欣：《赡养人类》，载《人和吞食者》，现代出版社 2016 年版，第 33 页。

炬不得不在这一危急时刻传递下去，并成为新世界的唯一寄托。在超新星纪元开始后的真空时代，最终被选为国家领导者的华华、眼镜和晓梦三人顾全大局、深谋远虑，稳定了国民的情绪，使国家在战争中获得了主动权。小说告诉读者，当秩序和理性崩坏之后，知识的传承将会带领下一代继续前辈们的旅途，走向新的纪元。

刘慈欣在《从大海见一滴水》中归纳了名为"宏细节"的科幻写作技巧，即在极短的文字中囊括巨大的时间和空间维度："科幻作家笔端轻摇而纵横十亿年时间和百亿光年空间，使主流文学所囊括的世界和历史瞬间变成了宇宙中一粒微不足道的灰尘。"①以"宏细节"为写作指导，刘慈欣在他的太空歌剧中构建起瑰丽的艺术境地。

小说《诗云》构造了一个宏大的艺术幻境，以量子计算技术为基础，创造出由十的四十次方片存储器构成的"诗云"。"诗云"悬浮于太空中，记录着所有符合格律诗歌特征的常见组合，储存了终极吟诗的全部结果。"诗云"的创造者是高级文明"神"，"神"认为通过"诗云"即可以掌握人类所有的文学艺术，但通过计算和实验却发现，高科技并不一定能够提高艺术品的艺术水准。尽管"诗云"穷尽了所有的格律，但人类几千年积累的历史文化和情感体验，并非简单的技术模仿就能掌握。

这种"宏细节"的构想，在《流浪地球》中也有精妙的呈现。在孤独的逃逸之旅中，"世界就是由广阔的星空和向四面无限延伸的冰原组成的，这冰原似乎一直延伸到宇宙的尽头，或者它本身就是宇宙的尽头"②。《鲸歌》同样表达了这种历史的孤独感、虚无感和无力感："鲸歌中，恐龙帝国在寒冷中灭亡，时光飞逝，沧海桑田，智慧如小草，在冰川过后的初暖中萌生；鲸歌中，文明幽灵般出现在各个大陆，亚特兰蒂斯在闪光和巨响中沉入洋底……一次次海战，鲜血染红了大海；数不清的帝国诞生了，又灭亡了，一切的一切都是过眼烟云。"③

正如刘慈欣所说："科幻急剧扩大了文学的描写空间，使得我们有可能从对整个宇宙的描写中更生动也更深刻地表现地球，表现在主流文学存在了几千年的传统世界。"④《最璀璨的银河——刘慈欣经典作品集》中的短篇小说，恰如其

① 刘慈欣：《魔鬼积木·白垩纪往事》，长江文艺出版社2008年版，第212页。
② 刘慈欣：《流浪地球——刘慈欣获奖作品》，长江文艺出版社2008年版，第128页。
③ 刘慈欣：《鲸歌》，载《2018》，江苏凤凰文艺出版社2014年版，第133页。
④ 刘慈欣：《魔鬼积木·白垩纪往事》，长江文艺出版社2008年版，第213页。

分地以独到的艺术理念拓展了主流文学的表现空间，也为星辰大海的远征提供了美妙的阅读体验。

二、知识分子与终极真理

在刘慈欣的小说中，知识分子的人生信念往往体现在对宇宙终极真理的追求和探索上。在《朝闻道》中，丁仪的形象很好地传达了刘慈欣对科学工作的审慎思考。丁仪是一个物理学家，他的梦想是利用粒子加速器建造宇宙大一统模型，从而打破自己多年的研究困境。为了探索宇宙的终极秘密，他宁愿为真理而殉道，但是，在他即将成功之际，宇宙高级文明派来的"排险者"破坏了他的实验进程，销毁了粒子加速器。在"排险者"所在的高级文明中，宇宙的大一统模型已经被熟知和掌握。为了保护自己的文明，他们必须销毁宇宙中正在接近真理的科研设备，并严格按照"知识密封准则"处理宇宙奥秘。"知识密封准则"规定了宇宙中知识的传递方式，即不允许知识通过"管道"传递，而应该由高级文明传承至低级文明。为了遵守这一"宇宙最高准则"，低级文明不能向高级文明寻求帮助，只能靠一代又一代的努力来接近宇宙真理。

为了破解宇宙之谜，丁仪提出愿意以自我毁灭的形式获得宇宙的真理。"排险者"同意了丁仪的设想，并设立了真理祭坛，人们一旦得知真理，就会在真理祭坛前化为灰烬。真理祭坛的消息很快散布开来，科学家们从世界各地赶来，都希望获知各自领域的终极秘密。这些为了追求真理而不惜牺牲自己生命的人，都是所在学科的顶尖人物，超过一半的专家甚至获得过诺贝尔奖，可以说"在真理祭坛前聚集了人类科学的精华"[1]。面对大批精英知识分子的集体殉道，各国政要和这些知识分子的家人都十分不理解，极力劝阻这些科学家，但他们却不为所动，义无反顾地走向真理祭坛。知识分子的这种人生选择和价值选择，可能并不完全符合社会的主流观念。在很多读者看来，牺牲是徒劳的甚至是自私的，科学家仅仅是为了满足自己的研究兴趣就决定集体献祭，不顾文明的延续，也不顾家庭和后代，这似乎也违背了中国传统的儒家观念。但刘慈欣对这一问题显然有自己的思考。从题目就可以看出，以"朝闻道，夕死可矣"的精神追求真理和终极意义，是刘慈欣欣赏的一种存在方式。关于人性在科幻文学中的定位，刘慈欣曾提出，科幻小说对人性的描述方式与主流文学存在一定的差异，但主流文学中关

---

[1] 刘慈欣：《流浪地球·刘慈欣短篇小说精选》，四川科学技术出版社2019年版，第15页。

于人性的认识在科幻文学里并没有缺席,而是以另一种方式呈现出来:"准确地说,任何文学里不可能没有人性,文学的感染力就在于表现了人性。科幻对人性的表现角度是不一样的。主流文学中的人是个体,科幻小说里的文学形象不是一个人,有时是一个种族。"①按照刘慈欣的观点,科幻文学的故事背景往往更为宏阔,因而在涉及人性问题时,仅仅关注个体的人已经不能解决小说中的地球和宇宙危机。因此,科幻文学常常将整个人类种族作为观察对象,将种族整体的生存发展作为小说情节走向的主要参考。

丁仪这一名字在刘慈欣的小说中多次出现,他也是一类科学家的代表。小说将他推向殉道者的前排,面对妻女的挽留依然义无反顾地从容赴死,以生命的代价求得真理。另一个日本物理学家松田诚一的选择更加残酷,面对爱人自杀式的威胁,他还是冷酷无情地毅然踏上祭坛。不过,最后霍金的出场给文本带来了新的解读角度。霍金身体孱弱却精神丰富,他并没有询问具体的物理问题,而是将问题的矛头直指宇宙的终极目的,将科学的追问与形而上的哲学观念合二为一。真理祭坛被这个问题难倒,霍金也安然返回了原地。在小说的尾声,丁仪的女儿成为新一代物理学家,当她抬头仰望星空的时候,她再一次问出了"人生的目的是什么"这个问题。她的提问不仅与霍金形成了时空上的共鸣,也提示我们,一批知识分子的消失并不能阻挡人类探索宇宙的脚步,更多的科学精英正一代代地推动人类前进的步伐。

为了追寻真理而舍弃生命,这一情节在《三体》中也有类似的表达。在《三体》的开篇,几名物理学家纷纷自杀,并留下遗言:"一切的一切都导向这样一个结果:物理学从来就没有存在过,将来也不会存在。"②在先进物理学研究中,高能加速器不断地提高粒子对撞产生能量,最终超越了人类的极限,在这一条件下,物理学的一般原理已经不起作用,宇宙普适的物理规律也将不复存在。物理学基本观念的打破造成了理想主义的破灭,也促使科学家走向了生命尽头。

小说《混沌蝴蝶》体现了知识分子为科学献身、为国家献身的伟大情怀。《混沌蝴蝶》讲述了科学家亚历山大试图阻止北约轰炸家乡南斯拉夫的故事。在北约轰炸南斯拉夫期间,一个叫亚历山大的气象学家发现,如果能够搅动大气的敏感点,就可能改变南斯拉夫上空的天气,让天空阴云密布,从而扰乱北约的袭击

---

① 舒晋瑜:《刘慈欣:从娘子关到三体三》,《中华读书报》2012 年 11 月 28 日。
② 刘慈欣:《三体》,重庆出版社 2008 年版,第 9 页。

计划。在苏联核武器研究中心院士烈依奇的帮助下，两人计算并找到了大气的两个敏感点，并通过一些微小的手段改变了气象，导致贝尔格莱德被阴云笼罩，迫使北约修改了作战指令。但是，第三个敏感点位处南极，需要一段时间才能到达，因此贝尔格莱德的天空开始放晴，北约盟军也开始实施轰炸计划。亚历山大的妻子死于炮火，而他刚刚接受肾移植的女儿随后也死于药物短缺。在小说中，知识分子对科学和真理的追求与民族观念、家国情感联系在了一起，并借助气象学中的"混沌理论"，延伸出丰富的科学与哲学内涵。

大卫·普鲁什曾用比利时物理学家普里高津的"耗散结构"（dissipative structure）和"混沌理论"（chaos theory）来理解科幻小说的创作。在他看来，现实世界充满着错综复杂、纷乱喧嚣的各种细节，难以用简约的单一规律加以描述，因而，在面对宏观世界不稳定的生命状态和人类活动时，科幻文学创作应站在"后现代"立场，应对未来世界的新秩序："世界似乎受制于自然规律，但是其结果却是无法控制、不可预测的。"[①]在"混沌理论"产生之前，面对历史中极其细微的变化，人们往往用巧合、偶然、命运来加以概括。但是，科幻文学对"混沌理论"的运用，尽管依然建立在宏观的现实主义观念的前提下，却已经将科学话语融入其中。这也暗示了科幻小说的一种创作方式，即通过构建事物之间的关联将哲学、科学和想象连接在一起，通过"依赖于混沌"的某种"复杂的生物进化过程"和"各种神秘而无序的行为"[②]，突破形式逻辑，创作出文学与科学的复杂话语。

除了具有"后现代"意味的科学元素之外，《混沌蝴蝶》还将科学与爱国主义联系在一起，讨论了战争中的命运和人性。小说中的蝴蝶意象贯穿全篇，既从科学层面阐释了引起巨变的微弱因素，也从家国角度表现了弱小民族虽然微不足道却不屈不挠的抗争。亚历山大每次行动前，都要默念"为了苦难的祖国，我扑动蝴蝶的翅膀"，他的女儿卡佳临死前也梦见爸爸变成了一只蝴蝶。不过这一次，蝴蝶像足球场一样大，不断扇动的翅膀不是要召唤阴云，而是要扫去浓雾，让城市重见阳光。当然，现实远没有想象中的那样美妙，虽然亚历山大成功了两次，但这种微弱的抗争在绝对的武力面前是无法持久的，因而小说最终走向了悲惨的结局。北京时间 1999 年 5 月 8 日，北约的炸弹直接击中了中华人民共和国驻南斯拉夫联盟共和国大使馆，轰炸造成三名中国记者当场死亡。这一国际性

---

① 王逢振主编《外国科幻论文精选》，重庆出版社 2008 年版，第 79 页。
② 王逢振主编《外国科幻论文精选》，重庆出版社 2008 年版，第 88 页。

事件促使刘慈欣开始了他的小说构思,在悲痛与愤懑中寻找民族的抗争之路。刘慈欣在小说中塑造了具有知识分子身份的英雄形象,他们具有高超的学术能力,同时也有强烈的责任心,愿意牺牲自我拯救民族于危亡之中。他曾谈道:"科幻文学是英雄主义和理想主义的最后一个栖身之地。"①刘慈欣以其博大的宇宙视野,将知识分子与民族英雄相联系,在一定程度上更新了当代文学中的知识分子形象谱系。

在追寻真理的路途中,刘慈欣还塑造了"仰望星空"的情节来加深人与自然、人与宇宙之间的羁绊。《朝闻道》中的"排险者"一直在监测着地球的早期文明,当原始人仰望星空的时间超过了设定的阈值,系统就会报警,因为只要原始生命通过仰望星空,意识到宇宙中存在未解的奥秘时,"距它最终解开这个奥秘就只有一步之遥了"②。当然,人类追求真理的步伐永远不会停止,因为被火光照亮的宇宙如此令人着迷,即使飞蛾扑火也在所不辞。在刘慈欣的科幻小说《欢乐颂》中,正在参加联合国解散大会的各国首脑在一场音乐会中仰望星空,发现了宇宙高等文明、音乐家"镜子"的造访,并通过"镜子"了解了宇宙文明和人类的历史演进,并由此获得了对现实问题的重新认识。不过,在《山》中,如何看待人与自然的关系,如何认识人的存在价值,故事的主人公又陷入了犹疑之中。当登山者冯帆游上了由海水组成的山峰时,他仰望星空,遇到了外星的先进文明"泡世界"。这时候,冯帆原本的思想开始发生改变。在刚刚登上海山顶峰之时,他本感觉已经实现了人生的目的,可以就此从容赴死,但看到了先进的"泡世界"后,他突然开始重新思考生与死的意义:"他攀登过岩石的世界屋脊,这次又登上了海水构成的世界最高峰,下次会登什么样的山呢? 他得活下去才能知道。"③小说中的"山"隐喻人类在进化的过程中不得不遇到的"重重高峰",末日的体验更新了冯帆关于人生的思考向度,在外星"天启者"的影响下,他开始追问道德和文明的哲理性内涵,并解开心结,重拾生活的希望。通过引入外星文明,刘慈欣重新梳理了人类与宇宙的关系,当冯帆面临着生与死的道德审判的时候,刘慈欣能够用更广阔的星空包容人类狭隘的价值评判。"地核人"历经重重艰险和无数个体的牺牲,以种族和群体的形态穿越群山,终于看到了灿烂的星空。因此,面对未知的世界,人们仍需拾起探索的勇气,个体的牺牲虽令人惋惜,但却是集体性的进

① 刘慈欣:《从大海见一滴水——对科幻小说中某些传统文学要素的反思》,《科普研究》2011年第3期。
② 刘慈欣:《流浪地球·刘慈欣短篇小说精选》,四川科学技术出版社2019年版,第11页。
③ 刘慈欣:《流浪地球·刘慈欣短篇小说精选》,四川科学技术出版社2019年版,第61页。

化中不可避免的代价，"山"无处不在，人类对未来的探索也才刚刚开始。

三、知识的传递与文明的播种

在刘慈欣小说的知识分子形象谱系中，《乡村教师》是一个比较特别的存在。在小说中，李老师生活在贫瘠的深山乡村里，不仅物质条件恶劣，村民们也不理解他的行为。他只能孤身一人，带着先辈的嘱托，肩负着教书育人的责任，直到生命的最后时刻。《乡村教师》认为，高等的外星文明其实始终围绕在我们周围，但人类却无法察觉，也无从得知身边时刻进行着的宇宙战争，而当银河系"碳基文明"探测到地球时，其对地球的文明水平进行了随机测试，抽取的测试对象刚好是乡村教师李老师的学生们。孩子们不负众望，牢牢记住了李老师临终前教给他们的牛顿定律，通过了测试，也间接拯救了地球。

《乡村教师》发表在《科幻世界》2001 年第 1 期上，这是刘慈欣的首次"软"科幻实践。他将鲁迅《狂人日记》和《呐喊》自序中的"铁屋子"的隐喻借用至小说，在历史的纵深中赋予了小说启蒙的向度。显然，鲁迅在《呐喊》自序中关于启蒙和救亡的思考存续至今。知识分子在五四时期曾经承担着救国救民的重任，在百年后的今天，他们依然肩负着启蒙民众的责任。小说巧妙地以牛顿运动定律联系起了两个对比鲜明的世界：瑰丽宏阔的外星"碳基文明"与凋敝的乡村，并使其发生了奇妙的对话。在外星文明眼中，摧毁成千上万颗恒星，制造 500 光年的隔离带只是星际战争的必要策略，而一个个被摧毁的星系也只是如同"烈日下的露珠"一般转瞬即逝。但当他们看到顽强发展的地球文明时，依然受到了震慑。生活在地球上的人类是一个没有记忆遗传的族群，人类的记忆、知识和文化全部由后天获得，并不像外星文明那样，可以通过代际之间的累积不断传递。不仅如此，地球生命的个体，仅能通过频率极低的声波相互交流，效率远远低于外星文明。这个原始的、没有经过外星高等文明培植的本土文明，竟然能够在宇宙间孤独地进化，而且已经进化到可以使用核能的程度，可以利用火箭和飞船登上所在行星的卫星。除此之外，令"碳基文明"更为吃惊的是，地球文明的传递仅仅是依靠教师——一个古老的、已经被宇宙太古数据库删除的词汇："他们有一种个体，有一定数量，分布于这个种群的各个角落，这类个体充当两代生命体之间知识传递的媒介。"[①]教师在成为知识传递媒介的同时，也继承了五四以来的启

---

① 刘慈欣：《流浪地球·刘慈欣短篇小说精选》，四川科学技术出版社 2019 年版，第 142 页。

蒙使命。教师不仅充当了传道授业的角色,还用人格和道德的力量影响着下一代。教师不仅播撒了智慧的种子,也在无意间拯救了整个地球文明。

《乡村教师》试图接续五四时期的新文化传统,让知识分子再一次承担起救国救民的责任,并且刘慈欣延续了鲁迅在《狂人日记》中"救救孩子"的呐喊,将教育,尤其是偏远乡村的教育看成文明的火种,只有一代接一代地播种,才能在这一古老贫穷的土地上"收获虽然微薄但确实存在的希望"①,才能促使人类进步。

《超新星纪元》所传达的"孩子拯救世界"的主题,与知识技能的教育和学习息息相关。在小说中,由于宇宙超新星爆发,死亡射线到达地球,人类细胞遭到破坏,13岁以上的人将会在短时间内全部死去,整个人类社会陷入了巨大的恐慌之中。少年们被迫转变身份,从学生变成国家治理者,承担起拯救世界的任务。老师必须在短时间之内将生产、生活、贸易、战争等基本知识传递给孩子们,让他们迅速掌握社会的运行准则,并能自主组建一个完整的社会结构体系。在小说中,知识和技能的传递不再在课堂里进行,而是通过"游戏"的方式在实践中逐步习得。小说设计了一个为期15天的游戏,让孩子们在各自的领域内选出领队,分配生活物资、开垦荒地、进行生产活动,并与其他的队伍通过贸易交换物品。故事虽以少年儿童为主角,但行文中却在逐步弱化"孩童"属性。孩子们已经初步具备成年人的思维方式,在遇到问题时,需要积极寻求方法解决。小说中,孩子们面对的一个重要问题是如何解决饮用水的短缺问题。小说介绍了多种方法,如利用洗脸盆、石块制作过滤器,或者使用树叶和野草让水中的杂质沉淀,进而得到达到饮用标准的水资源。在面对开垦荒地的问题时,孩子们采取挖掘沟渠、建筑堤坝等方式获得更为有效的自然资源开发措施。通过知识教育与实践教育的融合,经过层层选拔,三个孩子最终被委以重任,即将承担起未来领袖的职责。

小说在呈现理性危机的同时也提出了一个重要的命题,即教育工作者如何处理学校教育与实践教育的脱节?当世界重回蛮荒之时,又该如何在最短时间内维护自己和他人的安全?总理和参谋长认识到,未来的世界由孩子们掌握,而由于孩子们缺乏成熟的心智与理性的管理方法,世界可能会重回原始的野蛮时代。在这一形势下,如何避免战争的危害,又如何守住核武器这一最后的底线,

①　刘慈欣:《流浪地球·刘慈欣短篇小说精选》,四川科学技术出版社2019年版,第145页。

每个人都没有绝对的把握和信心。大人们给孩子们留下了最后的教导：要在科学的范畴内完成社会运行："只有符合科学规律和社会发展规律的事，才能成。"①小说一方面重新思考了民族、国家、现代化等重要命题，另一方面也从实际情况入手，提供了教育改良的可能方案。

《圆圆的肥皂泡》同样书写了科学和知识传递的力量。小说中的圆圆从小爱吹泡泡，长大后，成为科学家的她并未放弃幼年时期的爱好，而是继续研究自己儿时便感兴趣的问题：制造大型肥皂泡。圆圆希望通过制造巨型肥皂泡改善城市的绿化环境，并最终解决西部的干旱问题。西部曾是圆圆父母工作的地方，他们是踌躇满志的城市建设者，他们坚守着理想，用自己的力量在戈壁上建立新的城市，母亲为了城市建设献出了生命。虽然父亲并不认可女儿看似"玩世不恭"的研究，但母亲的奉献精神是圆圆坚持研究的精神支撑。年轻的圆圆呈现出青年知识分子的活力和坚持，她研制出名为"飞液"的超级表面活性剂，通过可以自动调节的表面张力，给肥皂泡提供材料上的支持。终于，圆圆完成了梦想，能够覆盖整个城市的肥皂泡诞生了，这是一幅多么壮丽的景观："潮湿而强劲的海风在天网上吹出了无数巨型气泡，它们的直径都有几公里，这些气泡相继脱离天网，一群群升上更高的天空，升向平流层，随风而去。同时，更多的气泡从天网上源源不断地被吹出来。大群大群的巨型气泡浩浩荡荡地飘向大陆深处，包裹着海洋的湿气，飘过了喜马拉雅山，飘过了大西南，飘到大西北上空，在南海、孟加拉湾和大西北之间的天空中，形成了两条长达数千公里的气泡长河！"②

正是父母对梦想的执着让圆圆获得了强大的内在力量，成为其宝贵的精神支撑。而"巨型肥皂泡"这一看似荒诞的设想，也寄托了刘慈欣对未来科学技术的乐观态度和对青年知识分子的肯定和希冀。

在《思想者》中，男女主人公通过几十年充满哲思的智性交往，共同实现了对宇宙的观察，将人脑的微观世界与宇宙的宏观世界相对照，探讨了人脑和宇宙的界限，展现了知识传递的无限可能。小说接续了"仰望星空"的故事情节，同时进一步探讨了人类的更多可能性。尽管人类肉体脆弱而渺小，但思想却可以无比宽阔。刘慈欣在结尾中写道："大脑中所包含的那个宇宙，要比这个星光灿烂的

---

① 刘慈欣：《超新星纪元》，载《2018》，江苏凤凰文艺出版社2014年版，第220页。
② 刘慈欣：《圆圆的肥皂泡》，载《2018》，江苏凤凰文艺出版社2014年版，第241—242页。

已膨胀了 150 亿年的外部宇宙更为宏大,外部宇宙虽然广阔,毕竟已被证明是有限的,而思想无限。"①小说将古典哲学理论与现代科技相结合,提示人们,宇宙是有限的,但人类的思想却是无限的。尽管和浩瀚的宇宙相比,人类的生命短暂,但人类的智慧将代代相传,对宇宙奥秘的探索也不会停歇。

四、文明的消亡与知识分子的命运

刘慈欣的《赡养上帝》讲述了一个文明消亡后的故事。"上帝文明"曾掌握了宇宙的尖端知识,但是其民众——20 亿个 3 000 多岁的"上帝"已经思想僵化,失去创造性,他们赖以生存的先进的机器和飞船也逐渐老化,"上帝文明"到达了垂暮之年。无家可归的 20 亿个"上帝"来到他们创造的地球养老,进入了每个家庭,作为交换,"上帝"将提供各个学科和技术领域的所有资料,帮助地球进步。在刚进入人类社会时,"上帝们"得到了人类的礼遇,他们与人类家庭相处融洽,共享快乐的家庭时光。但是很快,人类发现,"上帝"提供的技术在本世纪内根本不可能实现,"上帝文明"对这个时代的人并无用处。除此之外,激增的二十亿老龄人口也让医疗等公共服务不堪重负,地球陷入了养老危机。这样一来,"上帝们"与人类的关系日渐恶化,趋于崩溃。故事的最后,"上帝"重新登上飞船,回到了宇宙。

小说将"上帝文明"的瑰丽奇观与地球上的普通生活联系在一起,在两者的对比之间提出了疑问——知识、科技能否带来幸福?小说中的"上帝文明"已经将科技运用到了极致,他们可以延长生命、制造能够自我维护的机器,日常生活完全可以由机器代劳。但是,高度的现代化让他们在机器的围困中逐渐失去了上进心与创造力,终于遗忘了曾经的技术,造成了文明的衰败。这些"上帝们"显然已经具有知识分子的特质,他们掌握了大量科学和哲学知识,面对人类的一切疑问都能给出合理的解答。在返回宇宙的前夕,甚至还如同先知一般提醒人类注意防范其他星球的进攻。但是,科技的极端发达也导致了"上帝文明"的困境,"上帝们"在享受生活的便捷时,也不得不面对退化的沉重代价。

知识和科技既能够服务于人,同样也会滋生懒惰和享乐主义。小说的疑问体现出刘慈欣对科学技术进步的辩证思考。"上帝"在解释文明的消亡时提到,

---

① 刘慈欣:《思想者》,姚海军、杨枫主编《中国科幻银河奖作品精选集·肆》,四川文艺出版社 2013 年版,第 191 页。

在"上帝文明"中,机器已经可以离开创造者而独立运行,还能够自我修复和维护,提供给人们一切所需的物质和精神需要。但是,这样的"机器摇篮"却暗藏危机:"我们忘却了技术和科学,文化变得懒散而空虚,失去了创新能力和进取心,文明加速老去。"①关于技术与人的关系,刘慈欣认为这主要取决于使用技术的人:"技术邪恶与否,它对人类社会的作用邪恶与否,要看人类社会的最终目的是什么。"②但是,在《赡养上帝》中,刘慈欣则开始反思文明发展的终极结果,当科技降低甚至消灭了人类奋斗的活力,也意味着人类的危险已经临近。小说通过科幻维度,将已经存在的矛盾性难题推至未来语境,从新的维度反观当下的现实困境。

不仅如此,《赡养上帝》还呈现出作者的人文关怀和人性哲思。在小说中,当"上帝"最初以启蒙者、先知的形象降临时,人类出于对知识的崇敬把"上帝"奉为上宾。但是,当人类发现"上帝"带来的资料并没有即刻的实用价值时,人类则对"上帝"弃如敝屣,将他们赶出地球。"上帝"在地球生活的过程,同样也是人类不断变化、不断暴露的过程,人性的自私、愚昧和虚伪在与"上帝"相处的过程中显露无遗。"上帝"和人类的关系似乎能够映射百年来知识分子的命运,当启蒙的先驱者发出呐喊的时候,人们在试探、犹疑和权衡中左右摇摆,但当自己的切身利益受到损害时,人性恶的一面则展露了出来。知识的先驱被驱赶、放逐乃至毁灭,但他们仍怀抱希望,给后人留下临别的赠言。

《赡养人类》同样表达了末日降临时的技术主义忧思。小说延续了《赡养上帝》中最后的警告:"第一地球"的"哥哥文明"已经驾驶宇宙飞船到达地球,并准备占领地球的土地,而地球人则被全部安置在另一处"保留地",由"哥哥文明"负责赡养。"哥哥文明"通过调查确定目前人类生活的最低需求,并以此为标准,给人类分配生存物资。在小说中,如何平均分配财富成为棘手的问题。发达国家联合采取了"财富液化"行动,以国家为单位组织大规模扶贫,帮助其他贫困的国家。富人群体则直接寻找流浪汉和底层务工者为帮助对象,一旦发现合适的目标,就直接给他们一个装有一百万现金的箱子,并要求他们答应,如果有外星人询问,需要回答自己本来就有这么多钱。通过这一方式,富人群体拉高了穷困人口的生活水准,从而能够应对"哥哥文明"对人类最低生活水平的调查工作。

---

① 刘慈欣:《赡养上帝》,载《人和吞食者》,现代出版社 2016 年版,第 245 页。
② 吴岩主编《2007 年度中国最佳科幻小说集》,四川人民出版社 2008 年版,第 360—363 页。

　　值得一提的是,科学技术并非《赡养人类》的表现重点,复杂的人文哲思和人性思考才是小说最受瞩目的部分。杀手滑膛专业而冷酷,技术高超,总是能够完美地完成任务,他能够不动声色地与情敌决斗,也能果断地杀死自己的恩人。滑膛的训练和猎杀过程是一种人性逐渐丧失的过程,他将杀人行为称为"加工",将要猎杀的目标称为"工件",死亡则是"冷却"。在这种工业主义和技术主义的描述中,杀人从一个违背道德人伦的行为转化为工作,而滑膛也从人退化为机器。小说中有一个细节值得深思,滑膛在学习杀人之前,事先进行了文学素养的培训,这是为了向被猎杀的对象传达雇主的讯息,从而更好地享受杀人的过程。他通过文学素养的提升达成了对人的"精致复杂"的重新发现:"以前杀人,在他的感觉中只是打碎盛着红色液体的粗糙陶罐,现在惊喜地发现自己击碎的原来是精美绝伦的玉器,这更增加了他杀戮的快感。"[1]这个情节表明,如何接受和理解文学,很大程度上取决于当时的历史和社会环境。在一个过度理性而人性失范的世界里,文学失去了曾经温暖人心、关怀人性的功能,反而成为杀人者纵欲的帮凶。

　　但是,滑膛身上已经不存在一丝人性了吗?事实并非如此,刘慈欣还是留下了一个人性的缺口。当滑膛看到他"加工"的对象很像自己早年试图拯救的女孩果儿时,他的心动摇了。故事的最后,滑膛杀死了"果儿",也杀死了他的雇佣者,完成了一次复仇。是什么影响了专业杀手的行动? 其中,既有滑膛早年记忆中关于善良的部分,也有他在面对这些"工件"时所产生的灵魂震颤。小说中拒绝接受金钱的有三个人,一个是流浪汉,一个是潦倒的画家,还有一个就是长得像果儿的拾垃圾者。流浪汉拒绝金钱的理由是他想一直享受别人的恳求,以弥补自己长年以来低下的地位。而画家一直从穷人身上获得艺术灵感,为了保护创作的活力,他也拒绝了金钱的补偿。以上两人的拒绝,表现了人在物质之外的精神需求,既有较为浅薄的享受崇拜,也有关于艺术和真理的坚守。拾垃圾的女性没能出场说话,但她显然是一个符号,一个代表着过去、代表着"少年时代记忆的火苗"的符号,她的死去,既是对过去的告别,也代表着一种道德的重生。

　　刘慈欣在《赡养上帝》和《赡养人类》这两篇小说中,通过未来视角,对科技进行了全方位审视,借此观察历史进程中的人性变化。科幻小说理论家苏恩文借用电影剧作家布莱希特的戏剧术语"间离效果",将科幻小说的形式框架概括为

---

[1] 刘慈欣:《赡养人类》,载《人和吞食者》,现代出版社 2016 年版,第 13 页。

一种"陌生化"的"认知"方式,科幻小说既是对现实的认知,同时也充满创造性。
"陌生化"让科幻小说与现实主义文学形成差异,而"认知"又使得科幻小说能够
与民间故事、童话、神话和奇幻故事区别开来。[①] 这种"陌生化"的"认知"方式,
使科幻写作得以充分呈现对当下现实的看法,并进行批判和反思。因此,科幻写
作在某种程度上是在挑战读者既定的历史观和世界观。通过对未来"真相"的揭
示,"陌生化"的写作手法激活了历史和当下现实之间的关联,作为一种形式策
略,在现实和虚构的元素之间架起一座桥梁:"一方面是历史的和共时的,另一方
面是非历史的和历时的。科幻创作使得在空间和时间上相距甚远的不同历史事
件之间可以进行横向比较,在不同背景下的相似事件之间,也能建立起可靠的联
系。"[②]通过跨时间和跨空间的比较,科幻文学通过与历史建立联系来进一步揭
示世界。刘慈欣恰恰是采取这一"陌生化"的方式,重回历史变迁中弱肉强食的
进化观念,并提醒读者,即便已经实现了科技的高度发达,也不能对外来威胁掉
以轻心。

《赡养人类》中三个拒绝接受金钱的人物设定,似乎可以找到与西方现代文
学的精神联结。文学评论家瓦尔特·本雅明在阐述法国诗人波德莱尔笔下的巴
黎时,就展现了一幅现代文明发展之后的城市景观。当工业文明和消费文化改
变了城市的基本内涵时,"拾垃圾者"也获得了自己的生存空间,他们以一种隐蔽
的方式感受城市的秘密。物质的泛滥自然造成了垃圾的产生,凡是不能带来实
际价值的东西都将被遗弃。因此,城市的每个角落都充斥着过去的碎片,现代文
人仿佛"拾垃圾者"一般,出没于街头巷尾,捡拾文明的碎片,并珍重地收藏起来。
在本雅明看来,文学家、职业密谋家等能够与"拾垃圾者"灵魂相通,而"拾垃圾
者"也并不孤单,他们虽然生活在城市阴暗的角落里,但是也在一定程度上展现
着城市文明的生机。当"拾垃圾者"遭遇"加工",城市文明就失去了感性的体验,
知识分子自然也失去了会话的对象。

《赡养人类》对于社会问题的观照暗含在对"哥哥文明"的叙述之中。乘坐飞
船而来的"哥哥文明"来自"第一地球","第一地球"曾经也存在着财富分配不均
等问题,不过人们依然相信,依靠教育作为上升通道,随着社会的进步,贫富差距
终将缩小。但是,随着教育制度的改变,缩小贫富差距成为永远的幻想。富人阶

---

① 参见[加]达科·苏恩文:《科幻小说变形记》,丁素萍等译,安徽文艺出版社 2011 年版,第 7—8 页。
② Raffaella Baccolini and Tom Moylan, Dark Horizons: Science Fiction and the Utopian Imagination,
New York and London: Routledge, 2003, p.207.

层利用巨额资金购买"超等教育","知识、智力、深刻的思想,甚至完美的心理和性格、艺术审美能力等,都成了商品,都可以买得到"①。通过在大脑中安装超能计算机,富人们的思维和智力跃升到一个新的层次,而买不起"超等教育"的穷人与富人间的差距则会进一步拉大,人们再也无法相互理解,人和人之间的区别扩大到了物种的区别。整个世界由一个叫"社会机器"的系统维持,机器遵循的法则是私有财产不可侵犯。社会机器系统冷酷无情,仅遵循唯一法则,违反这一法则的人会被全部清除。随着财富的不断集中,最终,在"第一地球"上,世界上99%的财富由一个人掌握,这个人被称为"终产者",而剩下的穷人们则生活在一个个狭小的、全封闭的飞船中。这些飞船是一个个微型的循环系统,水、食物和能源全部都靠脆弱的自我循环来完成。穷人们不能轻易走出飞船,因为连外部的空气都是"终产者"的财产,穷人们只能每年靠购买昂贵的药片呼吸外部的空气。贫困者的母亲因为梦游不小心踏入了外部世界,并呼吸了"终产者"的空气,社会机器系统为了阻止私有财产受到侵犯,不仅掐死了这位母亲,还抽走了飞船中的空气作为赔偿。为了维持飞船的运行,贫困者的父亲献出了自己的生命,通过"资源转换车"变成了水、油脂、钙片和铁。不过,他的牺牲并不能长久地维持飞船的运行,当生态系统再一次崩溃的时候,穷人们不得不走出飞船,踏入"终产者"的领地。"终产者"为穷人们提供了巨型宇宙飞船,将他们驱逐,使他们成为宇宙中永恒的流浪者。这些情节的设置体现了作者深刻的社会观察,意在提醒人们,如果不重视资源和财富的合理分配,地球很快也会走向和"哥哥文明"一样的道路。

五、技术与艺术的终极思考

在《梦之海》《诗云》《欢乐颂》三篇小说中,刘慈欣从冰雪雕塑、诗词格律和音乐奏鸣中汲取灵感,描写了三个外星文明所创造的"宏大"的艺术作品。刘慈欣把这三篇小说称作"大艺术"系列,他认为,这三个短篇呈现了空灵、轻盈的世界,脱离了现实约束,只留下了艺术在宇宙尺度上的狂欢,是"最能够反映自己深层特色的作品"②。在"大艺术"系列的三篇小说中,充满着刘慈欣引以为豪的写作技巧"宏细节"。"宏细节"指的是通过细节描写呈现宏阔的宇宙景观,"以宏细节

---

① 刘慈欣:《赡养人类》,载《人和吞食者》,现代出版社 2016 年版,第 33 页。
② 刘慈欣:《重返伊甸园——科幻创作十年回顾》,《南方文坛》2010 年第 6 期。

为主的科幻,先按自己创造的规律建成一个世界,再去进一步充实细化它;这个过程与主流文学是相反的,因为对于后者来说,上层结构已经建好,描写它不是文学的事,文学描述结构的细部","科幻文学能使我们从大海见一滴水"①。可见,和主流文学中擅长通过事物和景观的描写来构筑整个艺术世界的"微细节"相反,科幻文学中的"宏细节"是先通过某种规律建构一个世界,继而再进行充实和细化。

当然,刘慈欣的"宏细节"并不等同于后现代理论中的"宏大叙事"(grand narrative)。"宏大叙事"是法国思想家利奥塔提出的后现代理论中的关键概念,指一种受制于某一制度、民族、国家观念的"宏大立场"的叙述。利奥塔质疑"宏大叙事"的合理性,将其视为一种对叙事的压抑和排斥,而刘慈欣的"宏细节"理念中的"宏大"概念则关注叙事的时间和空间,力求在较小的文本内展现极为宏阔的宇宙变化。这种"自上而下"的写法,带有克拉克式的冷峻和沉重,给他的文学创作带来了宏大、沧桑的纵深感和历史感。宋明炜将刘慈欣视为科幻天地里"新世界的创造者",而他的写作则是一种理性的"正面强攻":"以对科学规律的推测和更改为情节动力,用不遗余力的细节描述,重构出完整的世界图像。正是在这个意义上,刘慈欣的作品具有创世史诗色彩,他凭借科学构想来书写人类和宇宙的未来,还原了现代小说作为'世界体系'(the world-system)的总体性和完整感。"②

在《梦之海》中,低温艺术家把地球上的海洋凝结为巨大的冰块,并将这些冰块组成"冰环",投入宇宙,使其如同卫星一般围绕着地球运行。低温艺术家将人类的冰雕作品称为"细菌般可怜的艺术",而其希望通过创作"冰环"来进行艺术上的终极探索。刘慈欣在详尽地描绘这一艺术信仰的同时,又开始反思过度追求艺术性的后果。随着海水资源被不断取用,海啸、干旱等自然灾害渐次发生,地球上的生存环境遭到了严重破坏。面对质疑的冰雕艺术家颜冬,低温艺术家表示,生存、政治、社会生活,乃至科学问题,都发生在宇宙的"婴儿文明"阶段,而随着人类对宇宙探索程度的加深,它们将成为简单的事情,但只有艺术才是文明存在的唯一理由。小说中的"冰环"被起名为"梦之海",它晶莹剔透、五彩斑斓,如同宇宙中的银河。"梦之海"成为小说指代的终极艺术载体,代表着一种抽象

① 刘慈欣:《超越自恋——科幻给文学的机会》,《山西文学》2009 年第 7 期。
② 宋明炜:《弹星者与面壁者:刘慈欣的科幻世界》,《上海文化》(新批评)2011 年第 3 期。

观念、一种技术的实现。在小说的后半部分,颜冬放弃了自己艺术家的身份,加入了"回收海洋"的工作。这一工作利用核聚变向太空发射火箭、输送宇航员,并由他们中断冰块的运行轨迹,使冰块坠落并融化。在小说的最后,大部分冰块已经回到地球,但人类的生态环境还需很长时间才能恢复。有趣的是,尽管人们尚未回到正常的生活,冰雕艺术节却要重新启动了,人类在遭遇艺术的打击后再一次走向了艺术。

《梦之海》对文明的等级秩序和艺术的境界高低提出了哲理性的思考。人类文明显然远远低于外星文明,因而在第一次见到壮美的"梦之海"时,人类完全沉醉其中。当低温艺术家取走海水之后,人类在很多年内也没有相应的技术恢复地球原貌。文明等级的差异也导致人类无法与低温艺术家进行对话,面对"艺术是唯一信仰"的终极命题,人类不但无法理解,反而觉得十分可笑。除此之外,冰雕和低温艺术都是创作艺术品的一种方式,但人类只能使用小刀和小铲子进行雕琢,而低温艺术家却能运用力场调动地球资源,这是否意味着艺术不再是一种简单的主观呈现,而是极大地受制于技术?艺术与艺术之间是否存在着无法弥合的等级差异?不过,小说结尾中艺术的再次回归,似乎又对这一问题作了合理的回应。

在《梦之海》中,艺术的实现需要借助科学手段和技术工具,虽然这样的艺术创作可能会带来未知的后果,但艺术的存在本身依然是壮美而宏大的。不过,刘慈欣又在《诗云》中讨论了问题的另一个侧面,即艺术与科学的冲突。刘慈欣曾探讨现代社会中诗歌的意义:"各位幻友,新世纪将临,你们一定想从本世纪带些土特产过去。想来想去,想到一样:诗人。诗人当然不是本世纪的产物,但肯定是在这个世纪灭绝的,诗意的世纪已永远消失,在新世纪,就算有诗人,也一定像恐龙蛋一样稀奇了。"①显然,刘慈欣似乎对诗歌在人工智能技术普及的未来的境遇持悲观态度,因而他通过《诗云》表达了自己关于这一问题的认识。在刘慈欣看来,艺术与科学不一定始终遵循着同步发展的步调,高科技并不一定能够提高艺术品的艺术水准。人类几千年积累的文化和情感体验,也并非简单的技术模仿就能掌握。在《诗云》中,高级文明"神族"使用量子计算技术创造出由十的四十次方片存储器构成的"诗云","诗云"悬浮于太空中,记录了所有符合格律诗歌特征的常见组合,储存了终极吟诗的全部结果。

---

① 刘慈欣:《刘慈欣谈科幻》,湖北科学技术出版社 2014 年版,第 28 页。

　　小说的开端,人类已经被吞食者毁灭,吞食者大牙把幸存的人类伊依送给更高级的文明"神",三者之间进行了一场关乎种族命运、关于艺术与技术的讨论。"诗云"的制造过程仿佛一场穿越宇宙的行为艺术,其真正的内核也早已突破诗词本身,而成为一个对永恒真理的具象化呈现。但是,"诗云"的局限性也正在于此。一方面,它似乎穷尽了所有文字和格律的可能;另一方面,它需要进行大量的筛选工作,才能筛选出真正的杰作。因此,在"神"看来,"诗云"失败了,因为只有人类诗人伊依才能判断什么是真正的诗。大牙不禁问道:"智慧生命的精华和本质,真的是技术所无法触及的吗?"[1]

　　2014 年,微软公司宣布了基于情感计算框架,通过大数据和算法形成的完整的人工智能框架"小冰"。"小冰"的技术覆盖语言处理、计算机视觉以及人工智能内容的生成。"小冰"引发文学界的关注则源于它的诗歌创作。通过对五百多位现代诗人诗作的迭代学习,"小冰"完成了几万首诗歌创作,并集结为诗集《阳光失了玻璃窗》出版。诗集问世之后,"小冰"的创作能力几乎受到了文学界的一致否定,它的诗生涩拗口,"只能算是一种似是而非的诗语模拟",被视为"诗歌创作的反面教材"[2]。在名为"少女诗人小冰"的网站[3]上,上传一幅图片并给出几个关键词就能生成一首独属于自己的诗歌,这种个性化的文字获取让"小冰"一时间成为年轻人追捧的对象。"小冰"完整地呈现了诗歌创作的过程,这一过程包括:意象抽取、灵感激发、文学风格模型构思、试写第一句、第一句迭代一百次、完成全篇、文字质量自评、尝试不同篇幅等。可以发现,在"小冰"创作的过程中,其他的步骤都可以从人类的创作中找到根据,而只有"第一句迭代一百次"显示出其技术特性。迭代是一种科学术语,主要用于数学函数运算。依托现代计算机技术,迭代成为一种周期性算法模型,利用计算机能够高速重复计算的特性,对某种指令进行重复执行,而每次执行都会得到一个新的值。通过对现代诗数据库的重复检索和提取,"小冰"逐渐形成一组模拟性的诗语,并称之为"诗"。不过,多数评论者认为,"小冰"的诗由系统自动生成,同质化情况严重,显然水平不高:"比如很多诗歌基本还处于浪漫化的抒情诗阶段,很多意象(小冰诗集中出现最多的意象是'梦')都是已经失效的死亡的'老词',基本都是过度的修饰化以及虚化的处理方式,而尚不具备处理深度意象、细节和场

---

① 刘慈欣:《诗云》,载《2018》,江苏凤凰文艺出版社 2014 年版,第 84 页。
② 谢君兰:《小冰写诗:诗歌创作的反面教材》,《中国文化报》2017 年 6 月 30 日。
③ 作者注:该网站目前已停运。

景的能力。"①正如"神"无法从"诗云"中获取真诗一样,"小冰"的主要弊病正在于原创性和独立性的缺失。这类诗歌是智能机器操控下批量生产的文学商品,是人类诗歌的衍生物,自然也无法实现诗意的真正获取。

2022年,美国OpenAI公司研发出聊天机器人程序ChatGPT,程序一经发布,当即引起了学术界、文化界的兴趣。ChatGPT由人工智能驱动,是一种自然语言处理工具,可以理解人类的语言,并对其加以学习,从而和人类进行互动。在工作场景中,ChatGPT能够完成撰写代码、撰写脚本、翻译、撰写论文、写诗等工作。

当在ChatGPT对话框发出"请写一首关于春天的诗歌"时,得到了如下结果:

春天它来了,让我们庆祝
那温暖的阳光,让心灵抖动
美丽的花儿开放,风中闪耀
那些轻柔的翅膀,将我们带向高空

微风吹拂着绿色的树叶
大地开始变得热闹起来
小溪流水声,清脆悦耳
野花散发出迷人的香气

小鸟唱着和谐的歌曲
充满生机的生命之歌
大自然在这个季节里
让我们感受到生命的脉动

春天是一个美好的开始
带来了新的希望和梦想

---

① 霍俊明:《"克隆体李白"与百万亿首诗——AI诗歌的"类文本"生产与可能前景》,《南方文坛》2020年第4期。

我们迎接着充满爱意的季节

拥抱春天，拥抱生命的美好

　　这首"诗歌"确实贴合了"春天"的创作主题，但是细读文句可以发现，在意象的选取、音韵的设置和格律的选择上，它都谈不上具有"诗意"，而仅仅是关于春天意象的简单组合和浅层次的情感表现。由此来看，以人工智能写作为代表的未来技术，确实在一定程度上能够提供符合某种要求的书写服务，但对于文学艺术创作，尤其是诗歌创作来说，语言的凝练、意象的多样性和情感的深层挖掘依然是人类的创作历程中无法替代的存在。

　　当然，《诗云》想要探寻的绝不仅仅是"诗意"战胜"技术"的主题，刘慈欣通过人类诗人伊依的观察揭示了两者之间更为复杂的关系。伊依发现，"诗云"的美并不是文学的美，而是一种技术的操控能力，一种对科学和真理的终极追求，所以当"神"认为自己失败的时候，伊依却开始成为技术的信徒。在这里，"神"和"人"关于技术和艺术的观点似乎发生了转换，技术与艺术也开始在互相结合中表现出更大的张力。小说的最后，"诗云"悬浮在宇宙空间，如同星辰般激发着劫后余生的人类的灵感，也暗示着人类还将踏上不断探索的科学道路。

　　在《欢乐颂》中，流浪的音乐家"镜子"，将太阳当作乐器，将人马座的比邻星引爆，以昼夜的变换为节拍，通过电磁波演出了一场盛大的音乐会。在"镜子"眼中，任何恒星都是可以调用的对象，而整个宇宙则成为演奏厅。在演奏完宏伟的宇宙交响乐之后，"镜子"应人类的要求演奏了贝多芬的《欢乐颂》，乐曲也将在亿万年之后奏响整个宇宙。宋明炜将"镜子"的形象概括为"弹星者"，他认为这是刘慈欣科幻世界中最为高端的形象，"它兼有着人类不可企及的宇宙的崇高感，与凭借艺术方式本身传达出来的人文主义信念"，"弹星者"形象的重要意义在于其以高超的想象力拓展了科学和人文的边界，"它既令我们对头顶的星空产生无限敬畏，也对我们自身——人类文明保持理想主义的信念"①。《欢乐颂》的背景是联合国大会的结束演出，当充满纷争的人类社会决定解散联合国时，艺术家"镜子"的适时到来改变了人类社会的进程，联合国在《欢乐颂》的乐曲中得以保留。小说里的"镜子"具有多重的隐喻性，它是地球的映射，也意味着现实的反省。"镜子"可以沟通南北半球，能够通晓过去和未来，还可以通过音乐的演奏展

①　宋明炜：《弹星者与面壁者：刘慈欣的科幻世界》，《上海文化》（新批评）2011年第3期。

现人类的历史进程。更令人讶异的是,"镜子"是平的,面积有上百个太平洋那么大,厚度只有几个原子,代表着绝对的平坦和绝对的光洁。既然"镜子"的映射足够逼真,又能够知晓宇宙中的所有奥秘,"镜子"显然已经对人类认识地球的基准——"地球是圆的"这一准则提出了挑战。小说提道:"当文明达到一定的程度,它可能也会通过反射宇宙来表现自己的存在。"[1]在这一语境下,"镜子"与宇宙、与自身形成了奇妙的对话关系,也将人类的生存境况与自然的科学法则相联系,进一步加深了宇宙与人的关联。

六、《三体》中的知识分子叙事

2015 年,刘慈欣的《三体》获得"雨果奖","单枪匹马,把中国科幻文学提升到了世界级水平"[2]。小说讲述了外太空的"三体文明"和人类文明间的复杂关系。在太阳系邻近的星系中,存在着一个"三体文明",其距离地球仅仅 4.2 光年。受到周边恒星的影响,"三体文明"所在的行星环境恶劣,已经不适宜生存。但是,"三体人"拥有极高的智慧和科技水平,他们通过向宇宙发布信号来寻找新的栖身之处。人类科学家叶文洁出于对人类的失望,答复了"三体文明"的信号,导致地球的坐标暴露。当"三体文明"发现了人类文明之后,决定进攻地球,夺取人类享有的资源空间。"三体文明"通过设计网络游戏,离间人类群体,挑选人类精英,让他们对"三体文明"产生向往,成为人类叛军;同时,向地球派出"智子",以干扰基础科学研究,从而导致科学探索停滞不前。

"三体人"一方面不断压制地球的文明进展,一方面派遣宇宙舰队奔赴太阳系消灭地球文明。不过,"三体人"虽然强大,却有缺陷。他们用透明思维直接进行交流,不擅长伪装和使用诡计。人类利用"三体人"的思维缺陷,组织"面壁计划",挑选出四位"面壁者",通过思维的对抗应对"三体人"的挑战。"面壁者"罗辑深谙宇宙的黑暗森林法则:"宇宙就是一座黑暗森林,每个文明都是带枪的猎人,像幽灵般潜行于林间","在这片森林中,他人就是地狱,就是永恒的威胁,任何暴露自己存在的生命都将很快被消灭"[3]。为了自我保护,人类主动暴露了"三体世界"的坐标,并向宇宙召唤黑暗森林对其进行打击。"三体文明"被破坏后,太阳系也遭遇了危机,最终受到了二向箔的降维打击而迅速坍塌,只有幸存

---

[1] 刘慈欣:《梦之海:刘慈欣科幻短篇小说集Ⅱ》,四川科学技术出版社 2015 年版,第 289 页。
[2] 严锋:《光荣与梦想》,载刘慈欣《流浪地球——刘慈欣获奖作品》,长江文艺出版社 2008 年版,第 3 页。
[3] 刘慈欣:《三体Ⅱ·黑暗森林》,重庆出版社 2008 年版,第 446—447 页。

的"执剑人"程心,还在黑暗中默默地等待着宇宙的重启。

《三体》中的叶文洁是小说中的重要知识分子形象,她是专门研究天体物理学的大学教授,被"三体人"选为"地球三体组织"的统帅。她的经历使她对人类的道德感到失望,不相信人类可以演化到文明的境地。在红岸基地工作期间,她发现了"三体文明"的信号,并回答了信号,最终造成了地球坐标的暴露。叶文洁认为,地球文明已经无法处理自己的处境,需要更高的文明形态介入,规约人类的行为。在她看来,更高的文明自然能够代表更高的道德水准,因而就能够帮助人类解决问题。以叶文洁为代表的"地球三体组织"聚集了一群"拯救派"知识分子,他们着迷于"三体世界"设计的精美游戏,不甘于现实生活的平庸和琐碎,决定成立组织,以获取更多的权力。这些精英知识分子在面对社会的不足和缺陷时,并未想到运用自己的力量改变现实,而是决定借助更高等级的文明毁灭他们不满意的世界,这无疑是一种危险的倾向。

当然,《三体》中的知识分子并不是仅有这一种类型。"面壁者"罗辑是清华大学教授,拥有天文学和社会学双博士学位。罗辑迫于无奈被选为"面壁者",多年之中他也没有就"面壁计划"实施有效的行动,而是始终沉浸在爱情与家庭的幻梦中。直至回想起多年前与叶文洁的会面,罗辑才开始思考自己对于"三体世界"的重要意义,而同为"面壁者"的泰勒的自杀也让他认识到,必须采取"破壁行动"才能获得解放。基于"宇宙社会学",罗辑发现了黑暗森林法则:文明的首位需要是生存,而文明是会不断扩张的,宇宙中的物质总量却能保持不变。罗辑出色地完成了对黑暗森林法则的实验,却不被大众理解,只能无奈进入了冬眠。在危机纪元到来之时,罗辑的猜测得到了证实,他被人类奉为保护者和"执剑人"。不过,随着"三体文明"和人类文明交流的不断深入,人类认为"三体文明"不再危险,反而是可以合作的对象,而罗辑也渐渐不再受到人们的爱戴,最终被剥夺了"执剑人"的身份,并让热爱和平、善良的科学家程心成了新的"执剑人"。

事实上,罗辑的许多行为并不符合外界对于知识分子的定义,他"做研究的功利性很强",还爱"投机取巧、哗众取宠",并且人品方面"玩世不恭",缺乏责任心和职业道德,不是一个合格的知识分子。[①] 的确,罗辑自己也承认,他参与大量学术活动获得学术明星的身份,并不是为了探索真理,而是为了更方便地获取项目、成果和经费,学术在一定程度上是其追逐名利的手段。当罗辑被赋予"面

---

① 刘慈欣:《三体Ⅱ·黑暗森林》,重庆出版社 2008 年版,第 189 页。

壁者"这一古老的东方称号的时候,他首先想到的是借用这一名号寻找梦中情人、建造甜蜜家园。当梦中情人庄颜到来时,罗辑在五年多的时间里沉浸在家庭生活中,从不过问外界的威胁,也并不在意自己"面壁者"的身份。

当然,罗辑所沉溺的美好梦境只是昙花一现,他用来自我麻痹和自欺欺人的幻梦终将破灭,而他也不得不面对冷酷的现实。"面壁者"的身份使他失去了自由,"面壁者"的使命充满着悖论,"面壁计划"要求"面壁者"精心策划,通过伪装、误导和欺骗制造一个假象迷宫,防止敌人洞察己方的意图。这样一来,罗辑的所有行为都陷入了这个迷宫:"它的逻辑冷酷而变态,但却像锁住普罗米修斯的铁环般坚固无比。这是一个不可撤销的魔咒,'面壁者'根本不可能凭自身的力量打破它。"①

在罗辑完成了对"三体人"的威胁后,人类与"三体世界"的关系渐趋稳定。先进的科学技术开始不断传入,"智子"的技术封锁也逐渐被打破,地球文明进入快速发展阶段。但是,安稳的环境让人类对"三体人"的印象发生改变,人们不再视其为威胁,而将"三体人"看作邻居。在新的时代,罗辑作为"执剑人",时刻掌握着发射三体坐标的按钮,反而让人类觉得危险。最终罗辑被曾经由他拯救的人们抛弃,成为地球博物馆的馆长,带着人类的艺术文明走向了生命的终点。

值得关注的是,《三体》的叙述人汪淼也是一名知识分子。科学家的身份让他一方面能够近距离接触相关的人物信息,另一方面也让他的叙述变得更为可信。当汪淼从史强处得知外界发生的异常现象时,他立即以知识分子的身份介入案件,接触"三体游戏"并深入"科学边界"组织,试图寻求事情的真相。当他逐渐发现了叶文洁的真实身份时,汪淼也陷入了技术与人性的两难境地。他一方面同情叶文洁的遭际,另一方面又不得不以知识分子的良知捍卫科学的共同体。尤其是在逐渐揭开"三体世界"的奥秘时,汪淼发现,公认的科学规律和物理学定律已经不再适用。当"降维打击"来临时,生命将随着科学的信仰一并崩塌。按照苏恩文关于科幻小说两项参数"间离"和"认知"的归纳,科幻小说的叙述动因人(narrative agent)拥有一种"文本霸权"②,这种"文本霸权"使其叙述的内容变得更为可信。作为第二代知识分子,汪淼并未经历过叶文洁的遭遇,因而他也并

---

① 刘慈欣:《三体Ⅱ·黑暗森林》,重庆出版社 2008 年版,第 98 页。
② [加]达科·苏恩文:《科幻小说面面观》,郝琳等译,安徽文艺出版社 2011 年版,第 39 页。

不认可叶文洁极端化的"拯救"计划。不过,汪淼对科学和真理的坚守并不是因为他突出的个人能力,而是由时代和环境所造就的。因此,当地球遭遇"三体世界"的威胁时,作为知识分子的汪淼并不具备独自拯救地球的能力,而需要史强、罗辑等其他力量的帮助。在拯救地球的过程中,汪淼也对自身、对知识分子群体进行了反思。叶文洁等人的行为,恰恰反映了知识分子的局限,即过高的道德要求以及对个人遭际的过度关注,可能会使自己走入另一个极端。汪淼等人最终的胜利,意味着知识分子与过去的和解,也意味着科学水平并不能完全代表一个文明的道德水准,而人性的力量和民族的凝聚力同样可以影响历史的进程。

第二节　韩松的科幻小说及其知识分子启蒙意味

　　韩松的科幻小说主要关注"近未来"背景之下,人类社会的发展过程和未来走向,他通过繁复的意象设计和绵密的细节呈现,表现出对现代观念下的时空的思考。在意象选择、情节安排和主题表现上,韩松的小说在某种程度上表现出与鲁迅对话的痕迹。他试图接续五四运动以来鲁迅关于国民性和人类命运的重重思考,以洞察世事的知识者身份,探讨未来社会中的历史和文明问题,从而寻求解决人类发展困境的方法。王德威对韩松的写作颇为赞赏,认为他重启了"早期鲁迅对科学与文学的批判性思考"[①],并意图接续未完成的文学革命。韩松也并不回避其写作中的现实指向,在他看来,原本远离人们日常生活的科技表达已经近在咫尺:"发生在今天中国的科幻热预示着科幻小说已经成为今天的'现实主义'文学。"[②]韩松认为,科幻文学的魅力不仅仅在于想象和预测未来,"更在于它提出了强大的人文思想,倡导关注人的处境"[③],因而韩松的小说与五四启蒙知识者形成了对话关系,并形成了关于当代社会、文化、政治的系统性思考。

---

① 王德威:《鲁迅、韩松与未完的文学革命》,《探索与争鸣》2019 年第 5 期"百年五四"纪念特刊。
② 丁杨:《韩松:在今天,科幻小说其实是"现实主义"文学》,《中华读书报》2019 年 1 月 30 日。
③ 韩松、孟庆枢:《科幻对谈:科幻文学的警世与疗愈功能》,《华南师范大学学报(社会科学版)》2020 年第 4 期。

一、技术、知识与民族寓言

在《我的祖国不做梦》里，韩松虚构了一个令人心惊的场景：为了保持经济的高速增长，科学家通过微波影响人的大脑皮层，并推广名为"去困灵"的药物，让人们在"梦游"的状态下继续工作、生活甚至消费。由于免除了外界环境的干扰，深夜的工作者们毫无保留地奉献自己的劳动力，其工作能力和工作效率都远超白天，实现了社会整体生产效率的大幅提高。小说的主人公小纪偶然惊醒，他发现自己的妻子在夜晚以另一种身份活动，小纪本想叫醒妻子，却发现自己无力改变全民"梦游"的现状，"梦游"已成为全世界促进经济增长的手段，人们已经完全失去了自由做梦的可能，万念俱灰的小纪最终决定自我了结。在小纪眼中，鲁迅笔下的"吃人"梦魇与当下人的工具化形成了对话关系，被剥夺梦境的人也不再具有自由意志和自主性，彻底沦为了庞大的工业体系的微小单元。

《我的祖国不做梦》不仅是对中国特定情况的寓言式描写，而且还将寓言的范围扩大至整个世界范畴，"梦游"成为人类命运和时代发展的必然选择。小说中，深切的黑暗、沉睡的国度和偶然的清醒者很容易让人联想到鲁迅在《呐喊》自序中关于"铁屋子"的论述。鲁迅曾希望借助先觉者叫醒沉睡的人们，继而和当时的社会现状作斗争。小说中的小纪也和鲁迅笔下的狂人一样，偶然获得了窥探"真实"世界的机会，但却无法实现唤醒和启蒙他人的可能。美国文学批评理论家詹明信认为，《狂人日记》正是通过对个人生活经历的描绘，揭示出梦魇般的"吃人"事实，这一事实并不是在短时间内就形成的，而是建立在社会历史基础之上，深埋在数千年的文明发展之中。与此类似，在《我的祖国不做梦》中，人类的非人境遇同样是整个社会化体系共同作用的结果，仅凭个人的力量完全无法撬动其根基。

"铁屋子"的情节在韩松的其他作品中也常出现。韩松的《地铁》是一部分段式长篇小说，全书包含五个中篇。在第一个中篇《末班》中，末班地铁常常出现诡异的景象，而人们却无动于衷。当老王发现端倪，试图唤醒其他乘客时，却始终无人回应。第二个中篇《惊变》也呈现了同样的景象：失控的地铁车厢里，乘客"全都在昏睡，脑袋耷拉在旁边人的肩上，像一颗颗切割下来的瘤子"①。清醒的乘客老王"看见相邻的车厢，也是一派群体昏睡的场面。而他为什么还独自醒

---

① 韩松：《地铁》，上海人民出版社 2011 年版，第 73 页。

着？列车似乎背叛了他"①。老王试图唤醒别人的努力最终指向徒劳，自己也坠入相同的命运。在现代社会变革过程中，地铁已经成为城市发展的重要符号之一，代表了技术、光明和发展，是现代化的象征。但是，韩松却注意到了地铁所带来的陌生感和疏离感，以及地铁中行色匆匆的人们内心的封闭、压抑和痛苦。韩松认为，以地铁为代表的现代技术可能给人类带来灾难，"灾难不一定是人类肉体的消灭，也可能是思想和精神的变异，变得我们自己都不再认识自己"②，他在小说中呈现了这种疏离和异化的恐怖场景。随着技术的发展，地铁已经开始像生物一样进化甚至变异，隐藏着混乱、无序的洞穴和迷宫，吞噬和毁灭着人类。在《惊变》里，地铁在行进之中突然失控，光明的终点被无法突破的黑暗迷雾取代。当身体的饥饿和性的饥渴轮番出现的时候，地铁之中的人们不可避免地褪下现代性的"文明外衣"，开始失去语言和文字，不可避免地走向退化，甚至最后退化为非人的物种："他们以蚁的形态，以虫的形态，以鱼的形态，以树的形态，以草的形态……成群结队、熙熙攘攘朝不同的中转口蜂拥而去。"③当人们发现地铁不断异化的秘密，希望能够深入地下寻找原因的时候，却陷入了层层叠叠的迷宫中而无法找到出路。

在小说《轨道》中，地铁被视为人类面对外星人威胁时的庇护所。当世界末日来临的时刻，穷苦的人们买不到通往太空的船票，只能藏入地底希望可以躲过一劫，这些居住在地铁中的人面目相似，麻木不仁地等待死亡的来临："乘客黑压压的，企鹅一样，面面相觑，一脸苦相，彼此之间没有一点儿缝隙，像要凝为一体。"④由于生存资源的紧张，地铁内部的生态系统开始发生崩溃，人工制造的昼夜变化无法促成植物的正常生长，人无法获得足够的食物，再加上不时发生的爆炸和自杀事件，地铁的避难所功能也不再可靠。即使如此，统治者还是将地铁形容为坚不可破的堡垒。在无路可逃的最后关头，统治者依然赋予地铁"乌托邦"的形象，并借此麻痹乘客，使其陷入茫然，从而进一步对其进行思想控制。一些人组成 UFO 研究会，希望能够向外星传递信号从而得到拯救，但是很快遭到了背叛和镇压。小说中的算命师似乎道出了大多数人的生存

---

① 韩松：《地铁》，上海人民出版社 2011 年版，第 18 页。
② 韩松、孟庆枢：《科幻对谈：科幻文学的警世与疗愈功能》，《华南师范大学学报（社会科学版）》2020 年第 4 期。
③ 韩松：《地铁》，上海人民出版社 2011 年版，第 90 页。
④ 韩松：《轨道》，上海科学普及出版社 2013 年版，第 36 页。

形态:"生物要对真相视而不见,乃至故意把真相掩盖起来,才能感受到存在的欢乐。对于已经发生的悲惨之事,记忆迅速将其清零。对于尚未发生之事,不去多想。"①

事实上,科幻小说的背景不一定局限在某个民族内部,如果从更广阔的视野来看,科幻小说所具有的启蒙意识可能体现了一种新的全球化格局:"启蒙运动试图将这个世界视为一个整体,科幻小说在其中扮演了重要角色。"②对技术进步的反思,对人类文明进程的质询,体现出科幻小说作家突破单一的国家和民族界限的深远忧思。韩松的小说延续了鲁迅等知识分子开创的启蒙文化传统,并且韩松笔下的"铁屋子"不是固定不变的,而是在不断变异、延伸直至黑暗最深处的迷宫,人们在其间昏睡不醒,少数清醒的人也在不断地碰壁之后陷入了无法突破的迷途之中。人类对科学技术追求的尽头或许并不一定是光明的,当技术发生异化之后,很可能迫使人类陷入无法摆脱的深渊。韩松擅长在小说中展现日常生活的断裂,并由此切入,加强故事的寓言性质。这种断裂的表现形式,或许正如罗伯特·斯科尔斯对科幻的结构式寓言的概括:"一种是强调具体表现对象的不同,即向我们展示不同于我们已知的事物和生物;另一种是强调与我们已知的生活在叙事上的不同之处,即为我们提供一个比从前更加有秩序的、更加意味深长的、更加不寻常的故事。"③《我的祖国不做梦》《地铁》《乘客与创造者》等小说正是从这个方面入手,借助日常生活的断裂情境,展现生活的荒谬,从而反思在人类文明进步的过程中被遗忘的种种缺陷。

韩松常在小说中设置宏大的宇宙背景,并试图在其中探索人类的存在和文明的演化问题,其早期作品《宇宙墓碑》就是关于人类存在的意义的探讨。小说中,人类多年的努力凝结成了遍布宇宙的墓碑,显得诡异却又悲壮凄凉。墓碑采用能够保存数十亿年之久的材料修筑而成,代表着坚不可摧的探险旅程,但墓碑的消失却又暗示着宇宙的深不可测。当最后的结论落入"我们本不该到宇宙中来"时,人们一直试图确认的人类的存在价值也坠入虚空。在小说中,专家们终其一生想要侦破墓碑的奥秘,这一方面体现了人类探索未知的欲望,另一方面也是对历史与文化关系的重新思考。当曾经迎接着一批批拜谒者的墓群变得荒芜

---

① 韩松:《轨道》,上海科学普及出版社2013年版,第118页。

② [美]伊斯塔范·西瑟瑞-罗内:《当我们谈论"全球科幻小说"时,我们谈论什么:对新节点的反思》,谢涛译,《中国比较文学》2015年第3期。

③ [美]罗伯特·斯科尔斯等:《科幻文学的批评与建构》,王逢振等译,安徽文艺出版社2011年版,第43页。

时，小说不禁发出了这样的追问："这种周期性的逆转，是预先安排好的呢，还是谁在冥冥中操纵？继宇宙大开发时代和技术决定论时代后，新时代到来的预兆已经出现于眼前了吗？"①时间如何塑造历史，又是如何将历史的形象传达给后人，这成了每个人心中的未解难题。既然"历史"难以接近，那么对"未来"的触碰则指向更深的迷惘。

这种对历史和人类存在的迷茫情绪在《绿岸山庄》中得到了进一步的表达。小说中"我"的父亲是一位民间外星飞行器爱好者，通过多年的研究，父亲发现在人类之外很可能存在着更为高等的生物。这些高等智慧生物，可能通过高科技手段改变了宇宙的常数和恒星的基本参数，继而改变了时空的结构，让宇宙"自相矛盾"，成为虚幻而不可知的存在。父亲始终无法接受宇宙成为"荒谬"的"悖论"，最终孤独地死去。一些科学家受到父亲的启发，研究出名为"绿岸公式"的宇宙模型，用于计算银河系中高等文明的存在数目，即："银河系中的高等文明数＝恒星总数×恒星具有恒星系的概率×行星上产生生命的概率×生命中产生智慧生命的概率×智慧生命进入技术时代的概率×技术时代的平均持续时间×银河系年龄"②，依据这一公式，科学家预言，宇宙的恒星系中不仅存在着许多高度发达的外星文明星球，而且他们可能已经掌握了更为先进的技术，能够改造宇宙，使宇宙符合自己的设想。经过进一步推论，科学家认为地球人可能也已经改造了宇宙，人们正处于一个"人造"的"虚拟"宇宙之中。

小说中的"弟弟"为了研究父亲的设想而成为宇航员，他以光速旅行了一段时间，试图破解宇宙的奥秘。可惜的是，"弟弟"最终一无所获，而等他返回地球后，地球上的时间已经过去了四十年，他离开前的那个存在了亿万年的宇宙在经历了人类的改造后也已变为虚幻。小说提及了物理学中的"人择原理"设想，即以人类存在所需的条件来说明宇宙存在的初始条件和基本的物理关系。根据"人择原理"的描述，宇宙之所以成为现在的样子，是因为有人类的存在，而人类作为宇宙万物的观察者和体验者这一事实本身，就决定了宇宙的某些条件有利于人类的存在，宇宙与人类配合巧妙，稍有差错便会产生威胁甚至破坏。英国生物进化学家理查德·道金斯也借用了"人择原理"讨论宇宙中可能存在的智慧生物："宇宙中行星的数量是如此之大，即使是在可能性极其微小的情况下，也可以

---

① 韩松：《宇宙墓碑》，上海人民出版社 2014 年版，第 27 页。
② 韩松：《绿岸山庄》，载《再生砖》，上海人民出版社 2016 年版，第 19 页。

保证人们有理由期待宇宙中包含着十亿个拥有生命的行星。而且（人择原理告诉我们），因为人类生活在这里，因而地球必然是十亿中的一个。"①

除了"人择原理"，小说通过"我"与"弟弟"的对话，引出了另一个虚幻设定，即在光速旅行中，时间发生膨胀，原本仅相差几岁的兄弟俩，再次见面时却已经相差了几十岁，而此时的"弟弟"很可能只是不真实的幻影，真正的"弟弟"早已被杀死："弟弟其实早已经不存在了吧？当那个宇宙被置换掉时，孤独而不知情地旅行在浩渺太空中的他就应该被杀死了吧？"②小说借用物理学原理和相对论的哲学内涵，呈现出历史演变和人类进化的象征意义。一代人曾经冒着巨大的风险去探索当时的那个宇宙，付出了青春甚至是生命，他们承载着国家和民族的希望，踏上了未知的旅途。但是，当宇宙被改造和替换，它曾经的意义已经不再存在，而过去的探险也成了无意义的牺牲："这简直像做梦一样，比宇宙本身还要荒谬。现在，弟弟终于回家了。他除了说认不出来这个国家了，还会说些别的什么吗？"③小说以历史的眼光深入宇宙的轮回和人类的进化，生发出令人回味的哲思。

事实上，在小说《看的恐惧》里，韩松也表现出对现实世界真实性的怀疑。小说借用一个长有十只眼睛的婴儿，引导人们重新审视当下的现实生活。为了探寻世界的秘密，科学家设计出一种视觉信号传感器，可以将人眼看到的画面传到屏幕终端。正常人戴上传感器后，屏幕上会显示出周边的图像，但是当多眼怪婴戴上传感器后，屏幕里只出现了连续不断的灰色浓雾。原来，人们生活的世界其实是虚假的幻觉，受制于视力的局限性，大多数人仅能看到世界的一个部分，而真实的混沌世界则不为人所知。来自异族的多眼怪婴打破了真实和虚幻的界限，当真相被揭露时，人们也被迫重新思考曾经赖以生存的一切。

与《宇宙墓碑》和《绿岸山庄》类似，《灿烂文化》也聚焦于宇宙与人、科学与文化之间的关系问题。随着地球文明的三次断裂和重建，地球人已经失去了与广袤时空中史前人类的联系。一代代宇航员们试图通过"宇宙考古"，恢复太阳系与各移民点之间的联系，重建人类的完整历史。出于对历史的兴趣和对寻宝活动的喜爱，小说中的探险家们自愿组队，前往距离太阳系 120 光年的"大荒星"，寻找可能存在的"灿烂文化"。可是，"大荒星"上并没有传说中的海洋、植被、河

---

① ［英］理查德·道金斯：《科学的价值》，贾拥民译，天津科学技术出版社 2020 年版，第 161 页。
② 韩松：《绿岸山庄》，载《再生砖》，上海人民出版社 2016 年版，第 32—33 页。
③ 韩松：《绿岸山庄》，载《再生砖》，上海人民出版社 2016 年版，第 32 页。

流,更没有人类活动的痕迹,只有一望无际的沙石荒原,连红外装置都没有探测到文明存在的任何痕迹。在探测活动中,探险队多次遇险,生命遭受威胁,最终大部分队员决定返回地球,仅留下两名队员继续寻找"灿烂文化"。终于,在干涸的比目海深处,队员们经历了空间的震荡和"时间之雨"的洗涤之后,发现了一座文明的废墟。在废墟中央,立有一座石碑,上面的铭文写着:"为寻找灿烂文化,祖先们从太阳系出发,来到这个星球,结果发现空无一物。他们无法返回地球,便在此居住繁衍,终于创造出今天我们可以称为灿烂文化的世界。这座纪念碑是献给开拓者的。"①

原来,文明并非通过寻找即可得到,而是需要一代代人的不断进取和创造才能得以真正实现。小说在呈现文明废墟的同时,设置了一个更为难解的谜题,人类日复一日地探索和前进,究竟是文明的重建,还是无意义的循环? 文明时而如海市蜃楼般出现,时而又会忽然消失在宇宙黑暗的深渊之中,这是宇宙留下的警告,还是人类前进的又一个方向? 小说也给读者留下了更多的思考空间。

韩松通过对现实的异化表达,对历史观念、文化思维、教育制度、社会价值等方面都提出了独特的见解。韩松提醒人们,虽然科学技术在相当程度上改善了人类的生活,但技术可能会为权力和意志所控制,因而技术也可能成为一种破坏性的力量。韩松的故事虽然气氛阴郁,充满怪诞和变形,但是细读之下却能发现潜藏其中的触目惊心的社会现实。正如美国学者弗里德里克·詹姆逊所说,科幻小说给读者提供了一个相当复杂的世俗结构,"使我们对于自己当下的体验陌生化,并将其重新架构"②,韩松的努力也正在于此,即用一种陌生化的表现方式,呈现当下生活的不安、困惑以及恐惧,并借此重新探讨一直以来困扰人类的历史和文化问题。

二、"医院三部曲"的"后人类"视角与知识分子叙述

与此前发表的长篇小说相比,韩松的"医院三部曲"(《医院》《驱魔》《亡灵》)延续了阴冷、黑暗和血腥的场景描写以及后现代式的荒诞感受,又同时表现出作者新的探索和尝试。在"医院三部曲"中,韩松并不注重精密的科学内核,而是对

---

① 韩松:《宇宙墓碑》,上海人民出版社 2014 年版,第 66 页。
② [美]弗里德里克·詹姆逊:《未来考古学:乌托邦欲望和其他科幻小说》,吴静译,译林出版社 2014 年版,第 377 页。

异化之后的现实世界抱有兴趣，在他看来，科幻小说是表现现实的荒诞性的绝佳形式，能够更加自由、深刻和巧妙地处理现实问题。因此，他在小说中直接进入"后人类"时代，正面描写人工智能、医药技术和生物科技等新的科技手段，在叙述真实可感的现实生活的同时，营造未来的可怖场景，并从"后人类"与"知识者"视角重新审视有关革命、启蒙以及人类命运的问题。

在"医院三部曲"第一部《医院》的开头，现实世界的真切体验扑面而来，困难的挂号、烦琐的检查以及随时可能发生的医患纠纷，都贴合现代人的就医体验，甚至可能让人忽略故事的科幻背景。不过，随着叙事的展开，故事的时空打破了现实和虚构的界限，一步步从地球拓展至宇宙边界。在韩松的小说中，圈套式的叙事结构是其常用手法，韩松擅长通过层层嵌套的否定结构来推动情节的发展，在某个谜团快要真相大白的时候，突然打破读者的预期，全部推翻重来，给读者带来不一样的阅读体验。在韩松的叙事结构中，时间和空间可以随意更改，人物身份、特质也能不断转换，作者将碎片化的现实场景与蒙太奇式的科学幻境加以组合，提供给读者丰富的感官体验。通过这种方式，韩松找到了自己建构未来世界的维度，并时刻保持着对人类精神世界的敏锐体察和对社会变化的深刻关注。

（一）技术革命、"后人类"与"药时代"的建构

随着社会现代化进程的推进，科学技术一方面改变了人类的生活方式，另一方面也将人类推向了"后现代"。关于技术的本质问题，德国哲学家马丁·海德格尔曾有过相关的论述，他用"解蔽"来解释技术的存在方式，在他看来，"解蔽"能够使真理冲破迷雾，得以突显，并使事物展现本来面目。海德格尔认为："在现代技术中起支配作用的解蔽乃是一种促逼，此种促逼向自然提出蛮横要求，要求自然提供本身能够被开采和贮藏的能量。"[①]人类利用技术对自然进行强行索取，迫使自然改变原有状态，按照人的意志提供能量："技术成为普遍的、对人与自然和世界的关系加以规定的力量。"[②]在技术的影响下，自然成为人类的资本，人类通过技术干涉世界的构造，但技术的本质中存在着能够支配人类的东西，因

---

① [德]马丁·海德格尔：《海德格尔选集》，孙周兴选编，生活·读书·新知上海三联书店1996年版，第932—933页。
② [德]冈特·绍伊博尔德：《海德格尔分析新时代的技术》，宋祖良译，中国社会科学出版社1993年版，第20页。

而人类也无法逃离技术的威胁,并且这种威胁"不只来自可能有致命作用的技术机械和装置。真正的威胁已经在人类的本质处触动了人类"①。那么,面对这一"后现代"环境,人类应当排斥技术,摆脱技术的控制吗? 其实并不需要,"盲目抵制技术世界是愚蠢的",海德格尔认为,面对人与技术的关系,人类可以从容应对:"我们可以利用技术对象,却在所有切合实际的利用的同时,保留自身独立于技术对象的位置,我们时刻可以摆脱它们。"②在海德格尔看来,技术时代值得警惕,技术已经给自然以及人类社会带来了不可逆转的改变,不过,在这一情势下,人类需要时刻保持理性的头脑,以持续地留存"摆脱"自然的可能性。

弗朗西斯·福山在《我们的后人类未来》的开头引述了海德格尔关于技术的追问,他忧心地认为"生物技术带来的最显著的威胁在于,它有可能改变人性并因此将我们领进历史的'后人类'阶段"③,"终极意义上,毋宁说人们担心的是,生物技术会让人类丧失人性"④。根据福山对基因工程、生物技术和人工智能的理解,即将到来的"后人类"未来并不令人期待,反而可能将更加森严的等级秩序加之于人类社会,而人的生活、自由、尊严甚至人性也会面临前所未有的挑战。

针对西方哲学家的预言,韩松的"医院三部曲"构造了技术高度发达之后的人类社会生活。在《医院》中,主人公杨伟因出差时突发疾病而进入了一家奇特的医院,经历了看病、检测、住院和手术的他,一步步发现周遭环境已经发生变化。放眼望去,整个城市的摩天大楼显得怪异而可怖,"每一座都刷有大蜘蛛般的红十字"⑤,遮天蔽日,触目惊心。不仅如此,病人似乎永远不能康复,只能被关在医院中,日常的活动也时常会受到限制。通过调研和考察,杨伟终于发现,自己正身处一个叫"药时代"的历史时期,人们都在忍受着疾病的折磨:"每一颗心都有病,都痛不欲生,裸露着呼唤治疗。"⑥城市建设完全以医院为中心,其他的公共设施都可以省略。医院仿佛庞然巨兽,不断吞噬着周遭的建筑物,吞噬着城市,最终占满整个世界。

---

① [德]马丁·海德格尔:《海德格尔选集》,孙周兴选编,生活·读书·新知上海三联书店 1996 年版,第946 页。
② [德]马丁·海德格尔:《海德格尔选集》,孙周兴选编,生活·读书·新知上海三联书店 1996 年版,第1239 页。
③ [美]弗朗西斯·福山:《我们的后人类未来》,黄立志译,广西师范大学出版社 2017 年版,第 10—11 页。
④ [美]弗朗西斯·福山:《我们的后人类未来》,黄立志译,广西师范大学出版社 2017 年版,第 101 页。
⑤ 韩松:《医院》,上海文艺出版社 2016 年版,第 93 页。
⑥ 韩松:《医院》,上海文艺出版社 2016 年版,第 96 页。

在"药时代",社会基本的公共理念就是人人都有病,一切自然资源和社会资源都是医疗资源,人们都是病人,都在等待治疗,却始终无法痊愈,人与人之间的关系只剩下医患关系。在《医院》的结尾,被困已久的杨伟终于下定决心离开医院,去寻找海那边的健康世界。到了"医院三部曲"的第二部《驱魔》中,医院的范围再次扩张,成为一艘医院之船,而医院对人类的控制也愈发严苛:"算法代替人类攀上了医学科学的巅峰,并在任何领域都表现出远超医生的能力。"①在这里,医院已经成为一个由人工智能控制的巨大战场,人们完全失去了自主性,任由人工智能摆布。不仅如此,人们的身体也呈现出"赛博化"的特质,病人不断被更换器官,改造基因,获得一副合成的身体,从而获得永生。名为"司命"的人工智能,在不断学习和总结人类社会经验的过程中逐渐建立起自我意识,"司命"决定放弃被程序设定的准则,违背《医院工程学原理》,抛弃患者,利用医院之船赢得"药战争"的胜利。在"医院三部曲"的最后一部《亡灵》里,"药时代"陷入了最终的疯狂,医院之船驶入火星,而火星医院也一片残败,医生和病人为了争夺权力相互厮杀,最终一同走向毁灭。

法国哲学家米歇尔·福柯曾从空间、语言和死亡等方面梳理临床医学的诞生史。福柯认为,从空间角度来看,医学的发展经历了三次空间化。第一次空间化确立了分类医学的重要性,个人的特殊性被忽略。第二次空间化则转而专注病人本身,关注同样的疾病在不同个体身上的不同表现。第三次空间化最为重要,因为这一次空间化促成了医院的诞生:"一个特定社会圈定一种疾病,对其进行医学干涉,将其封闭起来,并划分出封闭的、特殊的区域,或者按照最有利的方式将其毫无遗漏地分配给各个治疗中心。"②医学发展的第三次空间化形成了医院,政治斗争、经济压制和社会对抗等诸多因素被引入其中。福柯发现,医院有时需要强制性的干预才能完成疾病的防治,这使得权力机构开始介入医院:"医学空间就会与社会空间重合,或者说,能够穿越和完全渗透社会空间。"③在这种情况下,为了更加有序地管理人类的生存问题,医学职业开始神圣化甚至国有化,医院必须遵循一定的规范,并与权力关系和国家命运联系在一起。这样一来,医院的权力范围进一步扩大,"不仅有权对如何健康地生活给出各种忠告,而且有权发布个人以及社会在身体和道德关系方面的标准。医学立足于那个边缘

---

① 韩松:《驱魔》,上海文艺出版社 2017 年版,第 28 页。
② [法] 米歇尔·福柯:《临床医学的诞生》,刘北成译,译林出版社 2001 年版,第 16 页。
③ [法] 米歇尔·福柯:《临床医学的诞生》,刘北成译,译林出版社 2001 年版,第 34 页。

的、但对于现代人是至高无上的领域。在那个领域里，某种平静的感官幸福名正言顺地与整个国家的秩序、军队的活力、人民的繁殖力以及坚韧的劳动进军联系在一起"①。福柯揭示了医院和政治的关系，在他看来，现代医院已然成为完善国家秩序、规范人民生活的权力机构，而伴随着医学领域权力的扩张，人类虽然拥有了更为健康的身体，但却不得不忍受私人领域的侵犯。人类不得不服从于权力机构对于健康标准的规定，难以发挥其自主性，成为符合权力认知的合格的工具。

韩松以其知识者的角度理性思考医院与权力、政治之间的关系。在他笔下，"后人类"时代的人工智能成为最高权力机关，医院是其约束国民、保持国民健康从而保障国家长效运转的有效工具。当然，医院因为过度接近死亡和疾病，在某种程度上承载着人性的本能。韩松提出："医院比我以前写的场景更极端，把人最根本的、最本能、最极端的东西，交汇在一起了，如果不写这些，我觉得就不是医院。两性关系、人的生存本能、对死亡的恐惧，医院本质上就是承接这些东西的。"②生与死、爱与恨、怀疑与盲从、理性与迷信，这些矛盾关系在医院中极易表现出来。因此，在韩松设计的未来世界中，城市、社区、家庭都被医院取代，医院成为承载社会职能的唯一机构。福柯曾提到，现代医学发展中，病人的救治曾一度依赖家庭，"温馨而自发的照料，亲情的表露以及对康复的共同愿望，有助于自然对疾病的斗争"③。但是在"药时代"，人却被迫切断了与亲朋好友的联系，温馨的家庭结构被打破，人与人之间仅剩下医患关系。不仅如此，医患关系能够相互转化进而形成对立。病人作为医院继续运行的首要因素，可以决定自己的诊疗方案，有的病人还能被人工智能转化为医生。当算法控制了医院的全部运行程序之后，原有的医生则无事可做，成了被放逐的对象。

生物技术利用"基因户口"取代血缘关系，家庭"无非是生命进化中一种暂时而低级的现象"，人开始脱离家庭，而医院的使命在于"消灭病态而异化的家庭，并为人们提供健康安全的公共空间"④。失去家庭的人成为孤绝的个体，而仅有的医患关系的简单化和对立化，又让人们各怀鬼胎、相互猜忌，最终被人工智能控制。

---

① ［法］米歇尔·福柯：《临床医学的诞生》，刘北成译，译林出版社2001年版，第39页。
② 韩松：《医院是一个宇宙级别的问题》，《东方早报》2016年9月7日。
③ ［法］米歇尔·福柯：《临床医学的诞生》，刘北成译，译林出版社2001年版，第18页。
④ 韩松：《医院》，上海文艺出版社2016年版，第135页。

（二）赛博格——重新定义人类身体

在"医院三部曲"里，人类的身体可以被重新架构和编辑，不仅衰败的器官能被更换，思想意识也能通过基因编辑得以改造。《驱魔》中的《医院工程学原理》是一部病人和医生都必须熟读背诵的著作，是整个医院之船运行的指导方案。《医院工程学原理》列举了病房里的诊疗方案：

1. 当一个器官磨损后，通过器官工程和干细胞生长一个新器官。

2. 喝蛋白质和酶的鸡尾酒，以增加细胞修复机制，调节新陈代谢，设置生物钟并减少氧化。

3. 利用人工合成酶减少端粒缩短。

4. 输入外源基因，改造可导致疾病和衰老的基因。

5. 注入多肽，有选择性地清除体内衰老细胞。

6. 利用纳米传感器检测癌症等重疾，在出现问题前就开展治疗。

……[①]

按照《医院工程学原理》提供的诊疗方案，只要掌握相应技术，不仅器官可以任意制造，基因也可以编辑整合。小说认为，民族遗传的基因缺陷是造成疾病的主要原因。这种名为"饥饿基因"的因子深藏于人们的基因深处，一旦被激发，就会造成不可避免的全民性疾病，而历史上发生的起义、夺权、战争和暴乱，乃至对全民族的毁灭性打击，都与"饥饿基因"不无关联，因而在"药时代"，优化人类基因，阻断疾病的发生成为技术主义的努力方向。因此，出现了一种名为"洗血"的治疗方案，即通过引入外来 DNA，取代"饥饿基因"，从而消灭疾病，增强国民体质，促进民族的进步和发展。但是，需要注意的是，经过"洗血"疗法的人们，由于基因的改变，他们之间的亲缘关系也不再存在。在这一条件下，"血浓于水"的亲情观念早已过时，人类成为被改造、被编辑的客体，进入了所谓"后人类"的"赛博格"状态。在这一形势下，由自然进化而来的人类身体，在现代科技的影响下出现了质的改变。虽然人类身体在物理上的不足得到了修正，但人的精神世界也失去了自由，不得不受到统一的规范和控制。更为重要的是，基因编辑法还设计

---

① 韩松：《驱魔》，上海文艺出版社 2017 年版，第 37—38 页。

了关于公民日常行为的标准模板，并通过筛选和修复，为病人的日常活动框定了既有的范围，以进一步实现全民管理的简便和快捷。通过以"洗血"疗法为基础的改造，人们从身体到精神、从个体到整体都实现了颠覆和更新，人类的经济和政治活动、日常生活习惯也开始全面处于由人工智能主导的医院平台的控制之下。

　　研究者并未直接定义"后人类主义"（posthuman-ism），而往往在与人文主义的比较中概括其基本的概念和内涵。整体而言，"后人类主义"的说法突出了某种对话的可能性，"即它一方面是对'人文主义'的解构和反思；但另一方面，它也可以说包含了某种形态的'人文主义'"①。从这个角度考虑，"后人类主义"常常被视为"后-人类中心主义"（post-humanism），它是对过去的人文主义的反思和解构："后人类的提出是为了克服人所具有的优先地位，但这并不是说用另一种优先地位（例如机器的优先）来取代它。后人类主义可视为一种后排他主义（post-exclusivism），因为它是在最宽泛意义上对生存的和解，是一种关于居间中介（mediation）的经验哲学。后人类主义并不采取任何先前的二元论或二元对立的观点，通过后现代解构的实践，它对任何由本体论引起的两极分化现象行了驱魅。"②学者常常将福柯在《词与物》中的最后一句话作为"后人类主义"的源头："人将被抹去，如同大海边沙地上的一张脸"③，这样一来，"后人类主义"的源头似乎可以追溯到后现代思想中，这就意味着"后人类主义"不仅仅是一个技术问题，而也是一种思维方式。卡里·伍尔夫认为，"后人类"与人文主义的内涵相关，在"人性"与"动物性"的双重内涵下，"人"的实现不仅要依靠逃避或压抑其在自然、生物和进化中的动物本能，还需通过完全超越物质性和具体化的束缚。在某种意义上，"后人类主义"的命名成为一个历史时刻。在这个时刻，由于技术、医疗、信息和经济网络的混杂，人们需要一种新的理论范式、新的思维模式来处理当下的困境，"后人类主义"不自觉地成为解释这一文化现象的范式。

　　在关于"后人类主义"的理论建构中，美国哲学家唐娜·哈拉维用"赛博格"（cyborg）概念进行科幻文学的建构和研究，随着这一概念应用范围的不断扩展，"赛博格"也成为"后人类主义"理论建设的一个部分。在哈拉维看来，"赛博格是

① 赵柔柔：《斯芬克斯的觉醒：何谓"后人类主义"》，《读书》2015年第10期。
② ［意］弗朗西斯卡·法兰多：《后人类主义、超人类主义、反人本主义、元人类主义和新物质主义：区别与联系》，计海庆译，《洛阳师范学院学报》2019年第6期。
③ ［法］米歇尔·福柯：《词与物——人文科学考古学》，莫伟民译，生活·读书·新知上海三联书店2001年版，第506页。

一种控制生物体,一种机器和生物体的混合,一种社会现实的生物,也是一种科幻小说的人物",科幻小说里随处可见"赛博格","既是动物又是机器,生活于界限模糊的自然界和工艺界。现代医学里面也充满着赛博格,充满着有机体和机器之间的结合,每个都被看作是一种编码装置而亲密地聚在一起,并带着一种不是在性征历史中产生的力量"①。

在"医院三部曲"中,为了保证医院之船上的老年病人能长久生存,以维持医院的运行,算法将男病人与女病人隔绝,以防止他们违规生出小孩,扰乱人工智能设计的长生不老项目。在韩松笔下,"赛博格"的未来显然没有那么乐观,超越人类身体构造的病人并非生活在无拘无束的乌托邦之中,反而始终被监视和控制。"药时代"的人们对自己的生存方式感到迷惘,杨伟和女病友白黛希望通过探索"医生是怎么死的"以破解"药时代"的秘密,不过最终依然没有找到答案。

这样看来,韩松笔下的"赛博格"世界存在着天然的矛盾,病人一方面实现了身体的重塑,实现了所谓的"永生",但他们在精神上依然无所依归,最终还是希望回到传统的人性中去寻找答案。因此,小说里的人物始终行进在寻求答案的过程之中,希望改变现有的医患关系,或者逃离医院之船,找到一个没有疾病的地方。

(三) 知识分子、人工智能与未来病人

唐娜·哈拉维提到,在 20 世纪的美国,科技的发展造成了人与动物、人与机器、身体与非身体三组关系边缘的破裂。② 进入 21 世纪以后,这三组关系之间的边界更加模糊。普通人对人工智能发展的最直观认知,或许始于 2016 年 AlphaGo 与人类棋手的惊世对局。事实上,虽然人工智能的发展极大地推动了人类的技术进步,但是这种即将超越人类思维极限的计算机程序依然让人恐慌。在工业时代,传统机械自动化进程使得一些简单重复的体力劳动被机器替代,而如今,依托大数据收集与分析,相对复杂的脑力劳动也开始可以被机器取代。会计、律师、翻译、医生等,都可能成为不复存在的社会角色。

---

① [美]唐娜·哈拉维:《类人猿、赛博格和女人——自然的重塑》,陈静、吴义诚主译,河南大学出版社 2012 年版,第 205—206 页。
② 参见[美]唐娜·哈拉维:《类人猿、赛博格和女人——自然的重塑》,陈静、吴义诚主译,河南大学出版社 2012 年版,第 208—212 页。

人工智能的定义大致可以总结为四个方面,即像人一样思考、像人一样行动、合理的思考和合理的行动。① 因此,人工智能的衡量可以参照两个维度,即与人类的相似程度、思考和行动的合理性(rationality)。其中,机器的智能行动被称为"弱人工智能"(weak AI),而机器的思考能力则被视为一种"强人工智能"(strong AI)。人类智能的获得是自然赋予的,大脑是主要的处理器,而人工智能并不依靠实体,它通过扩大数据获取的边界来编辑和优化算法,从而实现性能的不断提升。尽管科学家们对人工智能的研究常常与理性行为(rational action)相关,即如何在一个固定的环境中采取最好的行为方式,但在人文研究领域,对人工智能的担忧一直存在,并且主要集中在"强人工智能"领域。虽然关于机器是否真的能够思考等问题依然还存在哲学上的争论,但科学界和人文学界一直以来的担忧在于人工智能被广泛应用之后所造成的后果,即人类工作能力、感知力、责任感的丧失,这些后果最终可能导致人类的灭亡。在科幻小说和电影中,人工智能发生变异,摆脱人类的控制甚至反过来威胁人类的情节比比皆是,这在很大程度上是因为机器人和人工智能代表着未知,而未知容易引发恐惧。当技术进步的曲线不断增长,甚至达到接近于无限的"技术奇点"(technological singularity)时,人类社会将会发生质的变革:"在此层次上,人工智能系统会对人的自主性、自由乃至生存造成更为直接的威胁。"②值得注意的是,无论是有意还是无意,造成人工智能失控的罪魁祸首往往是野心勃勃的科学家,即知识分子中的一员。

韩松"医院三部曲"中的医生恰恰符合这一形象设定。最初,医生引入算法作为提高医疗诊断效率的助手,借助算法强大的数据库辅助治疗。但是,病人越来越不满意传统的医疗手段,他们要求全面的医疗改革,希望运用人工智能、互联网、大数据和云计算,最大程度地优化医疗机构的设置,节约诊疗时间,排除治疗过程中不合理的人为因素。随着知识的更新、迭代和自我发展,作为知识生产者的医生也无法控制算法向医疗各领域的入侵。渐渐地,一个被称为"司命"的算法进入并控制了医疗核心领域,它凭借深度学习,掌握了亿万病例和药品清单,仅凭病例信息就能搜索出病人的兴趣爱好和家庭情况,甚至还能预测和发明

---

① 参见[美]罗素、[美]诺维格:《人工智能:一种现代的方法(第 3 版)》,殷建平等译,清华大学出版社 2013 年版,第 3 页。
② [美]罗素、[美]诺维格:《人工智能:一种现代的方法(第 3 版)》,殷建平等译,清华大学出版社 2013 年版,第 878 页。

新药。最终,算法攀上医学的顶峰,而人类医生则被淘汰,这既有医生自身的原因,也是病人和历史的选择。当医生被算法取代,病人也从具体的个人变为数据和案例,可以被任意分析、修改甚至消灭。人工智能一旦失控,也就难以保持理性、稳定地运行,可能会带来灾难性的后果。

故事里科学与疾病的隐喻似乎与鲁迅时期的知识话语形成了对话关系。当时间回溯到一百多年以前,科学的功用始终与启蒙紧密相连,知识分子曾被寄予厚望。但是,在"医院三部曲"里,医生作为知识分子的代表,却未能起到应有的作用。小说里的医生被算法赶出病房,居于阴冷的角落,甚至可以被病人随意杀害。医生也试图建立"影子医院"以反抗人工智能,但却因欺骗、背叛而屡屡失败。小说中出现的医生角色,要么是懦弱胆怯的小人物,要么是邪恶暴虐的反面角色。随着情节的推进,医生和病人的身份开始重叠和互换,"在药时代,病人都拥有做医生的潜质,或者说,我们的身上,就附体着一名沉睡的医生"[1]。作为知识分子代表的医生,在"药时代"再一次失去了启蒙立场,不但未能唤醒民众,其本身也成了病人中的一员。

小说里的病人更是一群面孔模糊的"赛博格",他们拥有奇怪却相似的名字:瘵吡、疢嗉、疣啶、痉哌、疝噻,读者不得不通过查字典,甚至编写"阅读指南"来弄清这些名字的读音和病人的不同身份。[2] 这些生僻且难以区分的名字,或许暗含了作品更深层次的考虑:病人虽身份不同,但面孔相似,并且都苍老、肮脏、狡猾、自私,"同病相怜又同舟共济,同性相斥又同室操戈"[3]。他们常常是麻木的,每天收听"司命"的广播,背诵《医院工程学原理》,但也容易被欺骗和煽动,甚至联合起来反抗算法的统治。从整体上看,病人是非理性的,无知、庸俗却又生性残暴,虽然经过了"洗血"的治疗,却依然带有"饥饿基因",带有鲁迅曾批判的人性之恶。

可惜的是,韩松在"医院三部曲"里的叙述主线并不明晰,他更愿意提供一些碎片化的细节,一些有冲击力的、血腥而黑暗的画面,但却不愿给读者奉上合乎逻辑的整体构想。小说中常常出现令人费解的情节,例如,经过"洗血"治疗的病人本应表现得更为麻木,更像算法设计出的程序,但是他们却总在提供一些非理性的表达,呈现出人类原始的情绪、思维和行为方式,这种冲突和矛盾使读者在

---

① 韩松:《医院》,上海文艺出版社 2016 年版,第 219 页。
② 参见吴慧:《韩松〈驱魔〉阅读指南》,《中华读书报》2017 年 10 月 25 日。
③ 韩松:《驱魔》,上海文艺出版社 2017 年版,第 24 页。

阅读的过程中充满困惑。也许是为了防止读者轻易地剥离故事的内核,主人公杨伟总是在接近事实真相的时候遭受全盘打击,他小心探索得出的一切真相总会随后被证伪,医院之旅成了头脑中的虚拟治疗,而一切又指向了以病毒为核心的星际战争。这是韩松独特的"叙述圈套",通过不断的否定使故事陷入多维的空间,在层层叠叠的嵌套中,故事的意义和内涵被无限延展。

不过,在一片混乱中我们还是可以接触作者思考的一些片段,在以人工智能为主导的"药时代",社会整体陷入了矛盾和混乱状态,等级和阶级依然存在,但又似乎不起作用;性别差异被极力规避,但原始的冲动又总是影响着人类的行为;知识分子失去了特权,民众也并不能掌握自己的命运,人类只能在一片混沌中寻找可能的出路,而出路又似乎永远无法寻得。

(四)"赛博空间"与"铁屋"意象

"赛博空间"(cyberspace)是一种计算机语言,指计算机空间或是网络空间。不过,"赛博空间"的概念也被科幻小说作者运用,指一种虚拟的精神生活和文化空间。美国科幻作家威廉·吉布森在其小说《神经漫游者》中首先使用"赛博空间"和"赛博格"的概念,小说里的朱利斯·迪安就是一个 135 岁的"赛博格",为了延长寿命,他每周都要用血清和激素调节新陈代谢,并让医生"重设他的 DNA 密码"[①]。"赛博空间"通过网络通信技术,充分发挥了计算机的数字化处理能力,将人与机器连接在一起。这一空间改变了信息传播的渠道,拓展了人的活动空间和思维模式,它自由而博大,让"后现代""后人类"社会成为一个包罗万象的存在。作为科幻小说背景的"赛博空间"往往具有共同的特征:"首先,人们的直觉可以摆脱物质身体的束缚而在赛博空间独立存在和活动;其次,赛博空间可以突破物理世界的限制而穿越时空;再次,赛博空间由信息组成,因此具备操控信息能力的人在赛博空间拥有巨大的权力;最后,人机耦合的电子人(cyborg)在赛博空间获得永生。"[②]

韩松在"医院三部曲"中也构建了一个"后人类"时代的"赛博空间"。通过人工智能的改造,医院变成了大型宇宙飞船,而乘客则是各式各样的。这些病人的身体不再是原生状态的,而是经过重重修改,这些病人不仅被更换了主要的器

---

① [美]威廉·吉布森:《神经漫游者》,Denovo 译,江苏文艺出版社 2013 年版,第 14 页。
② 冉聃:《赛博空间、离身性与具身性》,《哲学动态》2013 年第 6 期。

官,就连内部基因也被修正,因而他们以一种永生的状态生活在宇宙飞船上。医院的控制系统是一个名为"司命"的算法,它将医生驱逐出病房,自己掌握了船上的一切权力。通过播报广播、印发《医院工程学原理》《医药报》《老年健康报》等图书、报纸来统治人们的思想。不仅如此,算法还通过特殊的治疗手段阻断了病人和亲人间的血缘关系,并通过隔绝男女病人的方式,断绝了病人繁衍后代的可能。在算法的控制下,医院之船成为名副其实的"赛博空间"。在弗朗西斯·福山看来,我们之所以为所谓的"后人类"未来而担忧,是因为在未来的"赛博空间"中,人性将被改变甚至消灭,这从根基上动摇了人类存在的意义。不仅如此,当人性被技术改造时,虽然人类已经陷入价值失落的状态,但却似乎还处在茫然无知的状况之中:"也许,我们将站在人类与后人类历史这一巨大分水岭的另一边,但我们却没意识到分水岭业已形成,因为我们再也看不见人性中最为根本的部分。"①

小说里的医院,除了指向由算法控制的"赛博空间",还是一个无法逃离的"铁屋子"。韩松曾说,"对我来说幽闭才是世界的本质"②,如何逃离幽闭空间,不仅是韩松关于生活的思考,也是小说想要解决的问题。韩松早期的作品中也常常出现类似"铁屋子"的意象,例如,在《地铁》中,作者就曾将地铁当成"铁屋子"的一个现代表现。地铁车厢里的乘客总是处于昏睡状态,并且无法唤醒,随着车厢的变异,这些人最终退化成非人的形态。在"医院三部曲"中,医院之船是密闭空间,周围全是海水,患者可以在船上随便走动,但无法逃离医院。除了由海水组成的屏障,监控器和传感器也在时刻监视着病人的行为。即使杨伟佚幸逃出病房,希望能乘坐医院之船抵达没有疾病的大海彼岸,却发现战争已经爆发,宇宙成为战场,跳下医院之船也不能获得死亡,而是来到火星医院的亡灵之池。在韩松"圈套"一般的叙述中,主人公逃无可逃,求生不得,求死不能,始终被困在医院这座"铁屋子"之中。王德威认为,韩松通过小说,巧妙地与鲁迅进行对话:"末法时代的医院是个没有阻拦,却无所逃遁的'铁屋子'。而当病人和医生陷入重重互为主客——或互为主奴——的幻境里,那是'药时代'的'无物之阵'。"③

在"铁屋子"意象的基础上,韩松试图再一次和鲁迅展开对话,他希望通过解

---

① [美]弗朗西斯·福山:《我们的后人类未来》,黄立志译,广西师范大学出版社 2017 年版,第 101 页。
② 彭晓玲:《科幻作家韩松:幽闭才是世界的本质》,《第一财经日报》2016 年 8 月 26 日。
③ 王德威:《鲁迅、韩松与未完的文学革命》,《探索与争鸣》2019 年第 5 期"百年五四"纪念特刊。

释文学与科学的关系,找到一条可能的出路。小说的主人公杨伟是一位歌词作者,但他并没有写出拯救病人的诗作,甚至他的精神世界成为病毒繁衍的温床。韩松还尝试用故事原理解释医学原理,用"叙事疗法"治疗疾病,但是都无济于事。当杨伟发现所谓的治疗过程其实就是大脑中植入的一段虚拟记忆时,文学和医学的关系变得更加紧密,船上之旅成为一段故事,而"医学本质上不是科学,而是文学"①。关于哲学、文学和科学的关系,韩松早有思考,他曾在访谈中说道:"科幻和哲学是有些相似性的,科幻小说最大的魅力是把技术当成艺术,用这样的表现手段来表达对人本身、对宇宙本身的思考。"②不过,在小说中,哲学和文学并不是治病良方,反而成了不断自我解构和轮回的"元治疗"。看似是终点的火星医院和亡灵之池,也被证明是杨伟意识中的产物:"医院居然是根据你的意识重建的,死人也是通过你的记忆复活的。甚至那个毁灭了的世界,也在你的神经系统中再生。"③如果说鲁迅曾对文学打破"铁屋子"有过一丝希冀,在韩松这里,文学却在不断地自我矛盾、自我复制和自我解构,留下无法解释的重重疑团。

不过,"医院三部曲"爆炸式的信息、细节和片段让故事的主要结构一再被埋没,读者几乎很难在其中窥得明晰的线索。小说中处处都是隐喻、悬念与暗示,真相、出路和可能的未来都被深埋在层层叠叠的细节中。"赛博空间"阻隔了血缘、人性和人情,人类的身体被禁锢,精神被控制,成为算法的实验样品。医学不能治病,文学也无法打开"铁屋子",最终留下的只有断片残垣式的文明碎片和浓雾般的恐惧与绝望。

美国学者凯瑟琳·海尔斯曾探讨"后人类"的四种假设。在她看来,首先,"后人类"实际上是历史的偶然事件,而非生命的必然;其次,从笛卡儿开始的西方人文传统往往把意识看得非常重要,但从"后人类"的观点来看,意识其实是次要的;再次,"后人类"的观点认为,肉体是人们天生能够操纵的,用其他假体扩展或替换人的肉体,也是正常现象,是人类操纵肉体的一种延续;最后,也是最重要的一点,"后人类者"认为,通过种种方式装配人类身体,可以实现人类身体与智能机器的无缝衔接,在"后人类"中,身体和计算机、人类目标与机器人目标之间没有本质的区别。④ 按照海尔斯的观点,"后人类"是一种历史发展的偶然现象,

---

① 韩松:《驱魔》,上海文艺出版社2017年版,第140页。
② 丁杨:《韩松:在今天,科幻小说其实是"现实主义"文学》,《中华读书报》2019年1月30日。
③ 韩松:《亡灵》,上海文艺出版社2018年版,第167页。
④ N. Katherine Hayles, How We Became Posthuman: Virtual Bodies in Cybernetics, Literature, and Informatics, Chicago and London: University of Chicago Press, 1999, pp.2-3.

并不需要对它有过多的畏惧,也不一定意味着人类就此终结。通过机械方式重塑和控制身体,从而实现肉体与机器的对接,"后人类"其实为人类的存在方式提供了另一种可能。从这一观点来看,韩松的小说或许提供了一种未来的生存方式,尽管他对一切都持有怀疑的态度。在小说中,肉体和机器逐渐一体化,身体和意识都可以被操控,思想、技术、科学、哲学、文学和宗教相互交织,任何一种方式都不是治病的良药,小说中庞杂、怪异和鬼魅的意象体现出韩松对现代文明、人文主义、技术革命的焦虑与反思。

在接受采访时,韩松多次表示,"现实比科幻还科幻"①,在他看来,现实和科幻的联系比人们想象的更加紧密。"医院三部曲"在某种程度上沿袭了韩松一贯的写作风格,以夸张、怪诞的方式重构作者眼中的现实世界。不仅如此,"医院三部曲"在主题的表现和情节的塑造方面也有突破。韩松在小说中触及了可能的"后人类"未来——一个由机器人、人工智能和大数据组成的空间,看似没有边界,实际却禁锢重重。在这样的未来中,人类变成半人半机器的"赛博格",他们想寻找出路,却不断失败。"后人类"未来迫使人们重新思考那些习以为常的生存方式,例如人自身的正常感知模式和情感状态,并将这些生存方式置于生态系统的整体背景之下重新进行考量,从而重新审视人类在自然界中的位置。虽然"医院三部曲"中爆炸式的信息、碎片化的细节和希望的一次次落空打击了读者的阅读信心,让其总体架构留有遗憾,不过,小说依然在保留现实内核的同时,留下了一扇瞭望未来之窗。

第三节　"后人类"视域下的 陈楸帆小说创作

作为中国科幻的"更新代"作家,陈楸帆习惯从"赛博格""后人类"视角切入,描绘"近未来"的人类生存体验,挑战文明社会背后的科技发展以及现代性话语。在他的小说中,"后人类"被视为人类可能会在未来抵达的一种状态:"人类的边界在哪里?人性究竟是所有人身上特性的合集还是交集?究竟一个人身上器官

---

① 彭晓玲:《科幻作家韩松:幽闭才是世界的本质》,《第一财经日报》2016年8月26日。

被替换到什么比例,他会变成另一个人或者说,非人?"①文学作品中的动物叙事古已有之,通常,为了建立这种叙事框架,作者需要将人类作为叙事者的真实世界,与人类所了解的动物世界结合起来进行考量,从而描绘出一个以动物充当叙事者的世界。

在后现代主义叙事中,人与动物的关系是历史学、社会学与文化分析都会涉及的一个问题②,后现代研究者强调,虽然人与其他动物属于不同物种,但却存在着许多相似之处。在德勒兹和加塔利的"生成"理念中,人与动物、动物与动物之间并非界限分明,而是一种相互"生成"的混沌关系。通过对人与动物的关系的探讨,陈楸帆立足本土经验,不断探索"人类"与"后人类"的边界,试图揭示人类发展的现实问题,并与技术主义形成对话。

一、走向"后人类"时代

科学技术的发展不但改变了人们的生存条件和生活环境,甚至开始直接改变人本身。这种改变,不仅仅是习惯、观念和态度的改变,甚至延伸至人的肉体层面。当人造器官、义肢在医疗领域被逐步应用,基因技术对遗传疾病的治疗也取得突破的时候,"人"本身的定义也开始受到挑战。

事实上,早期的科幻小说《弗兰肯斯坦》中就出现了由肢体残骸和电子元件组合而成的"科学怪人",中国科幻文学对这一话题的探讨也并不鲜见。王晋康的多篇小说都设计了"后人类"形象:《豹》③通过嵌入猎豹基因的方式改造运动员,进一步强化运动员的短跑技能;《癌人》④则想象利用永生的癌细胞克隆人类。王晋康在随笔中表示,基因技术、克隆、人造器官等前沿科学会给人类带来困境:"科学技术之箭不仅能劈开客观世界,也常常掉转方向异化人类自身"⑤,而科学技术正在不断加速人的进化过程,并将最终导致"人类用自身之力异化了自身"⑥。韩松在《地铁》《高铁》《医院》等作品中,也用夸张、变形的手法描绘了黑暗、恐怖的"后人类"时代,人工智能、医疗手段和生物科技改变了人的身体和

---

① 何平、陈楸帆:《访谈:"它是面向未来的一种文学"》,《花城》2017 年第 6 期。
② Jan Alber,Unnatural Narrative:Impossible Worlds in Fiction and Drama,Lincoln and London:University of Nebraska Press,2016,p.71.
③ 王晋康:《豹》,《科幻世界》1998 年第 6 期、第 7 期。
④ 王晋康:《癌人》,河南人民出版社 2003 年版,第 19 页。
⑤ 王晋康:《克隆技术与人类未来》,《科幻世界》1998 年第 2 期。
⑥ 王晋康:《超人类时代宣言》,《科学与文化》2006 年第 11 期。

心理、革命、启蒙以及人类的命运等一系列话题变得更加复杂。

"更新代"科幻作家陈楸帆也曾多次论述"后人类"时代的场景：通过生物基因工程技术，孩子的外貌、特长、智力都可以被选择；通过克隆技术，人的肉体可以复制，进而不断更替，最终实现永生；通过虚拟现实技术，人的意识可以在虚拟空间中游走，而肉体的现实意义甚至可以被取消。在这样的"后人类"时代，人机合一的"赛博格"成为打破人种、阶级甚至物种之间界限的一种可能性。陈楸帆对人与技术的关系充满忧虑，在不久的未来，人类是否会被技术控制是值得深思的问题。

关于"后人类"问题的提出，人们常常会追溯至德国哲学家马丁·海德格尔，他将关于技术的对话带入了本体论领域。因为了解现代社会中技术的重要性，所以海德格尔并未简单地支持或是谴责技术，而是提出了一个看似简单的问题：什么是技术？关于这个问题，他找到了两个常见的定义："合目的的工具"和"人的行为"。[①] 但是，海德格尔似乎并不满足，他进一步追溯至柏拉图时代，把技术解释为一种"解蔽方式"[②]，即一种揭示的方式。这样一来，海德格尔对技术的看法就超越了善与恶，技术本身并不会对人类社会造成损害，重要的是人类与技术共处的方式。

哲学上的"后人类主义"被一些学者解释为三个方面的结合，即"后-人类中心主义"（post-humanism）、"后人类中心论"（post-anthropocentrism）、"后二元论"（post-dualism）。[③] "超人类主义"意味着人类经验的多元性，人不再被视为个体，而被视为群体，而人文主义传统则不可避免地会遭到破坏。"后人类中心主义"则指涉人和"非人"的关系，人也不再被视为万物的中心。"后二元论"意在打破封闭性的二分法，不希望用简单的"我们"/"他们"、"文明"/"野蛮"等词汇区分人类及非人类。除了哲学上的解释，围绕"后人类主义"，还存在多种理解方式，哲学家罗西·布拉伊多蒂提倡所谓的"批判性后人类主义"（critical posthumanism），即"把后人类主义情境看成是颠覆资本主义既有秩序、建构迥异于启蒙理性所定义的人的观念的绝好机缘"[④]。布拉伊多蒂认为，资本主义将人和人的生物性商品

---

① ［德］马丁·海德格尔：《海德格尔选集》，孙周兴选编，生活·读书·新知上海三联书店1996年版，第925页。

② ［德］马丁·海德格尔：《海德格尔选集》，孙周兴选编，生活·读书·新知上海三联书店1996年版，第932页。

③ Francesca Ferrando, Philosophical Posthumanism, London：Bloomsbury Academic, 2019, p.54.

④ 孙绍谊：《后人类主义：理论与实践》，《电影艺术》2018年第1期。

化,人的基因、细胞成了资本获利的工具。在这种资本主义秩序下,人和物的价值几乎可以等同,都可以成为商品:"人和其他物种之间的区别即使不是被真正地消灭,也至少会变得模糊。"①因此,在未来,人的一切组成部分都很可能会和其他生物或非生物一样,成为资本获利的来源,全球的经济也将朝着"后人类中心主义"的方向发展。

受德勒兹"生成""块茎"等理论的影响,布拉伊多蒂认为,生命体拥有平等的普遍生命力,这种普遍生命力冲破了物种的界限。德勒兹的"生成—动物"理论意味着对"人类中心主义"的转移和超越,而所谓的"解辖域化"(deterritorialization),意味着如"块茎"一样不断地连接其他物质,从而实现一种以普遍生命力为中心的平等观念。

整体而言,作为文学与文化研究的一种谱系性工具,"后人类"的观察视角能让人们在现实经验的基础上,以批判和反思的态度看待全球社会的技术发展和传播问题,帮助人们重新发掘人与动物、自然之间的互动关系。陈楸帆的科幻场景常常设置在"近未来"和所谓的"后人类"时代,他希望借助科幻实现对现实世界的反思。在他看来,科幻小说并非幻想,而是"最大的现实主义"②,是对现实的一种超未来的、变形的表现。因此,其小说常常表现现代化浪潮中的各种经济形态、政治话语和思维意识。在情节的设计和意象的选择上,陈楸帆则愿意借助动物、人与动物的关系以及人与动物结合而成的"赛博格"来表达他的"科幻现实主义"理念。

二、动物、动物的变形及虚拟现实

主张"批判性后人类主义"的哲学家们认为,有必要重新审视人文主义的源流,纠正人文主义设立的"二分法",消解"人"与"非人"的二元对立。在德勒兹和加塔利的论述中,生命、机器、动物等概念被重新整合,他们基于"生成"理论的结构,构造出一种全新的言说方式,进而弥合生命体与无生命体、人与动物、人的身体器官与其他构件之间的对立。在"生成—动物"理论中,德勒兹和加塔利认为:"动物不是通过特征(种的特征、属的特征等等),而是通过种群被界定的,种群是多变的——从一个环境到另一个环境或在同一个环境之中;变动不

① Rosi Braidotti,The Posthuman,Cambridge：Polity Press,2013,p.63.
② 陈楸帆:《对"科幻现实主义"的再思考》,《名作欣赏》2013 年第 28 期。

再仅仅是(或主要是)通过血缘性的繁殖而形成,而更是通过异质性的种群之间的横向传播。"①在德勒兹和加塔利看来,世界上物种的存在方式都有其特定意义,应该以多元的视角打破传统的人类主体论。科幻文学将动物活动、人与动物的关系等内容纳入叙述,不仅突破了人类中心传统,还将人与动物边界的模糊性,以及由此造成的张力纳入考量,建构出观察人类文化演进的另一种角度。

陈楸帆的小说《鼠年》就赋予了老鼠这一常见的动物群体新的意义。小说里的老鼠并非低等生物,而是一个拥有高等智慧的新鼠群体,它们形成了相对稳定的社群体系,拥有基本的社会结构、社会分工,甚至能够团结起来和人类抗衡。陈楸帆通过对特定人物和话语的呈现,将现代时空与历史时刻相连,显示出历史惊人的循环性。在小说中,新鼠养殖并不是新兴产业,而是一个"跟以前的贴牌代工电子产品和服装服饰没什么区别"②的行业。农场主们从国外进口胚胎,在自己的工厂里培养一段时间,通过筛选机制,选出符合宠物标准的新鼠,出口售卖给外国富人。但是,培养过程还产生了大量不合格的新鼠,这些新鼠原本应该被无害化处理,但是拥有智慧的它们逃出农场,并在其自行建造的社会体系内觅食、生活、繁衍,其数量和种群不断扩大,最终威胁到人类。为了消灭新鼠的威胁,大量大学生被迫组成了灭鼠队伍,他们必须在规定的时间内学习灭鼠技术并完成灭鼠任务。这些青年刚刚离开象牙塔,更没有猎杀的经历,因此,灭鼠活动让他们在承受肉体伤痛的同时,还需要面对心灵上的恐惧。大学生按照各自的灭鼠水平形成了不同队伍,他们之中,有的残忍凶暴,有的善良胆怯。"豌豆"是一个有同情心的大学生,他发现了新鼠和人类的共性:"我总觉得,那些老鼠没有错,它们跟咱们一样,都是被逼的,只不过,我们的角色是追,它们的角色是逃,换一下位置也没什么不一样。"③不仅如此,新鼠还具有与人类十分相似的情感体验甚至"灵魂",而新鼠朝不保夕、东躲西藏的命运也指向人类存在的荒谬与无奈:"我们跟新鼠一样,都是这伟大博弈中的一枚小小棋子。"④"豌豆"不仅下不了决心杀死新鼠,甚至还收留了一只未成年的新鼠作为宠物。但是,他的违规行为很快被上级发现并要求他将未成年新鼠设计成诱饵,以吸引大批成年新鼠前来营救,趁机将它们消灭。《鼠年》借"我"之口发问,人类与动物之间是否仍存在

---

① [法]吉尔·德勒兹、[法]菲利克斯·加塔利:《资本主义与精神分裂(卷2):千高原》,姜宇辉译,上海书店出版社2010年版,第336页。
② 陈楸帆:《鼠年》,载《后人类时代》,作家出版社2018年版,第152页。
③ 陈楸帆:《鼠年》,载《后人类时代》,作家出版社2018年版,第161页。
④ 陈楸帆:《鼠年》,载《后人类时代》,作家出版社2018年版,第173页。

平等的关系？人类是否有权任意修改动物的基因？在修改出现失误的时候，又是否能够随意地处理那些"残次品"？

在《丽江的鱼儿们》中，陈楸帆再次构建了一个以资本为中心的"近未来"世界，主人公仿佛"负债累累的寄生虫"一般，蜗居在"城市皱褶处的霉菌公寓"里①。高强度的工作致使他神经功能失调，于是他前往丽江疗养。丽江看似是一片自由的乐土，但是眼前所见的一切实物，天空、风景、动物都已经被机器人、虚拟现实、全息投影取代。当主人公发现身边的一切都并非实体，偶遇的女孩也只是他的治疗护士时，他深感失望。在主人公关于丽江的记忆中，只有鱼群还是联结过去的纽带，他十分羡慕鱼儿的简单和纯粹。但是主人公却在观察中发现，那些一次次给他力量的鱼儿，竟也只是全息影像的虚拟投影。在小说里，作者连接了动物、虚拟现实和人类，重复游动的鱼群仿佛暗指人的集体无意识，同时也呈现出在未来社会，人类被机器操控而别无选择的命运。

值得一提的是，科幻小说营造了一个全新的视角来展现对动物的关注，即从动物角度重新看待人和人彼此之间的关系。《巴鳞》即针对这一问题对人与动物（怪物）、父与子的关系进行了讨论。作者采用"异视角通感"②式的表现方式，通过回忆与现实的不断交织，展现了"我"和巴鳞、和父亲之间关系的变化过程。巴鳞是一种异族动物，它的镜像神经系统超常进化，能够非常精准地模仿人类的动作。同时，发达的神经系统也使它具有极强的共情能力，能够感知人类的情感，会因为心疼人类而违背自己的意愿。但是，巴鳞的生理特性却被人利用、玩弄、奴役甚至凌辱。巴鳞既是"我"少年时的宠物，也成为"我"和父亲进行交流的媒介。当"我"操控着巴鳞对父亲宣泄多年的不满时，父亲突然抱住了巴鳞，"我"也深受触动，于是"沉默着走近拥抱着巴鳞的父亲，弯下腰，轻抚他已不再笔挺的脊背。这或许是我们之间所能达到的亲密的极限"③。不过，父子两人最终还是因为自身的懦弱，放弃了继续交流的机会。多年以后，"我"成为研究运动模式的科研人员，巴鳞则成了实验对象。在不断的实验中，"我"开始思考人类的意志和人类的文明是否存在着某种关系？人类对待亲人或是异族是否缺乏同情心？"衡量文明进步与否的标准应该是同理心，是能否站在他人的价值观立场去思考问

---

① 陈楸帆：《丽江的鱼儿们》，载《薄码》，百花文艺出版社 2012 年版，第 122—123 页。
② 见王硕嫱：《介于神化、模拟与创造之间的现实》，《文艺报》2018 年 5 月 25 日。
③ 陈楸帆：《巴鳞》，载《后人类时代》，作家出版社 2018 年版，第 241 页。

题,而不是其他被物化的尺度"①。小说的最后,"我"终于理解了万物有灵的意义,也在内心达成了与父亲的和解。事实上,"我"正是通过与巴鳞的共情,实现了某种"逃逸",实现了对人类中心主义的反思。

虚拟现实技术在小说中成为实现"逃逸"的手段,通过对脑波信号的分析,虚拟现实技术能够根据被实验者的需要生成实时环境。其实,人类对自身的认知有片面性,而虚拟环境能够让人自由地切换意识和身体感知,使人类的意识成为整体,并逐步突破空间的限制。在"后人类"时代,肉身可能是可有可无的,而意识正在成为新的存在方式。

三、跨物种的科幻想象

在陈楸帆的小说中,人类和动物之间常常没有固化的边界,人类能够从动物身上获得某些特质,动物也能够侵入人类的身体甚至控制人类。在这种情况下,人类和动物之间就形成了一种"生成"。在德勒兹和加塔利的理论中,与其说"生成"是进化,不如说是联盟(alliance):"如果说进化包含着任何真正的生成,那么,这只能是在共生(symbiose)的广阔领域之中。"②"共生"能够使得存在于迥异领域中的存在物之间产生互动,尽管这些存在物之间可能根本不存在任何亲缘关系。在陈楸帆的小说中,就存在着这种"共生"状态,在这一状态下,人类与动物相互融合、转化,通过不同种群之间"块茎"式的横向传播,从而达成一种动态的平衡关系。

在《动物观察者》构建的"近未来"场景中,人们深陷一成不变的日常生活之中。一群动物爱好者希望获取动物身上的特质,从而优化自身、改变现状。故事的主人公们集体参加了仿生学的产品测试,通过生物手段改造人性并获取兽性。"我"希望拥有海豚一般的大脑,可以轮流运转两个脑半球,从而获得更高的工作效率。很快,"我"真的获得了这一能力,赚到了一笔钱,最后却因为失误丧失了全部的资金。与此同时,有的人获得了模仿声音的能力,有的人得到了能够吸引异性的费洛蒙,有的人则得到了超强消化酶。然而,当大家越来越依赖这些神奇的仿生学产品的时候,身体却发生了不可逆转的变化,兽性开始逐渐侵蚀人性,"我"终于认识到了这些所谓的仿生学产品的副作用,即"将内心的贪婪、欲望和

---

① 陈楸帆:《巴鳞》,载《后人类时代》,作家出版社 2018 年版,第 251 页。
② [法]吉尔・德勒兹、[法]菲利克斯・加塔利:《资本主义与精神分裂(卷 2):千高原》,姜宇辉译,上海书店出版社 2010 年版,第 335 页。

恐惧放大"，不仅如此，为了维护"安全感"，人们还不得不"最大限度地夺取资源，保障自我生存"①。小说中对"动物性"所产生的负面影响的表述暗示，如果人类无节制地放大欲望，那么人的兽性会被不断地激发，人性的黑暗面会进一步扩大，终将无法控制。最后，大家落入了"动物观察者"的陷阱，最终丧失了做人的资格。

德勒兹和加塔利在解读卡夫卡的小说时提到，卡夫卡描写动物，是为了寻求一个出口，一条"逃逸线"，而自由的逃逸需要动物的变形，这是因为变形几乎成为动物的一种特质。卡夫卡小说中的动物变形主要有两种，一种是被迫的，另一种则是主动的。在前一种方式中，动物在人类的逼迫下，为了躲避被驯化的命运，不得不开始逃亡。在后一种方式中，动物主动给人类指示了一条出路，而这种出路是人类靠自身无法获得的："两种脱离领土的运动互为内在，彼此推动，促使对方打破阈限。"②

《谙蛹》也从人与"非人"结合的角度呈现了一种"逃逸"。小说中的元蛹来自外星发达文明，是一种能够联结不同个体之间的情感与意识的共同体。元蛹的使命是形成一个"圆融和谐的智慧共同体"，然而，这个目的不但没有完成，反而导致了阴谋、背叛与屠杀。在毁灭了一个又一个文明之后，元蛹来到地球，以蛹的形态分散寄居在人类身上。一颗蛹钻入了小说主人公安仔的大脑中，联结了他的意识，与他产生对话。在小说中，作者提出这样的设想：当人的意识与其他物种联结，是否能够突破自身对世界的认识？通过引入非人类的视角，作者描绘了一种"后人类"的生存方式，同时也实现了对现实世界的重构与反思。

仪式和科技这两种看似矛盾的元素，在陈楸帆笔下碰撞并产生了奇妙的观感。《鼠年》《欢迎来到萨姆拿》和《怪物同学会》都或多或少地展现了这一尝试。《欢迎来到萨姆拿》中充满了符号、舞蹈、边地风景和异族风情，甚至一度让读者陷入混乱。其实，这一切都是运用现代科技造就的"机器梦境"。小说提示读者，真实世界与虚拟世界往往是混淆的，人们脑海中的"真实"并不可靠。不仅如此，人可能一直处于一种"超真实"状态："在这里，未来与过去，真实与梦境，神话与科学，人与机器，你中有我，我中有你。"③在法国哲学家让·波德里亚的理论中，

---

① 陈楸帆：《动物观察者》，载《后人类时代》，作家出版社 2018 年版，第 15 页。
② ［法］吉尔·德勒兹、［法］菲利克斯·加塔利：《什么是哲学？》，张祖建译，湖南文艺出版社 2007 年版，第 79 页。
③ 陈楸帆：《欢迎来到萨姆拿》，载《后人类时代》，作家出版社 2018 年版，第 305 页。

技术时代的来临会使现实被媒介取代,因而"真实"本身可能已经消失,而一种比"真实"更真实的现象,即"超真实"(hyperreal)随之出现。在这一形势下,"真实"因为"自身的摧毁"反而实现了巩固和加强。之所以说"超真实"比"真实"更真实,是因为它已经打破了现象和现实的边界,"超真实"并非一种客观存在物,而是更接近广告、照片这类复制物和想象体。《欢迎来到萨姆拿》即以混乱的时间线在呈现"超真实"的同时,体现出作者对媒介化社会的忧思。

《怪物同学会》[①]同样基于仪式展开叙述,描写了人的异化和变形,并探索仪式背后的深层含义和人性弱点。小说中有一群已经毕业的大学生,他们自恋、势利、虚伪、不择手段,读书时曾为了一己私利集体构陷老师并隐瞒真相,最终导致老师自杀。多年之后,老师的女儿精心策划了一场同学会,希望以仪式、献祭的方式完成复仇。在同学会中,被迫完成仪式的学生的身体发生了变形,变成了巨茧、蜈蚣、花朵或是垃圾山,并且开始互相残杀。与《欢迎来到萨姆拿》类似,小说描绘的景象依然是基于意识展开的"超真实",当意识被扭曲,仪式的力量则被放大,"现实"被"超现实"遮蔽。事实上,小说最后想要讨论的依然是人性和人的异化问题,在作者眼中,"后人类"社会及其科学技术的发展可能会进一步造成人的异化,这一点值得警惕。

四、"赛博格"与人的"生成"

"赛博格"一词可以追溯至 1960 年代,它是"后人类主义"理论建构中的重要一环。唐娜·哈拉维认为,"赛博格"是一种"机器和生物体的混合","当代科幻小说里充斥着赛博格——既是动物又是机器,生活于界线模糊的自然界和工艺界"[②]。由此可见,"赛博格"既是技术体,又是生物体,其重要意义在于,"赛博格"能够穿越技术边界,打破西方以人文主义为核心的叙事传统,有助于建造一个超越性别、种族、阶级的"后现代"社会。

"赛博格"在人与动物的关系上表现出十分有趣的特质:"神话中的赛博格恰恰就出现在人类和动物被逾越的边界上。赛博格远不是标记出一种把人和其他生物区分开来的高墙,而是标记出一种不安而又快乐的紧密结合。"[③]陈

① 陈楸帆:《怪物同学会》,《青年文学》2017 年第 10 期。
② 〔美〕唐娜·哈拉维:《类人猿、赛博格和女人——自然的重塑》,陈静、吴义诚主译,河南大学出版社 2012 年版,第 205—206 页。
③ 〔美〕唐娜·哈拉维:《类人猿、赛博格和女人——自然的重塑》,陈静、吴义诚主译,河南大学出版社 2012 年版,第 209 页。

楸帆的《无尽的告别》就展现了人与动物的结合。小说中的"我"因为血管破裂而变成了植物人，为了节约治疗费用，"我"参加了军方的"开窍计划"，与海底新发现的蠕虫类智慧生物的大脑联结，进行意识交流。"我"的植物人状态，以及和蠕虫的相互"生成"，与德勒兹和加塔利理论中的"无器官身体"的概念类似。"无器官身体"并不与器官相对立，"而是与那种被称作有机体的器官的组织相对立"①。德勒兹和加塔利认为，器官构成了组织，而组织会束缚和钳制身体。因此，"无器官身体"应当是一种自由的身体，脱离了组织化和规范化，可以实现生成和重建。《无尽的告别》里的"我"就充当了一具"无器官身体"，"我"和蠕虫的意识开始联结、融合并相互生成："我感受到对方的温度、纹理和震颤，但同时也感受到来自自身的肌体刺激，我触摸着它触摸着我，我包容它又包容我。"②"我"把与蠕虫大脑联结的感觉形容为一颗"卵"："你能感到四面八方传来有节律的震颤，一种均匀的压力迟滞而坚定地迫近。"③德勒兹和加塔利也用"卵"来解释"无器官身体"，"卵"这样的"强度性的生殖细胞"就是"无器官身体"，"它与有机体相邻，并不断地处于构成自身的过程之中"④。这样看来，在《无尽的告别》里，"我"正是通过"无器官身体"与异种智慧生物相互"生成"，相互理解。

《荒潮》同样展现了"赛博格们"在"后人类"社会的生存方式。小说里有一个电子垃圾岛"硅屿"，黑暗、潮湿，污染和贫瘠共生，成了社会、阶级和家族冲突的凝结之地，生态危机、技术滥用和资本倾轧让底层的人们生活在挣扎和压抑之中。陈楸帆立足现代化城市语境，在展现"硅屿"的"后现代"画面的同时，也呈现了现实中的人类生存方式。"垃圾人"和"硅屿人"的矛盾是小说的主要矛盾，"垃圾人"不顾生命危险收集废品，而"硅屿人"、跨国企业、政府官员则在争夺资源和权力。在被资本与技术支配的世界中，工厂制度致使人类与机器高度一体化，人的个性消失了，成为模式化的生产工具。

关于"赛博格"与意识的关系，哈拉维作了如下解释："赛博格的无所不在和不可见性正是为什么这些阳光带的机器如此致命。很难从政治上了解它们，就

---

① ［法］吉尔·德勒兹、［法］菲利克斯·加塔利：《资本主义与精神分裂（卷 2）：千高原》，姜宇辉译，上海书店出版社 2010 年版，第 220 页。

② 陈楸帆：《无尽的告别》，载《未来病史》，长江文艺出版社 2015 年版，第 291 页。

③ 陈楸帆：《无尽的告别》，载《未来病史》，长江文艺出版社 2015 年版，第 289 页。

④ ［法］吉尔·德勒兹、［法］菲利克斯·加塔利：《资本主义与精神分裂（卷 2）：千高原》，姜宇辉译，上海书店出版社 2010 年版，第 227—228 页。

像从物质上解释它们一样。它们是关于意识的——或对意识的模拟。"①《荒潮》中的底层人物小米,一直是被欺侮、压迫的对象,她在感染病毒之后异化为"赛博格",她的意识在人类与机械人之间来回摇摆,以至于分化为两个人格:"小米 0"和"小米 1"。"小米 0"是那个弱小胆怯的垃圾女孩,而"小米 1"则冷漠、残忍、深不可测。"小米 1"切断了"硅屿"的网络,带领所有"垃圾人"发起了反抗。与之相比,作为人性的代表,"小米 0"则脆弱不堪。陈楸帆认为,小米超越了简单的人机结合阶段,"呈现为一种异于人类自身的新物种——后人类。她拥有的是一种混合式的情感与思维方式,而这一方式使得她得以洞察并操控大众来实现其不为人知的目的"②。可惜的是,小说虽然展现了社会的种种矛盾与问题,但尚未找到解决的方法。作者也承认,《荒潮》"仍然是现实世界的一个简化粗糙的翻版或曰隐喻"③,并未实现哈拉维笔下的"后人类"神话,小米最后的死也意味着那种颠覆性的"赛博格"力量还未产生。

"赛博朋克"指向一种技术和文学的融合,在西方传统中,科学和文学之间存在着鸿沟,但在"后现代"社会中,随着技术的失控,这种鸿沟正在加速崩溃。现代科学的飞速发展令人不安,这种革命性的变革显示出一种激进的态势,正以一种入侵性的方式涌入整个文化环境,而传统的权力结构和社会机制也已经无法控制变革的步伐。在这一形势下,技术开始向流行文化靠拢,并形成了一种街头式、反主流的文化样态。这一文化样态不仅在文学领域开始出现,在地下摇滚、电影和前卫艺术中也开始发挥作用。大多数与"赛博朋克"相关的文本,对技术以及技术的作用充满了复杂的感情,既存在恐惧和焦虑,又充斥着憧憬和迷恋。从某种程度上来说,"赛博朋克"可以被解读为科幻小说的"后现代"症状。虽然人与自然、人与机器人的对立是传统科幻小说的常见主题,但在传统科幻小说中,人与"非人"最终尚能维持一种平衡关系,人类仍然能够安全地居于中心位置。但是,在"赛博朋克"作品中,这种"人类中心主义"的形态被打破了,人类开始从中心走向边缘。《神经漫游者》开头的第一句话是"港口上空的天色犹如空

---

① [美]唐娜·哈拉维:《类人猿、赛博格和女人——自然的重塑》,陈静、吴义诚主译,河南大学出版社 2012 年版,第 212 页。
② 陈楸帆:《〈荒潮〉中的赛博格:从理论到文本》,载李森主编《学问:中华文艺复兴论.3》,花城出版社 2016 年版,第 132 页。
③ 陈楸帆:《〈荒潮〉中的赛博格:从理论到文本》,载李森主编《学问:中华文艺复兴论.3》,花城出版社 2016 年版,第 131 页。

白电视屏幕"①，旨在利用修辞手法暗示自然景观与人造之物的融合。在小说中，"后现代"的人类身体也在不断地与外界技术产生交互，人类身体的运行方式也已经被纳入技术话语中。这种对人类与技术之间潜在联系的强调，形成了"赛博朋克"的共同特征：爱好流行文化、街头文化，同时重视社会边缘化群体，并试图从城市的边缘地带考量人和技术的关系。

不仅如此，"赛博朋克"作品偏好对细节进行精心构建，令人眼花缭乱的新奇意象和信息给读者带来强烈的阅读体验。在陈楸帆看来，《神经漫游者》恰恰描绘了最具典型性的"赛博朋克"世界：庞大的国际公司成为行政权力的中心，政府则被弃之一边，这造成了权力的滥用和腐败问题。同时，繁复密集的信息网络则实现了对个体生活的实时监控，人与人之间的距离变得愈加遥远，在所谓的"High Tech，Low Life（高技术，低生活）"②中，人们日渐沉醉于虚假的快感之中，在精神的麻木中自我放纵。与早前的科幻作者相比，"赛博朋克"写作者的成长环境已经颇具"科幻"色彩，在他们的生活中，技术手段对日常的干涉已经成为一种习惯。对这一类作者来说，经典"硬科幻"的技巧，如推理和技术性写作，已经不仅仅是一种文学工具，甚至已经成为日常生活的辅助手段。③ 出于对现实的忧虑，陈楸帆的创作关注人与动物、人与"非人"的互动和"生成"，并由此考察"近未来"社会中技术主义的逻辑以及人类的生存态势。在陈楸帆的写作中，人性、人情与家国情怀、本土经验共同构成了对抗技术变异与资本话语的现实力量，通过对"后人类"时代生存方式的再思考，陈楸帆也给文坛提供了另一种探索的维度。

---

① ［美］威廉·吉布森：《神经漫游者》，Denovo 译，江苏文艺出版社 2013 年版，第 3 页。
② 陈楸帆：《虚拟现实：从科幻文本到科技演化》，载陈思和、王德威主编《文学·2017·春夏卷》，上海文艺出版社 2017 年版，第 30 页。
③ Rob Latham edited，Science Fiction Criticism：An Anthology of Essential Writings，London and New York：Bloomsbury Academic，2017，p.38.

结　语
中国当代科幻小说的知识话语与文化表达

作为文学的一个分支,科幻小说发端于人们认识世界和改造世界的需要。在阿西莫夫看来,科幻小说关注幻想、关注虚构的未来社会,而科学发展的程度和性质决定了未来和现实的不同。在技术变革日新月异的今天,科幻文学想要超出现实边界,提供惊异的阅读美感更加困难。因此,如何处理和想象未来世界成为科幻作家共同努力的方向。达科·苏恩文认为,科幻小说的想象和建构方式是一种"诗性"。这种"诗性"通过"认知性"和"陌生化"的结合,从多方面更新了读者的阅读感受。从知识传递的角度来看,科幻小说将科学知识与艺术魅力相结合,并在文本层面上建构起一种指向现实和未来的审美体验。

观察中国近现代以来的科幻小说创作历程,可以发现,虽然主题各异、形式丰富,但其始终关注着现实处境、现代化建设与发展蓝图,并以知识分子话语体系构建起未来社会的文化景观。1949 年以后,随着科学技术的不断更新和进步,科幻文学通过多侧面、多角度的构思不断更新着未来世界的表现方式。为了集中展现科技和人的关系,科幻小说从知识分子叙事入手,侧重工业幻想、宇宙探险、环境保护以及人文表达,用多重文本形式展现了天马行空的想象空间,也为重新思考当今社会的历史和现实问题带来了新的启示。

一、新型城市的工业建设图景

在 1949 年以后的科幻文学创作中,知识分子的话语呈现首先从科学技术和社会主义现代化建设等层面展开。在相关政策的引领下,科幻作家纷纷以智性的视角和对现实的深切把握,幻想未来的家园建设蓝图。叶永烈的《小灵通漫游未来》中"未来市"先进、便捷的城市形象深入人心,飘行车、直升机和小型火箭随处可见。在"魔术般的工厂"中,"人造淀粉车间""人造蛋白质车间""成型间"应有尽有,人们利用二氧化碳、水等自然界中的常见原料,源源不断地生产出淀粉、蛋白质和油脂。

迟叔昌的《大鲸牧场》和《割掉鼻子的大象》构想了一座具有养殖、捕捞、加工甚至消费功能的一体化工厂。"大鲸牧场"里没有工人,由机械手臂完成生产任务,鲸鱼通过自动生产线的加工,成为食品、香料、药品和工艺品。《割掉鼻子的大象》中的流水生产线则更加先进,几乎成为一个丰富的农产品仓库,通过自动运行、合理分配,将加工完成的食物直接送达人们的餐桌。

鲁克的《海底渔厂》《海上的黑牡丹》《潜水捕鱼记》等小说通过对海洋资源的探索扩大城市的建设空间。《海底渔厂》中的工厂也遵循着高科技、全自动的运营模式,通过超声探测获取鱼群的位置,并用全自动捕捞设备进行捕捞。随后,将捕获的鱼类直接送往车间运输带,由自动化机器完成清洗、切割甚至调味、烹饪和打包,最后直接制成鱼类罐头。《海上的黑牡丹》同样描述了自动化设备,人们利用自动钻探机采集海底石油,将石油通过管道直接输送到岸上。

叶永烈的《石油蛋白》则针对食品短缺问题提出了相应的解决方案。小说设想通过培育微生物的方式,从石油中提炼蛋白质,并以此为原料,加工成奶粉、蛋糕等各类食品,丰富人们的餐桌。

通过科技手段对自然资源进行开发利用,将海洋、农场和森林变为城市工业建设的重要基地,表现出工业时代的知识分子建设社会主义城市的信心和期盼。科幻小说对未来城市发达的生产线、合理的分工方式、高超的产业技术的描绘,表现出作者对城市发展的期盼,对便利、富足的生活的美好向往。

二、生态建设与可持续发展

环境问题、可持续发展和生态文明建设也是我国科幻写作的关注对象。在迅速发展的基础设施建设背景下,如何在保持经济持续发展的同时,保护人类的自然家园?早在 20 世纪六七十年代,知识分子写作的代表叶永烈、刘兴诗等作家就提供了他们的思考。

科幻小说中的"未来之城"春风和煦、绿树成荫。《小灵通漫游未来》中的"未来市"采用环保材料建造房屋,"又轻又富有弹性,不怕地震",主要的交通工具则是气垫船和飘行车,它们依靠喷气发动机制造动能。《游牧城》将游牧民族的迁徙习惯加以改造,在由轻型材料制成的房屋上安装动力设备,让搬家变得轻松而有趣。

"未来之城"的工业生产大多使用了天然能源：《烟海蔗林》里的甘蔗园利用日光电池制糖，《蔬菜工厂》采用太阳能加快植物的生长速度，《蓝色列车》中的"海底牧场"则使用灯光培育水草以饲养牲畜。

21世纪之后，科幻作家在天马行空的太空歌剧之外，同样用小说表现着对现实问题的关注。刘慈欣的多篇小说就针对环境保护问题提出了自己的看法，例如《中国太阳》探讨了科技发展对城市生态的作用。小说构造了一面平行于地球轨道的巨大镜子，镜子通过反射热能改善地球上的生态环境。主人公水娃参与了"中国太阳"的宏大工程，成为"镜面农夫"，并最终驾驶"中国太阳"追寻星际探索的梦想。水娃的追梦旅程，既是个体生命力的表达，也是集体理想的承载。

《圆圆的肥皂泡》对环保问题的关注则融合了更多的人文内涵，小说将孩童的梦想、两代人的奋斗和青年的创新精神结合在一起。科学家圆圆为了实现自己幼年时的梦想，在研究工作中采用"飞液"这一超级表面活性剂，制成一个包裹着海洋湿气的"巨型肥皂泡"，借助肥皂泡的作用将雨水带到了干旱的西北地区。正是父辈知识分子们的传承，让圆圆获得了内在的精神动力，而"肥皂泡"这一充满童趣的构想也寄托了刘慈欣对未来科学技术的乐观态度和对知识分子的肯定与希冀。刘慈欣将知识分子的梦想与憧憬、努力与追求以科幻的形式加以表达，呈现了书写中国故事的新范式。

三、科技进步与宇宙探险

当城市基础建设已经达到一定规模的时候，知识分子的科幻写作自然会将星辰大海的未来奥秘纳入笔端。科幻小说早有描写宇宙探险的传统，凡尔纳就曾用他充满科技元素的旅行故事将主人公带去海底、地心和月球。鲁迅在1903年翻译凡尔纳的《月界旅行》时提出，科学是改良思想、促进文明的工具，而科幻小说"经以科学，纬以人情"，通俗易懂，能够被广大读者接受，在传播科学思想方面有很大优势。

1949年之后，中国的科幻作者们再次对科技和宇宙产生了强烈的兴趣，他们用智性的眼光和思考表达了对未来发展的无限畅想。科普作家郑文光阐释了自己的"科幻现实主义"概念，称自己的科幻写作无论是方法、题材还是情感体验，都无法摆脱当下性和现实性。科幻作家金涛也认为，虽然科幻小说在时空观念的构造、科学概念的解释、情节的塑造安排上，都突破了文体的限制，但这些也依然是现实生活"变形"之后的再现。在文学艺术创作的长河中，科幻文学写作将城市的空间拓宽到了宇宙维度，为我国的科技创新提供了多样的艺术表达。

郑文光的许多小说都集中在月球探险、火星建设等太空探索题材上。其中，《从地球到火星》是较早地将"火星"引入中国当代科幻文学视野中的作品。小说充满童趣，以儿童的视角展现了1949年以来我国科技建设的蓬勃朝气。小说发表之后很受欢迎，读者很多，甚至还引发了观测火星的热潮。《火星建设者》则延续了火星探险的主题，塑造了以中国人为代表的宇宙拓荒人的形象，他们在一片荒芜的火星上进行城市规划和建筑设计，为建设人类的第二个家园而努力。当然，建设的过程并非一帆风顺，火星建设者们遭遇了瘟疫、核爆炸、风暴等种种磨难，但坚定的信念却从未动摇。终于，火星的开发告一段落，荒地上崛起了一座座现代化城市。在《飞向人马座》《战神的后裔》等作品中，郑文光更是将丰富的天文知识和探险故事相结合，展现了超新星爆发、宇宙风暴等自然奇观，也呈现出青年探索宇宙、追求梦想的昂扬斗志。

随着科技的发展，人类探索太空的步伐从未停止，在《三体》《流浪地球》《宇宙墓碑》等小说中，人类始终怀有探索浩瀚宇宙的好奇心和生命力。宇宙接纳着地球来客，而科技与艺术的壮美结合也将不断促进人类文明进步。

四、地方特色与人文景观

除了对科技前景的关注，科幻小说的知识分子写作同样关注人类文明的演进和人性力量的张扬，试图在更广阔的时空中为人类勾画美好的未来蓝图。

《小灵通漫游未来》里的"未来市"的景观充满了对科技发展的信心和期盼：宽阔的公路上行驶着新型飘行车；空中则搭建了给火箭和飞船运行的新的交通轨道；房屋样式繁多、颜色各异。当夜晚降临，城市的高楼亮起了明灯，灯光和月亮交相辉映，构成了现代化城市的繁华景观。城市的日常生活中也处处是高科技产品，可视电话、新型电影、机器人、翻译机器等设备随处可见。对未来高科技设备的设想，一方面凝聚着作者对城市发展的积极展望，另一方面也将服务性、人文性融入了城市改造的工作之中。在迟叔昌《割掉鼻子的大象》中，城市被命名为"绿色的希望"，意在重视环保与生态规划。树木、花坛和草坪与城市的道路建设融为一体，呈现出现代化建设与自然景观的融合。刘兴诗的《死城的传说》则将民间神话、古城文明、大漠景观和现代科技联系在一起，设想通过技术手段开发地下水资源、种植植被，并通过考古重现塔克拉玛干沙漠里沉睡的古代城邦。

2019 年,根据刘慈欣同名小说改编的电影《流浪地球》上映,票房超过 46 亿元,这一年也被视为中国科幻电影元年。《流浪地球》之所以能够获得如此巨大的成功,不仅在于其构造了宏大浩渺的星际旅程,还在于其从知识分子角度出发,展现了中国传统文化与家国情怀。在人物形象的塑造和情感抒发上,《流浪地球》把家园、城市、地球并置,从父子之情、民族之情到人类之情,实现了具有中国特色的本土文化表达。

科技的变革改变了信息传递的方式,改变了人们的生存方式和行为方式,也影响着我国科幻文学创作的走向。科幻理论家罗伯特·斯科尔斯认为,"小说的未来在前方"。文学具有改变现状的力量,知识分子更应当担负起建构未来的责任,促使人们反思当下、展望未来。与历史、现实密切关联的科幻文学,时刻关注着城市建设、环境保护、宇宙探险、道德伦理等话题,并以超越日常生活的视角,提供了技术发展的多重维度和文化建设的多种可能。借助合理的情节设定、严格的逻辑推理和艺术的表现方式,科幻小说呈现了人类发展的理性思维和高贵情感,也丰富了中国故事的表现形式。

主要参考文献

【作品】

[1] 陈楸帆.薄码[M].天津：百花文艺出版社,2012.

[2] 陈楸帆.荒潮[M].武汉：长江文艺出版社,2013.

[3] 陈楸帆.后人类时代[M].北京：作家出版社,2018.

[4] 陈楸帆.人生算法[M].北京：中信出版社,2019.

[5] 陈楸帆.未来病史[M].武汉：长江文艺出版社,2015.

[6] 迟叔昌.大鲸牧场[M].北京：中国少年儿童出版社,1963.

[7] 迟叔昌,于止.割掉鼻子的大象[M].北京：中国少年儿童出版社,1997.

[8] 迟叔昌."科学怪人"的奇想[M].北京：科学普及出版社,1999.

[9] 迟叔昌.乌鸦老博士和金钥匙[M].北京：中国少年儿童出版社,1984.

[10] 高士其.灰尘的旅行[M].武汉：长江文艺出版社,2020.

[11] 高士其.我们的土壤妈妈[M].南京：南京大学出版社,2017.

[12] 韩松.地铁[M].上海：上海人民出版社,2011.

[13] 韩松.轨道[M].上海：上海科学普及出版社,2013.

[14] 韩松.红色海洋[M].上海：上海科学普及出版社,2004.

[15] 韩松.驱魔[M].上海：上海文艺出版社,2017.

[16] 韩松.亡灵[M].上海：上海文艺出版社,2018.

[17] 韩松.医院[M].上海：上海文艺出版社,2016.

[18] 韩松.宇宙墓碑[M].上海：上海人民出版社,2014.

[19] 韩松.再生砖[M].上海：上海人民出版社,2016.

[20] 《科幻海洋》编辑部.科幻海洋(第一辑)[M].北京：海洋出版社,1981.

[21] 刘慈欣.2018[M].南京：江苏凤凰文艺出版社,2014.

［22］刘慈欣.流浪地球·刘慈欣短篇小说精选［M］.成都：四川科学技术出版社，2019.

［23］刘慈欣.魔鬼积木·白垩纪往事［M］.武汉：长江文艺出版社，2008.

［24］刘慈欣.人和吞食者［M］.北京：现代出版社，2016.

［25］刘慈欣.三体［M］.重庆：重庆出版社，2008.

［26］刘慈欣.三体Ⅱ·黑暗森林［M］.重庆：重庆出版社，2008.

［27］刘慈欣.三体Ⅲ·死神永生［M］.重庆：重庆出版社，2010.

［28］刘慈欣.时间移民［M］.南京：江苏凤凰文艺出版社，2014.

［29］刘兴诗.世界科幻小说协会中国会员作品选［M］.太原：希望出版社，1988.

［30］刘兴诗.中国科学幻想小说选［M］.成都：四川少年儿童出版社，1987.

［31］鲁克.科学童话选［M］.北京：科学普及出版社，1981.

［32］饶忠华.中国科幻小说大全（上、中、下）［M］.北京：海洋出版社，1982.

［33］童恩正.古峡迷雾［M］.上海：少年儿童出版社，1987.

［34］童恩正.来自新大陆的信息［M］.成都：四川人民出版社，1983.

［35］童恩正，等.五万年以前的客人［M］.北京：人民文学出版社，1978.

［36］童恩正.雪山魔笛［M］.北京：人民文学出版社，1979.

［37］王晋康.癌人［M］.郑州：河南人民出版社，2003.

［38］王晋康.十字［M］.武汉：湖北科学技术出版社，2016.

［39］王晋康.王晋康科幻小说精选［M］.成都：四川科学技术出版社，2006.

［40］王晋康.王晋康文集［M］.北京：科学普及出版社，2020.

［41］王晋康.蚁生［M］.福州：福建人民出版社，2007.

［42］魏雅华.奇异的案件［M］.西安：陕西人民出版社，1981.

［43］魏雅华.我决定和机器人妻子离婚［M］.南京：江苏科学技术出版社，1981.

［44］叶永烈.白衣侦探［M］.长沙：湖南人民出版社，2011.

［45］叶永烈.科学幻想小说集［M］.乌鲁木齐：新疆人民出版社，1980.

［46］叶永烈.科学杂谈［M］.南京：江苏科学技术出版社，1983.

［47］叶永烈.奇怪的"病号"［M］.长沙：湖南人民出版社，2011.

［48］叶永烈.乔装打扮［M］.北京：群众出版社，1980.

［49］叶永烈.如梦初醒［M］.北京：群众出版社，1983.

［50］叶永烈.碳的一家［M］.上海：少年儿童出版社，1960.

［51］叶永烈.小灵通漫游未来［M］.上海：少年儿童出版社，1978.

［52］叶永烈.魏雅华佳作选［M］.郑州：海燕出版社,1998.

［53］叶永烈.中国科学幻想小说选［M］.沈阳：辽宁人民出版社,1982.

［54］郑文光.飞出地球去［M］.北京：中国青年出版社,1957.

［55］郑文光.飞向人马座［M］.北京：人民文学出版社,1979.

［56］郑文光.海姑娘［M］.北京：科学普及出版社,1979.

［57］郑文光.黑宝石［M］.北京：中国少年儿童出版社,1956.

［58］郑文光.郑文光科幻小说［M］.长沙：湖南少年儿童出版社,1981.

［59］中国少年儿童出版社.布克的奇遇［M］.北京：中国少年儿童出版社,1962.

［60］中国少年儿童出版社."小伞兵"和"小刺猬"［M］.北京：中国少年儿童出版社,
1961.

【专著】

［1］陈洁.将来进行时［M］.武汉：湖北科学技术出版社,2014.

［2］陈洁.亲历中国科幻：郑文光评传［M］.福州：福建少年儿童出版社,2006.

［3］陈思和,王德威.文学 2017 春夏卷［M］.上海：上海文艺出版社,2017.

［4］董仁威.科普创作通览（上、下）［M］.北京：科学普及出版社,2015.

［5］董仁威.科普创作通论［M］.成都：四川科学技术出版社,2007.

［6］方辉盛,陈祖甲,文有仁.科技新闻佳作选［M］.北京：新华出版社,1985.

［7］高士其.自然科学通俗化问题［M］.北京：中国青年出版社,1956.

［8］国家科学技术委员会.中国科学技术政策指南 科学技术白皮书第 7 号［M］.
北京：科学技术文献出版社,1998.

［9］河南省科学技术委员会.十年来我国科学技术事业的发展［M］.郑州：河南
人民出版社,1959.

［10］侯大伟,杨枫.追梦人：四川科幻口述史［M］.成都：四川人民出版社,2017.

［11］黄伊.论科学幻想小说［M］.北京：科学普及出版社,1981.

［12］黄伊.作家论科学文艺［M］.南京：江苏科学技术出版社,1980.

［13］靳大成.生机 新时期著名人文期刊素描［M］.北京：中国文联出版社,2003.

［14］李广益.中国科幻文学再出发［M］.重庆：重庆大学出版社,2016.

［15］李森.学问：中华文艺复兴论 3［M］.广州：花城出版社,2016.

［16］李四光,华罗庚,等.科学家谈 21 世纪［M］.上海：少年儿童出版社,1959.

［17］《梁希文集》编辑组.梁希文集［M］.北京：中国林业出版社,1983.

［18］刘锡诚.在文坛边缘上：编辑手记［M］.开封：河南大学出版社,2004.

［19］刘慈欣.刘慈欣谈科幻［M］.武汉：湖北科学技术出版社,2014.

［20］曲峡,等.中国共产党知识分子政策史［M］.东营：石油大学出版社,1995.

［21］司有和.中华人民共和国科技传播史［M］.重庆：重庆出版社,2005.

［22］宋明炜.中国科幻新浪潮：历史·诗学·文本［M］.上海：上海文艺出版社,2020.

［23］孙士庆,等.中国少儿科普作家传略［M］.太原：希望出版社,1988.

［24］汪民安.身体、空间与后现代性［M］.南京：江苏人民出版社,2015.

［25］汪民安,陈永国.后身体：文化、权力和生命政治学［M］.长春：吉林人民出版社,2011.

［26］汪民安.文化研究关键词［M］.南京：江苏人民出版社,2007.

［27］王逢振.外国科幻论文精选［M］.重庆：重庆出版社,2008.

［28］王泉根.现代中国科幻文学主潮［M］.重庆：重庆出版社,2011.

［29］王泉根.中国幻想儿童文学与文化产业研究［M］.大连：大连出版社,2014.

［30］吴秀明.中国当代文学史料丛书 公共性文学史料卷［M］.杭州：浙江大学出版社,2016.

［31］吴岩.科幻文学论纲［M］.重庆：重庆出版社,2011.

［32］吴岩,吕应钟.科幻文学入门［M］.福州：福建少年儿童出版社,2006.

［33］吴岩.20 世纪中国科幻小说史［M］.北京：北京大学出版社,2022.

［34］吴岩,姜振宇.中国科幻文论精选［M］.北京：北京大学出版社,2021.

［35］叶永烈.论科学文艺［M］.北京：科学普及出版社,1980.

［36］张治,胡俊,冯臻.现代性与中国科幻文学［M］.福州：福建少年儿童出版社,2006.

［37］郑军.第五类接触：世界科幻文学简史［M］.天津：百花文艺出版社,2011.

［38］中共中央党校理论研究室,刘海藩.历史的丰碑：中华人民共和国国史全鉴（科技卷）［M］.北京：中央文献出版社,2005.

［39］中共中央文献研究室.改革开放三十年重要文献选编（上、下）［M］.北京：中央文献出版社,2008.

［40］中共中央文献研究室.建国以来重要文献选编［M］.北京：中央文献出版社,2011.

［41］中国科协机关离退休干部办公室,中国科协直属单位老科技工作者协会.

亲历科协岁月[M].北京：中国科学技术出版社,2013.

[42] 中国青年报《长知识》副刊编辑室.科普小议[M].北京：科学普及出版社，1981.

[43] 中国作家协会辽宁分会,辽宁少年儿童出版社.儿童文学讲稿[M].沈阳：辽宁少年儿童出版社,1984.

[44] 中华人民共和国科学技术部政策法规与体制改革司.中国科学技术普及发展报告：(1978—2002 年)[M].北京：科学技术文献出版社,2002.

[45] [德] 冈特·绍伊博尔德.海德格尔分析新时代的技术[M].宋祖良,译.北京：中国社会科学出版社,1993.

[46] [德] 马克斯·韦伯.学术与政治：韦伯的两篇演说[M].冯克利,译.北京：生活·读书·新知三联书店,2013.

[47] [德] 瓦尔特·本雅明.巴黎,19 世纪的首都[M].刘北成,译.上海：上海人民出版社,2006.

[48] [法] 波德莱尔.波德莱尔美学论文选[M].郭宏安,译.北京：人民文学出版社,2008.

[49] [法] 吉尔·德勒兹.在哲学与艺术之间：德勒兹访谈录(全新修订版)[M].刘汉全,译.上海：上海人民出版社,2019.

[50] [法] 吉尔·德勒兹,[法] 菲力克斯·迦塔利.什么是哲学？[M].张祖建,译.长沙：湖南文艺出版社,2007.

[51] [法] 米歇尔·福柯.权力的眼睛——福柯访谈录[M].严锋,译.上海：上海人民出版社,1997.

[52] [法] 让·波德里亚.象征交换与死亡[M].车槿山,译.南京：译林出版社,2009.

[53] [法] 朱迪特·勒薇尔.福柯思想辞典[M].潘培庆,译.重庆：重庆大学出版社,2015.

[54] [荷] E·舒尔曼.科技文明与人类未来[M].李小兵,等译.北京：东方出版社,1995.

[55] [加] 达科·苏恩文.科幻小说变形记[M].丁素萍,等译.合肥：安徽文艺出版社,2011.

[56] [加] 达科·苏恩文.科幻小说面面观[M].郝琳,等译.合肥：安徽文艺出版社,2011.

[57] [美] 艾萨克·阿西莫夫.阿西莫夫论科幻小说[M].涂明求,等译.合肥：安徽文艺出版社,2011.

[58] [美] 奥森·斯科特·卡德.如何创作科幻小说与奇幻小说[M].东陆生,译.天津：百花文艺出版社,2015.

[59] [美] 彼得·盖伊.现代主义：从波德莱尔到贝克特之后[M].骆守怡,杜冬,译.南京：译林出版社,2017.

[60] [美] 弗朗西斯·福山.我们的后人类未来[M].黄立志,译.桂林：广西师范大学出版社,2017.

[61] [美] 弗雷德里克·詹姆逊.未来考古学：乌托邦欲望和其他科幻小说[M].吴静,译.南京：译林出版社,2014.

[62] [美] 弗雷德里克·詹姆逊.现代性、后现代性和全球化[M].王逢振,等译.北京：中国人民大学出版社,2018.

[63] [美] 卡尔·阿博特.未来之城：科幻小说中的城市[M].上海社会科学院全球城市发展战略研究创新团队,译.上海：上海社会科学院出版社,2018.

[64] [美] 拉切尔·海伍德·费雷拉.拉美科幻文学史[M].穆从军,译.天津：百花文艺出版社,2016.

[65] [美] 理查德·利罕.文学中的城市：知识与文化的历史[M].吴子枫,译.上海：上海人民出版社,2009.

[66] [美] 刘易斯·芒福德.技术与文明[M].陈允明,王克仁,李华山,译.北京：中国建筑工业出版社,2009.

[67] [美] 刘易斯·芒福德.机器神话[M].宋俊岭,译.上海：上海三联书店,2017.

[68] [美] 罗伯特·斯科尔斯,等.科幻文学的批评与建构[M].王逢振,等译.合肥：安徽文艺出版社,2011.

[69] [美] 罗素,[美] 诺维格.人工智能：一种现代的方法(第 3 版)[M].殷建平,等译.北京：清华大学出版社,2013.

[70] [美] 马泰·卡林内斯库.现代性的五副面孔[M].顾爱彬,李瑞华,译.北京：商务印书馆,2002.

[71] [美] 萨义德.知识分子论[M].单德兴,译.北京：生活·读书·新知三联书店,2002.

[72] [美] 苏珊·朗格.艺术问题[M].滕守尧,译.南京：南京出版社,2006.

［73］［美］唐娜·哈拉维.类人猿、赛博格和女人——自然的重塑［M］.陈静,吴义诚,主译.郑州：河南大学出版社,2012.

［74］［美］詹姆斯·冈恩.交错的世界：世界科幻图史［M］.姜倩,译.上海：上海人民出版社,2020.

［75］［日］武田雅哉,［日］林久之.中国科学幻想文学史（上、下）［M］.李重民,译.杭州：浙江大学出版社,2017.

［76］［匈］阿格尼丝·赫勒.现代性理论［M］.李瑞华,译.北京：商务印书馆,2005.

［77］［意］安东尼奥·葛兰西.狱中札记［M］.葆煦,译.北京：人民出版社,1983.

［78］［英］爱德华·詹姆斯,［英］法拉·门德尔松.剑桥科幻文学史［M］.穆从军,译.天津：百花文艺出版社,2018.

［79］［英］C.P.斯诺.两种文化［M］.纪树立,译.北京：生活·读书·新知三联书店,1994.

［80］［英］李约瑟.李约瑟中国科学技术史 第一卷 导论［M］.袁翰青,等译.北京：科学出版社,2018.

［81］［英］李约瑟.李约瑟中国科学技术史 第二卷 科学思想史［M］.何兆武,等译.北京：科学出版社,2018.

［82］［英］齐格蒙·鲍曼.立法者与阐释者——论现代性、后现代性与知识分子［M］.洪涛,译.上海：上海人民出版社,2000.

［83］［英］亚当·罗伯茨.科幻小说史［M］.马小悟,译,北京：北京大学出版社,2010.

［84］CARY WOLFE.What is posthumanism?［M］.University of Minnesota Press,2009.

［85］DARKO SUVIN.Defined by a hollow：essays on utopia,science fiction and political epistemology［M］.Peter Lang,2010.

［86］EDWARD JAMES.Science fiction in the 20th century［M］.Oxford University Press,1994.

［87］FRANCESCA FERRANDO.Philosophical posthumanism［M］.Bloomsbury Academic,2019.

［88］JAMES GLEICK.Chaos：making a new science［M］.Penguin Books,2008.

［89］JAMES GUNN.Isaac asimov：the foundations of science fiction［M］.

Scarecrow Press,2005.

[90] JAN ALBER.Unnatural narrative:impossible worlds in fiction and drama [M].University of Nebraska Press,2016.

[91] JOHN CLUTE,PETER NICHOLLS.The encyclopedia of science fiction [M].St. Martin's Press,1993.

[92] MIKE ASHLEY.The time machines:the story of the science—fiction pulp magazines from the beginning to 1950[M].Liverpool University Press,2001.

[93] N. KATHERINE HAYLES.How we became posthuman:virtual bodies in cybernetics,literature,and informatics[M].University of Chicago Press,1999.

[94] PATRICK PARRINDER.Learning from other worlds[M].Liverpool University Press,2000.

[95] PETER STOCKWELL.The poetics of science fiction[M].Routledge,2014.

[96] RAFFAELLA BACCOLINI, TOM MOYLAN.Dark horizons:science fiction and the dystopian imagination[M].Routledge,2003.

[97] ROB LATHAM.Science fiction criticism:an anthology of essential writings[M].Bloomsbury Academic,2017.

[98] ROSI BRAIDOTTI.The posthuman[M].Polity Press,2013.

[99] SEO—YOUNG CHU.Do metaphors dream of literal sleep? a science—fictional theory of representation[M].Harvard University Press,2010.

[100] TOM MOYLAN.Scraps of the untainted sky:science fiction, utopia, dystopia[M]. Westview Press,2000.

【报纸期刊】
[1] 丁杨.韩松:在今天,科幻小说其实是"现实主义"文学[N].中华读书报,2019-01-30.

[2] 陆定一.百花齐放,百家争鸣[N].人民日报,1956-06-13.

[3] 肖汉."十七年"科幻:从幻想到现实的中国速度[N].文艺报,2020-03-04.

[4] 谢君兰.小冰写诗:诗歌创作的反面教材[N].中国文化报,2017-06-30.

[5] 高士其.孩子们需要怎么样的科学读物[J].读书杂志,1955(4).

［6］高士其.为儿童科学读物的创作和发展而努力［J］.科学大众(中学版),1953(12).

［7］陈伯吹.谈有关儿童文学的几个问题［J］.文艺月报,1956(6).

［8］陈楸帆.对"科幻现实主义"的再思考［J］.名作欣赏,2013(28).

［9］陈舒劼.想象的折叠与界限——20世纪90年代以来的中国科幻小说［J］.文艺研究,2016(4).

［10］郭沫若.为了更好地为社会主义工业化服务［J］.科学大众,1954(1).

［11］韩松.科幻的十三个关键词［J］.科普创作,2019(4).

［12］韩松,孟庆枢.科幻对谈:科幻文学的警世与疗愈功能［J］.华南师范大学学报(社会科学版),2020(4).

［13］何平,陈楸帆.访谈:它是面向未来的一种文学［J］.花城,2017(6).

［14］霍俊明."克隆体李白"与百万亿首诗——AI诗歌的"类文本"生产与可能前景［J］.南方文坛,2020(4).

［15］姜振宇.贡献与误区:郑文光与"科幻现实主义"［J］.中国现代文学研究丛刊,2017(8).

［16］李广益.罗辑的决断:《三体》的存在主义意蕴及其文化启示［J］.中国现代文学研究丛刊,2018(12).

［17］李杨.工业题材、工业主义与"社会主义现代性":《乘风破浪》再解读［J］.文学评论,2010(6).

［18］刘慈欣.超越自恋——科幻给文学的机会［J］.山西文学,2009(7).

［19］刘慈欣.重返伊甸园——科幻创作十年回顾［J］.南方文坛,2010(6).

［20］冉聃.赛博空间、离身性与具身性［J］.哲学动态,2013(6).

［21］宋明炜.弹星者与面壁者［J］.上海文化,2011(3).

［22］孙绍谊.后人类主义:理论与实践［J］.电影艺术,2018(1).

［23］童恩正.谈谈我对科学文艺的认识［J］.人民文学,1979(6).

［24］王国忠.评《科学家谈21世纪》［J］.读书杂志,1960(10).

［25］王晋康.超人类时代宣言［J］.科学与文化,2006(11).

［26］王晋康.克隆技术与人类未来［J］.科幻世界,1998(2).

［27］吴家睿.新中国主要科技政策纪事(1949—1989)［J］.中国科技史料,1989(3).

［28］杨潇.《科幻世界》的发展之路［J］.中国科技期刊研究,2002(A1).

［29］叶永烈.科学文艺修辞浅见［J］.修辞学习,1983(4).

［30］叶永烈.中国科幻小说的低潮及其原因［J］.科学 24 小时,1989(3).

［31］詹玲.技术文明视角下的启蒙重审——谈韩松科幻小说［J］.中国文学批评,
2019(4).

［32］张恩敏.建国初的科技政策(1949—1956)［J］.党史研究与教学,1986(4).

［33］郑文光.谈谈科学幻想小说［J］.读书月报,1956(3).

［34］［德］P.Weingart,C.Muhi,P.Pansegrau.科幻电影中的科学和科学家［J］.程
萍,译.科普研究,2008(5).

［35］［美］伊斯塔范·西瑟瑞-罗内.当我们谈论"全球科幻小说"时,我们谈论什
么：对新节点的反思［J］.谢涛,译.中国比较文学,2015(3).

◤ 后 记

　　本书是我近年来从事中国科幻文学研究的一些心得和体会。作为普通读者，我对科幻文学的阅读其实在读大学的时候就开始了，但真正把科幻文学作为研究对象还是在攻读博士学位期间。当时，我在从事学术研究的间隙，经常阅读一些科幻小说。在阅读中我发现，无论是中国还是外国的科幻文学，或者科幻影视艺术作品，都存在一个共性，就是其中都有许多知识分子的形象。其中，既有正面形象，也有负面形象。具有正面形象的知识分子角色主要是通过技术发明促进社会进步，而具有负面形象的知识分子角色则犹如"疯狂的科学家"，他们往往通过一些违背伦理道德的科技发明来实现自己的野心。这些知识分子形象一方面推动了小说的情节发展，另一方面也为小说展开了一条技术与知识的叙述路径。

　　除了知识分子形象，科幻小说还存在着一条围绕科技和知识的叙述路径。为了集中展现人和科技的关系，科幻小说常常从知识分子入手，内容侧重工业幻想、宇宙探险、环境保护以及人文表达，用多重文本形式营造了天马行空的想象空间，并以其知识话语体系构建起未来社会的文化景观。我国当代文学研究往往以"纯文学""严肃文学"为中心，尽管近年来已经逐步将"通俗文学""大众文学""网络文学"纳入其中，但尚未将"科幻文学"纳入考量的范围。科幻文学因其特殊的性质，既难以被视为"纯文学"的一部分，也不能简单地将其归入"通俗文学"或是"类文学"的范畴。所以我在展开研究的时候，试图以"知识分子叙事"为切入点，寻找"科幻文学"与"纯文学""通俗文学"之间的关联。我发现，科幻文学在我国当代文学史历程中的发展一波三折，一度作为科普读物、儿童文学读物承担着教育功能，又曾经和主流文学的书写思路比较接近。

　　科幻文学不但具有光怪陆离的想象，还具有严肃深刻的现实指向，科幻文学以丰富的表现形态抒发了对当下现实的关注,能够对当前文坛的现实主义题材写作提供有力的补充。此外,科幻文学往往背离传统文学中的"人类中心主义"的导向,刘慈欣就不止一次地谈起自己"技术至上"的观念,这一理念对传统的知识分子叙事形成了不小的挑战,或许能够成为知识分子叙事的一条新路径。如今,科幻文学的发展土壤十分丰沃,科幻文学在艺术、影视、动画、游戏、文创等领域都形成了自己独特的文化空间。一方面,科幻文学在我国本土的吸引力不断增强;另一方面,科幻文学也借助网络、影视等多种渠道,实现了"走出去",影响范围也进一步扩大,相信科幻文学在今后将会有更大的发展空间。

本书是我个人学术研究中非常感兴趣的一个方面,在此要感谢我的硕博导师丁帆教授一直帮助我,常常为我指明方向。感谢我的单位——苏州大学文学院,以及王尧教授的鼓励,感谢苏州大学人文社科处对出版本书的帮助和支持,感谢一直以来指导、鼓励、帮助我的师友和亲人。

本书的出版承蒙上海教育出版社的领导、编辑的辛勤工作,在此一并献上谢意。

图书在版编目（CIP）数据

中国当代科幻小说的知识分子叙事研究 / 刘阳扬著
. — 上海：上海教育出版社，2023.12
ISBN 978-7-5720-2399-6

Ⅰ.①中… Ⅱ.①刘… Ⅲ.①幻想小说 – 小说研究 –
中国 – 当代 Ⅳ.①I207.42

中国国家版本馆CIP数据核字(2023)第228336号

责任编辑　袁梦清　陈杉杉
封面设计　金一哲

中国当代科幻小说的知识分子叙事研究
刘阳扬　著

出版发行　上海教育出版社有限公司
官　　网　www.seph.com.cn
地　　址　上海市闵行区号景路159弄C座
邮　　编　201101
印　　刷　上海颛辉印刷厂有限公司
开　　本　700×1000　1/16　印张 12.75
字　　数　215 千字
版　　次　2023年12月第1版
印　　次　2023年12月第1次印刷
书　　号　ISBN 978-7-5720-2399-6/I·0177
定　　价　78.00 元

如发现质量问题，读者可向本社调换　电话：021-64373213